KB002392

김기태의

초판본 이야기

김기태의
초판본 이야기

초판 1쇄 발행 2022년 9월 8일

지은이 김기태
펴낸이 조전회
펴낸곳 도서출판 새라의 숲
디자인 박은진

출판등록 제2014-000039호(2014년 10월 7일)
팩스 031-624-5558
이메일 sarahforest@naver.com
ISBN 979-11-88054-30-5 03800

• 이 책은 저작권법에 따라 보호받는 저작물이므로 무단 전재와 무단 복제를 금합니다.
• 잘못된 책은 구입하신 곳에서 바꾸어드리며, 책값은 뒤표지에 있습니다.

김기태의

초판본 이야기

우리 책의 근원을 찾아가는 즐거운 독서 여행

| 김기태 지음 |

새라의숲
SAERA FOREST

일러두기

- 이 책에 실린 글들은 격월간 출판전문지 《출판저널》에 연재한 것을 모아 수정 보완했습니다.
- 글이 실린 순서는 초판 1쇄본 발행일을 기준으로 오래 된 것부터 배열했습니다.
- 가급적 한글 표기를 원칙으로 했으며, 한자(漢字)나 외국어는 괄호 안에 표기했지만 부득이 원문을 그대로 표기한 경우도 있습니다.
- 표지 및 기타 사진 이미지는 저자가 소장한 책을 직접 촬영한 것입니다.

서문

초판본 이야기를 시작하며

1

1980년대, 누구랄 것 없이 모두 가난했던 국문학도 시절, 아무리 배가 고파도 나는 내가 가진 책을 헌책방으로 가져간 적이 한 번도 없었다. 내가 가진 책이라고 해봐야 여기저기서 얻었거나 빌려온(돌려줄 생각이 전혀 없었으니 사실은 훔쳐온) 책이 대부분이었지만, 왠지 내 자취방에 책이 쌓여 있으면 기분이 좋았다. 처음엔 그저 책이 좋아 모았을 것이다. 그러다가 기왕이면 특색을 갖는 게 좋겠다 싶어 시작한 것이 초판본, 그 중에서도 1쇄본을 모으는 일이었다. 그렇게 어언 30여 년이 흘렀다.

처음 얼마 동안은 책을 구하면 일일이 서지사항을 기록하기도 했지만, 언제부턴가 그마저도 큰일이었다. 책을 구하는 일만큼은 게을리 하지 않았지만 시간강사 노릇을 포함해서 이리저리 밥벌이에 치이다보니 정리하고 기록하는 일은 점점 뒷전으로 밀렸다. 점점 쌓인 책들의 무게만큼 고민도 커져 갔다. 반지하를 벗어나지 못할 정도로 여전히 가난한 형편에 널찍한 서고(書庫)를 갖기란 난망한 시절이었으니…….

그때 기적이 일어났다. 책 모으는 습성이 10년을 넘어갈 무렵 세명대학교 전임교수가 되어 넓고 튼튼한 연구실이 생겼던 것이다. 하지만 그것도 잠시, 점령군처럼 쌓이는 책더미는 이내 10여 평 연구실도 삼킬 기세였다. 하는 수 없이 인근에 지인의 회사 땅 한 켠을 빌려 컨테이너를 갖다 놓고서야 겨우 한숨을 돌릴 수 있었다. 이 글은 그렇게 모은 책들 가운데 특별히 애착을 느끼는 책에 대한 나의 소묘(素描, drawing)이다.(이미 컨테이너 깊은 구석에 자리 잡은 책들은 어쩔 수 없어 우선 연구실에 있는 책들과 '처음책방'을 열면서 펼쳐놓은 책들 중에서 골랐다.)

2

1990년대 중반, 이른바 '보따리장사'로 불리는 시간강사 노릇을 시작하면서 매주 먼 지역의 대학에 강의를 가는 일이 잦아졌을 때였다. 자가 운전을 하기 전이라 교통편에 따라 오고가는 와중에 비는 시간이 많이 생기곤 했다. 그때마다 들르곤 했던 곳이 바로 그 지역의 헌책방이었다. 아마도 상경 기차 편을 기다리다 우연히 들른 서대전역 인근 헌책방에서 무더기로 꽂혀 있던 창비시선 초판 1쇄본을 가방 가득 담아 짊어지고 기차에 오를 때부터였을 것이다. 때로는 광주 송

정역 인근 헌책방에서, 대구 대학가 헌책방에서, 인천 배다리 헌책방 골목에서, 그리고 신촌로터리 인근 헌책방에서 초판본을 찾아 이리저리 오갔던 시간이 내 인생의 한켠을 오롯이 차지하고 있다.

언젠가 청계천 헌책방에서 안도현 시인의 첫 시집 『서울로 가는 전봉준』, 서울지역 헌책방들을 모아놓은 잠실 인근의 '서울책보고'에서 도종환 시인의 베스트셀러 시집 『접시꽃 당신』의 초판 1쇄본을 각각 발견하고 저렴한(?) 가격에 구입했던 일이 떠오르는가 하면, 비교적 최근에는 아들과 함께 부산 보수동 헌책방 골목을 뒤지다 1980년대 초반 큰 인기를 끌었던 현암사 판 『어둠의 자식들』(황석영)과 『꼬방동네 사람들』(이동철) 초판 1쇄본을 구했던 기억이 새롭다.

3

기실 내가 관심을 갖고 수집하는 것은 초판 1쇄본뿐만이 아니다. 정기간행물 중 첫 번째로 발행된 창간호에도 초판 1쇄본 못지않은 관심을 기울이고 있는 중이다. 지난 30년 가까운 세월 동안 이래저래 모아놓은 단행본 초판 1쇄본이 약 5만여 종, 정기간행물(신문, 잡지, 기관지, 사보 등)이 약 1만5천여 종 되다 보니 이제 이것들을 잘 보관할 방법을 고민해야 할 정도가 됐다. 그렇다면 왜 나는(다른 사람들도 묻곤 하지만) 보관할 만한 공간을 갖출 능력도 없어 겨우 컨테이너에 의지해 전전긍긍하는 처지에 초판 1쇄본과 창간호에 대한 관심을 저버리지 못하는 걸까?

단행본 초판 1쇄본은 말 그대로 그 책 중에서 가장 먼저 독자들과 만난 존재다. 정기간행물 창간호 역시 마찬가지다. 사람으로 치면 이제 막 어머니 뱃속에서 세상에 얼굴을 내민 순간의 존재라고나 할까. 사람이 세상에 태어나서 성장하는 동안 변모하는 것처럼 책 또한 쇄(刷)와 판(版)을 거듭할수록 달라진다. 정기간행물도 발행호수가 늘어날수록 애초의 기획의도를 수정해 나가면서 그 속성이 변하게 마련이다. 나는 바로 이런 점에 주목했다.

우선 단행본 초판 1쇄본에는 저자나 편집자가 잡아내지 못한 오류를 비롯해서 의도하지 않았던 기록들이, 정기간행물에는 창간 당시의 시대적 배경과 관련 인물들이 고스란하다. 예컨대, 도종환 시인의 『접시꽃 당신』(1986) 초판 1쇄본에 실린 「아홉 가지 기도」라는 시를 보면 아무리 세어보아도 기도는 여덟 가지밖에 없다. 왜 그럴까? 이동철의 『꼬방동네 사람들』(1981)의 간기면에 붙어있는 인지(印紙)에는 '정국(正國)'이라는 글자가 선명한데 과연 누구일까? 이런 의문들이 쇄와 판을 거듭하면서 점차 수정된 정보로 가려지곤 하는 것이다. 또, 초판본을 찾아다니다 보면 저자가 누군가에게 정성스레 서명을 해서 건넨 증정본을 만나는 행운도 자주 찾아오곤 한다.

정기간행물 창간호를 보는 재미도 쏠쏠하다. 지금은 그 분야의 중견을 지나 원로가 된 사람들이 파릇파릇한 모습으로 등장하는가 하면, 이 세상을 구원할 듯 거창한 창간사를 뒤로하고 얼마 못가 폐간을 면치 못한 것들도 부지기수다. 어쩌면 누군가에게는 이젠 떠올리기 싫은 순간들을 기록해놓은 것들도 많이 있는 게 창간호가 아닐까.

그래서 나는 초판 1쇄본과 창간호를 "발견과 앎의 기쁨을 주는 매체"라고 생각한다. 발터 벤야민이 말했던 '아우라(aura)'가 무엇인지 느끼고 싶은 사람이라면 이번 기회에 초판본과 창간호를 찾아보라고 일러주고 싶다.

2022년 7월

'처음책방'에서 김기태

목차

첫 번째 이야기

우리 정서를 농축시켜 빚은 국민 애송시 '진달래꽃'이 담긴 시집

진달래꽃

김소월 시집 / 숭문사 / 1951년 11월 21일 발행

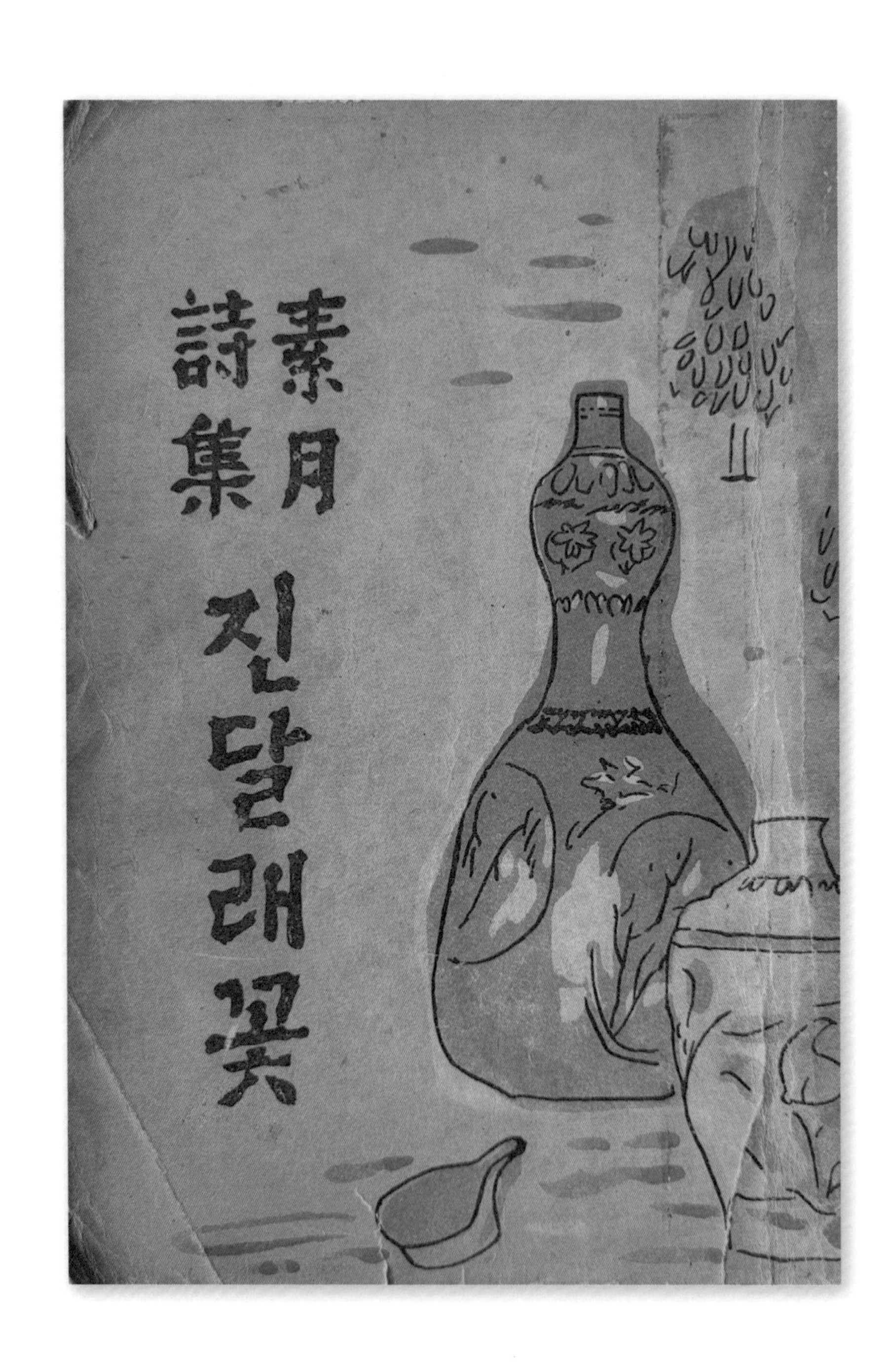

素月詩集
진달래꽃

문학작품을 수록한 도서 최초로 문화재가 된 시집『진달래꽃』

글을 읽을 줄 아는 한국인이라면 "나 보기가 역겨워 가실 때에는 말없이 고이 보내드리오리다~~"로 시작되는 시 '진달래꽃'을 모르는 이가 과연 있을까. 바로 이 작품을 표제작으로 삼은 시집『진달래꽃』은 소월(素月) 김정식(金廷湜, 1902~1934) 시인이 남긴 유일한 작품집이다. 그리고 이 시집은 문학작품을 담고 있는 책으로는 최초로 우리 문화재가 되었다. 2011년 문화재청은 김소월 생전이었던 1925년 12월 26일 매문사(賣文社)에서 발행한『진달래꽃』초판본 2종 4점을 문화재 제470호로 등록한다고 발표했다. 그런데 같은 시집임에도 제470-1호로 등록된『진달래꽃』의 총판매소는 중앙서림이고, 제470-2호부터 4호로 등록된 시집의 총판매소는 한성도서주식회사라는 점이 특이하다. 나아가 중앙서림 판본과 한성도서주식회사 판본은 장정을 포함한 편집체재가 다르고, 내용에도 일부 차이가 있다.

중앙서림 판본 표지

한성도서주식회사 판본 표지

위의 표지 그림에서 볼 수 있는 것처럼 중앙서림 판본 표지(왼쪽)에는 그림이 없고 제목을 포함한 글자가 모두 활자체이지만, 한성도서주식회사 판본 표지(오른쪽)에는 진달래꽃과 괴석 그림을 크게 넣었으며 시집 제목 등이 필기체로 이루어져 있다. 그리고 당시 매문사에서는 『진달래꽃』 초간본을 200여 권만 발행했다고 하니 처음에 김소월은 일반 독자에게 거의 알려지지 않은 무명시인이었음을 알 수 있다. 그렇게 잊힐 수도 있었던 소월의 시는 광복 이후에 결코 꺼지지 않을 불꽃으로 되살아났고, 오늘날 소월은 모든 국민들에게 각별한 '우리 시인', 곧 국민시인으로 기억되고 있다.

한편, 다음에서 보는 것처럼 문화재청 홈페이지에서 찾은 '김소월 시집 진달래꽃 초판본, 문화재 등록예고'(2010년 10월 14일 작성)라는 글을 보면 시집 『진달래꽃』이 문화재로 등록된 배경을 짐작할 수 있다.

짧은 문단생활 동안 백오십여 편의 시를 남긴 소월은 토속적·전통적 정서를 절제된 가락 속에 담은 서정시인으로 출발하였지만, 점차 식민치하의 암담한 현실을 표현한 민족시인으로 변모하였다. 시집 『진달래꽃』은 소월의 사후에도 수많은 출판사들에 의해 발간되었고 오늘날까지도 많은 사랑을 받고 있다. 시집에는 고대시가인 '가시리'와 '아리랑'의 맥을 잇는 이별가의 백미 '진달래꽃'을 비롯하여 '먼후일', '산유화', '엄마야 누나야' 등 우리 민족에게 가장 사랑 받는 작품들이 수록되어 있다.

1925년 12월 26일 매문사에서 간행한 시집 『진달래꽃』 초판본은 총판매소에 따라 '한성도서주식회사' 총판본과 '중앙서림' 총판본 두 가지의 형태로 간행되었다. 두 판본은 간행시기와 본문 내용은 일치하나 겉표지(꽃그림의 유무 등)와 속표지가 다르고 한성도서주식회사 총판본의 한글 표기상 오류가 중앙서림본에서는 보이지 않는다. 이번에 등록예고되는 유물은 한성도서주식회사(漢城圖書株式會社) 총판본 3점(배재학당역사박물관 1, 개인 소장 2), 중앙서림(中央書林) 총판본 1점(개인 소장)으로, 소월이 1923년에 배재학당(배재고등보통학교)을 졸업하였다는 점, 도서의 전체적인 보존상태가 가장 양호한 점 등을 고려해 등록 예고 대상으로 선정했다. 문화재청은 30일간 소유자를 비롯한 각계의 의견을 수렴한 후, 문화재로 공식 등록할 계획이다.

생전의 삶은 기구하고 곤궁하기 짝이 없었던 비운의 시인 김소월

소월 김정식은 평안북도 구성(龜城)에서 태어났다. 두 살 무렵 아버지가 평북 정주(定州)와 곽산(郭山) 사이의 철도를 부설하던 일본인 목도꾼[1]들에게 폭행을 당하여 정신병을 앓게 되는 바람에 곽산에서 광산업을 하던 할아버지 밑에서 성장한 것으로 알려져 있다. 남산학교(南山學校)를 거쳐 오산학교(五山學校) 중학부에 다니던 중 3·1운동 직후 한때 폐교되자 배재고등보통학교에 편입하여 학업을 마쳤다. 오산학교 시절에 교장으로 있었던 조만식(曺晩植, 1883~1950)을 비롯하여 서춘(徐椿, 1894~1944)·이돈화(李敦化, 1884~1950)·김억(金億, 1896~?) 등으로부터 배웠는데 이때 그의 재능을 알아본 김억을 만난 것이 그의 시작(詩作) 활동에 절대적 영향을 끼치게 되었다. 오산학교 재학 시절이었던 1916년에 같은 고향 동네에서 나고 자란 홍단실과 결혼했으며, 슬하에 4남 2녀를 두었다. 1923년 일본 동경상과대학 전문부에 입학했으나 9월 관동대지진이 발생하자 학업을 접고 귀국했다. 일본에서 귀국한 뒤 할아버지가 경영하는 광산 일을 도우며 생활했으나 광산업이 실패하는 바람에 가세가 크게 기울어져 처가가 있는 구성군으로 이사했다. 그곳에서 동아일보 지국을 맡아

---

1 목도라는 말은 "두 사람 또는 그 이상의 사람이 짝이 되어 뒷덜미에 몽둥이를 얹어 무거운 물건을 함께 메어 나르는 일"을 뜻하며, 목도꾼은 그러한 일을 직업으로 삼은 사람, 곧 "목도하여 물건을 나르는 일꾼"을 가리킨다.

운영했으나 이마저 실패한 뒤 심한 염세증에 빠진데다 생활고까지 겹쳐서 생에 대한 의욕을 잃기 시작한 것으로 보인다.[2] 김소월 시인으로서는 안 된 일이지만 생전에는 그리 주목을 받지 못했던 그의 작품들이 광복 이후에나마 전 국민의 관심사로 떠오른 데에는 교과서의 힘이 컸다. 미 군정기였던 1946~1947년에 발행된 국어 교과서에 「엄마야 누나야」와 「초혼」이 실렸고, 1963년 제2차 교육과정 당시 발행된 국어 교과서에도 「금잔디」와 「진달래꽃」이 동시에 실림으로써 우리 근·현대문학을 대표하는 작품으로 되살아났기 때문이다.

한편, 김소월의 시인으로서의 작품 활동은 1920년 《창조》에 시 「낭인(浪人)의 봄」·「야(夜)의 우적(雨滴)」·「오과(午過)의 읍(泣)」·「그리워」·「춘강(春崗)」 등을 발표하면서 시작되었다. 작품발표가 활발해지기 시작한 것은 1922년 배재고등보통학교에 진학하면서부터인데, 주로 잡지 《개벽》을 무대로 이루어졌다. 이 무렵 발표한 대표작들로는, 1922년 《개벽》에 실린 「금잔디」·「첫치마」·「엄마야 누나야」·「진달래꽃」·「개여울」·「제비」·「강촌(江村)」 등이 있고, 1923년

2 류머티즘으로 고생을 하다가 1934년 12월 24일 평안북도 곽산 자택에서 뇌졸중으로 세상을 떠났는데, 향년 33세였다. 이틀 전, "여보, 세상은 참 살기 힘든 것 같구려."라면서 우울해했다고 한다. 이 때문에 김소월이 자살한 것 아니냐는 추측이 나오기도 했다. 김소월의 증손녀가 증언한 바로는, 김소월은 심한 관절염을 앓고 있었고 통증을 완화하기 위해 아편을 먹곤 했다고 한다. 따라서 아편 과다복용의 후유증으로 인해 세상을 떠난 것이 아니냐는 설도 있다. 출처: 위키백과 [김소월] 한편, 한국민족대백과사전 [김소월]에 따르면 "(전략) 1930년대에 들어서 작품활동은 저조해졌고 그 위에 생활고가 겹쳐서 생에 대한 의욕을 잃기 시작하였다. 그리하여 1934년에 고향 곽산에 돌아가 아편을 먹고 자살하였다.(후략)"고 적고 있다.

같은 잡지에 실린 「예전엔 미처 몰랐어요」·「삭주구성(朔州龜城)」·「가는 길」·「산(山)」과 함께 《배재》 2호에 게재한 「접동」, 《신천지》에 실린 「왕십리(往十里)」 등이 있다. 그 뒤 김억이 주도한 《영대(靈臺)》 동인으로 참가했다. 이 무렵에는 《영대》에 「밭고랑 위에서」(1924)·「꽃촉(燭)불 켜는 밤」(1925)·「무신(無信)」(1925) 등을, 《동아일보》에 「나무리벌노래」(1924)·「옷과 밥과 자유」(1925)를, 《조선문단》에 「물마름」(1925)을, 《문명(文明)》에 「지연(紙鳶)」(1925)을 발표했다. 소월의 이러한 작품활동은 1925년 시집 『진달래꽃』을 내고 1925년 5월 《개벽》에 시론 「시혼(詩魂)」을 발표함으로써 절정에 이르렀다. 시집 『진달래꽃』에는 소월의 모든 작품이라고 할 수 있는 126편이 수록되었다.[3] 시집 발행 당시 소월의 나이는 만 23세였다.

수백 종의 같고도 다른 시집으로 되살아난 『진달래꽃』

1950년 2월 5일 서울 소재 출판사 숭문사(崇文社)에서 1925년 출판되었던 『진달래꽃』 초간본을 바탕으로 한 첫 이본(異本) 시집이 발행되었다. 하지만 같은 해 6월 한국전쟁이 터지는 바람에 숭문사 판

3 1977년 소월 사후 43년 만에 그의 시작 노트를 발견했는데, 여기에 실린 시 가운데 스승 김억이 이미 발표한 게 있어 사람들을 놀라게 했다. 김억이 제자의 시를 자신의 시로 발표했던 것이다. 출처: 위키백과 [김소월]

본은 절판되고 말았다. 그런데 놀랍게도 전쟁이 한창이던 1951년에 서울에서 숭문사 판 『진달래꽃』이 다시 발행되었다. 그것도 3월에 이어 11월에 쇄를 거듭하여 발행된 것으로 알려져 있다. 여기서 소개하는 『진달래꽃』은 1951년 11월 21일 발행된 것이다.[4] 전쟁이 계속되고 있는 암울한 상황 속에서도 시집이 발행되고 나아가 쇄를 거듭했다는 사실은 당시 민중들이 생사(生死)를 넘나들면서 미처 돌보기 힘들었던 몸과 마음의 상처를 김소월의 시가 어루만져 주었기 때문이었을 것이다.

이렇듯 소월의 시집은 나오기 무섭게 팔려 나갔다고 한다. 그리하여 이후로 우리 출판계는 『진달래꽃』 특수(特需)를 누리게 된다. 관련 보도를 종합해 보면 2017년 현재까지 600여 종이 출간되었고 600만 부 이상이 팔린 것으로 추산되고 있다. 저작권 보호대상이 아니다 보니 시집 제목도 '진달래꽃'을 비롯하여 '소월시집', '못잊어', '초혼', '금잔디', '임의 노래', '예전엔 미처 몰랐어요', '기억', '님과 벗에게', '먼 후일', '고적한 날', '나는 세상 모르고 살았노라', '엄마야 누나야', '소월 시선' 등 각양각색으로 출판되었다. 심지어는 김소월이 남긴 시의 제목이 아닌 '물망초'라는 이름으로 출판되기도 했으며, '소월 시 전집' '소월 명시집,' '원본 소월시집', '소월 시 감상집' 등의 다양한 제목을 달고 발행되기도 했다.

---

4 숭문사 판본 『진달래꽃』은 2016년에 복각본으로 출간되어 다시 독자들의 관심을 끌어모은 바 있다.

『진달래꽃』 앞표지와 뒤표지

또한 소월의 시들은 영어, 프랑스어, 일어, 중국어, 베트남어 등으로 번역되어 전 세계로 퍼져나갔다.

이번에 소개하는 『진달래꽃』은 1925년에 발행된 최초판본에 이어 광복 이후 처음 발행된 판본이라는 점에서 의미가 있다. 특히 6·25전쟁 중에 나온 판본이라는 점에서 당시 출판 상황 및 인쇄술 수준을 엿볼 수 있는 자료로서의 가치도 간과할 수 없다. 먼저 가로 127mm, 세로 183mm 크기의 오른쪽매기 무선철(無線綴) 제책방식으로 만들어진 이 책의 표지를 보면 진노랑 바탕에 청자와 백자, 나무와 표주박 등의 이미지가 오른편에 치우쳐 배치되어 있고, 왼편으로는 필기체 세로글씨로 '소월시집(素月詩集) 진달래꽃'이란 제목이 자리 잡

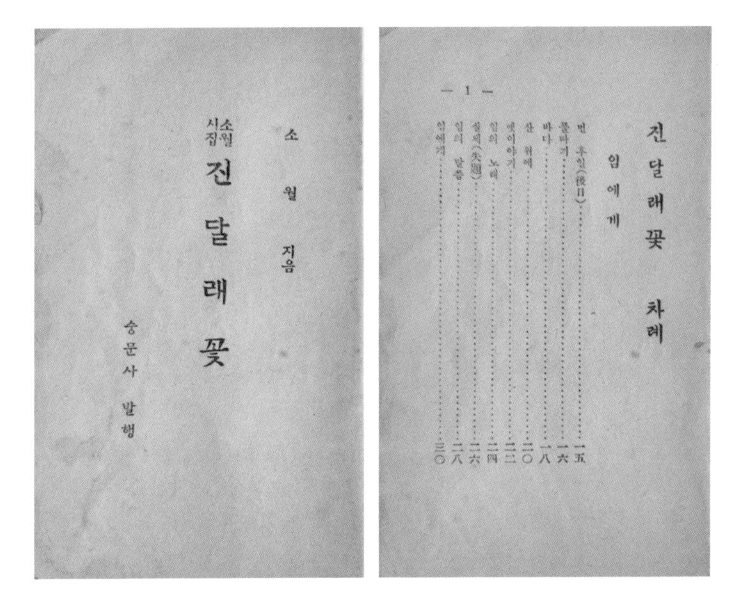
소월 지음

소월시집 진달래꽃

숭문사 발행

진달래꽃 차례

님에게

— 1 —

『진달래꽃』 속표지와 차례

고 있다. 아마도 김소월의 시에 담긴 민족의 정서 또는 정한(情恨)을 함축적으로 표현한 것이 아닐까 싶다. 다만, 표지 그림을 그린 사람에 대한 정보가 없기에 안타까울 따름이다. 표지를 넘기면 면지가 나오고 그 다음에 나오는 속표지를 보면 이번에는 아무런 이미지 없이 '소월 지음 / 소월시집 진달래꽃 / 숭문사 발행'이란 글자가 활자체 세로글씨로 새겨져 있다.

그 다음으로는 모두 12쪽에 걸쳐 차례가 펼쳐져 있으며, 그에 따른 전체 구성과 시편 제목을 보면 다음과 같다.

임에게

먼 후일(後日) / 풀따기 / 바다 / 산 위에 / 옛이야기 / 임의 노래 / 실제(失題) / 임의 말씀 / 임에게 / 마른강 두덕에서

봄밤

봄밤 / 밥 / 꿈으로 오는 한 사람 / 꿈꾼 그 옛날

두 사람

눈 오는 저녁 / 자주(紫朱) 구름 / 두 사람 / 못 잊어 / 닭 소리 / 예전엔 미쳐 몰랐어요 / 자나 깨나 앉으나 서나 / 해가 산마루에 저물어도

무주공산(無主空山)

꿈 / 맘 켱기는 날 / 하늘 끝 / 개미 / 제비 / 부엉새 / 말리성(萬里城) / 수아(樹芽)

한때 한때

담배 / 실제(失題) / 어버이 / 부모 / 후살이 / 잊었던 밤 / 비단 안개 / 기억 / 애모(愛慕) / 몹쓸 꿈 / 봄비 / 그를 꿈꾼 밤 / 여자의 냄새 / 분얼굴 / 서울 밤 / 아내 몸

반달

가을 아침에 / 가을 저녁에 / 반달

귀뜨람이

만나려는 심사 / 옛낯 / 깊이 믿는 심성(心誠) / 꿈 / 임과 벗 / 지연(紙鳶) / 오시는 눈 / 설움의 덩이 / 낙천(樂天) / 바람과 봄 / 눈 / 깊고 깊은 언약 / 붉은 조수(潮水) / 남의 나라땅 / 천리만리(千里萬里) / 생(生)과 사(死) / 고기잡이(漁人) / 귀뜨라미 / 달빛(月色)

바다가 변하여 뽕나무밭 된다고

불운에 우는 그대여 / 바다가 변하여 뽕나무밭 된다고 / 맘에 있는 말이라고 다할까보냐 / 황촉(黃燭)불 / 훗길 / 부부 / 나의 집 / 새벽 / 구름

여름의 달밤 (외 이편)

여름의 달밤 / 오는 봄 / 물마름

바리운 몸

바리운 몸 / 우리 집 / 들 돌이 / 바라건대는 우리에게 우리의 보습댈 땅이 있었더면 / 밭고랑 위에서 / 저녁때 / 합장(合掌) / 묵념(默念) / 엄숙

고독(孤獨)

열락(悅樂) / 비난수하는 밤 / 찬 저녁 / 초혼(招魂) / 무덤

여수(旅愁)

여수(一) / 여수(二)

진달래꽃

길 / 개여울의 노래 / 개여울 / 가는 길 / 왕십리(往十里) /
원앙침(鴛鴦枕) / 무심(無心) / 산 / 진달래꽃 / 삭주구성(朔州龜城) / 널 /
춘향(春香)과 이도령(李道令) / 접동새 / 집 생각 / 산유화(山有花)

꽃촉불 켜는 밤

꽃촉불 켜는 밤 / 부귀공명(富貴功名) / 추회(追悔) / 무신(無信) /
사노라면 사람은 죽는 것을 / 하다못해 죽어 달라가 옳나 / 희망(希望) /
전망(展望) / 나는 세상 모르고 살았노라 / 꿈길

금잔디

금잔디 / 강촌(江村) / 첫치마 / 달맞이 / 엄마야 누나야

닭은 꼬끼오

닭은 꼬끼오

이처럼 1951년 11월에 숭문사에서 발행된 『진달래꽃』에는 1925년 매문사 판본과 거의 비슷한 편집체재로, 다만 표기에 있어서 일부 다르게 김소월 시인이 평생 써 모은 126편의 시가 실려 있다. 차례에서 '여수(旅愁)'라는 제목의 시에 번호를 붙여 나누어 놓아 자칫 127편의 시가 실려 있는 것처럼 보이나, 실제 본문에는 하나의 제목에 연이은 한 편의 시로 실려 있다. 이 시집은 「먼 후일(後日)」이란 시로 시작되

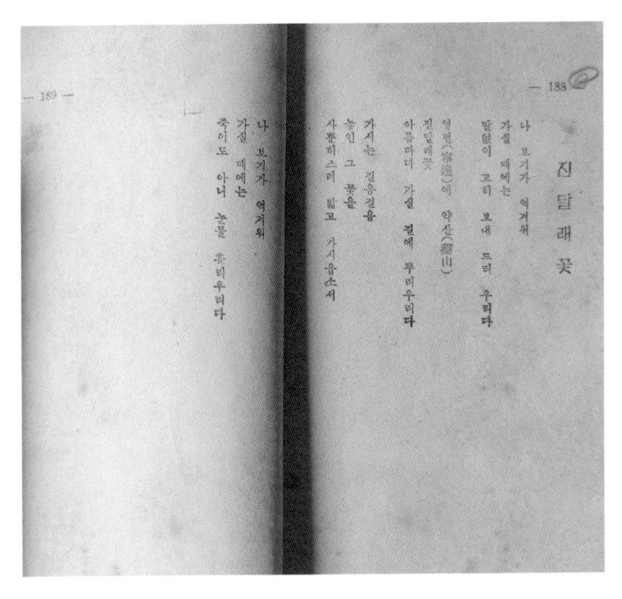
— 188 —

진달래꽃

나 보기가 역겨워
가실 때에는
말없이 고히 보내 드리 우리다

영변(寧邊)에 약산(藥山)
진달래꽃
아름따다 가실 길에 뿌리우리다

가시는 걸음걸음
놓인 그 꽃을
사뿐히 즈려 밟고 가시옵소서

— 189 —

나 보기가 역겨워
가실 때에는
죽어도 아니 눈물 흘리우리다

『진달래꽃』 본문

고 있으며, 표제작이자 소월의 대표시 「진달래꽃」은 188쪽과 189쪽에 걸쳐 실려 있고, 맨 마지막에 실린 작품은 「닭은 꼬끼오」이다. 그 밖에 같은 단어임에도 소제목에서는 '귀뜨람이'로, 시제목에서는 '귀뜨라미'로 표기하는 등 교정상의 실수들이 더러 보인다.

마지막으로, 간기면을 보면 인쇄일은 단기 4284년(1951년) 11월 19일, 발행일은 11월 21일이었으며, 책값은 '230환(圜)'이다. 편집 겸 발행자는 '한용선(韓鏞善)', 인쇄소는 '대한인쇄공사'로 표기되어 있다. 그리고 발행소는 '숭문사'로 당시 주소는 서울시 종로구 세종로 206의 1, 출판사 등록번호는 제35호, 인쇄소 등록번호는 제105호로 각각 나타나 있다. 여기서 편집 겸 발행자로 나오는 '한용선'은 일제

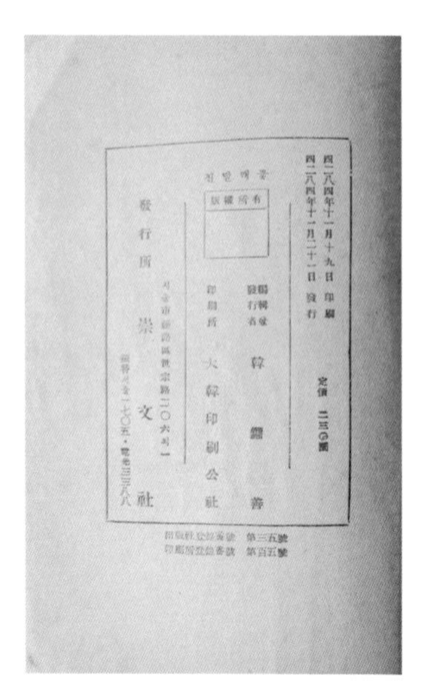

四二八四年十一月十九日 印刷
四二八四年十一月二十一日 發行

定價 二三〇圜

진달래꽃

版權所有

編輯兼發行者 韓 [illegible] 善
印刷所 大韓印刷公社

發行所 崇文社

出版社登錄番號 第三五號
印刷所登錄番號 第百五號

『진달래꽃』 간기면

강점기 때 한성도서주식회사 영업부장을 거쳐 일제 말기에 잠시 낙향했다가 광복 후 상경하여 숭문사를 차린 인물이다. 맨 뒤표지에는 별다른 특이점 없이 중앙에 출판사 로고를 배치하고 하단에 출판사 이름을 표기하고 있다.

가곡으로, 대중가요로 불리며 국민 정서를 함양한 소월의 시편들

우리나라 사람들이 가장 좋아하는 시인을 고르라면 단연코 소월일 수밖에 없는 이유 가운데 하나가 바로 그의 시편 상당수가 노랫말이 되었다는 점이다. 비교적 최근에는 가수 마야가 부른 '진달래꽃'과 민지의 '초혼' 같은 노래가 젊은 층에 널리 알려져 있지만, 오래 전부터 널리 불린 '부모'를 비롯해 '못잊어', '개여울', '엄마야 누나야' 같은 노래의 가사들이 모두 소월의 시다. 장르도 다양해서 트로트, 재즈, 록, 팝, 발라드에 이르기까지 소월의 시를 바탕으로 작곡된 노래의 스펙트럼은 매우 넓다. 소월 전문가로 알려진 구자룡(具滋龍) 시인의 조사에 따르면 "대중가요로 작곡돼 불린 소월의 시가 59편, 노래를 부른 가수도 원곡 가수와 리메이크 가수를 포함해 320여 명에 이른다."고 한다.

실제로 대중가요 작곡가 겸 작사가로 이름을 날린 손석우(孫夕友, 1920~2019)는 1960년대에 이미 소월의 시 중에서 '진달래꽃' 등 9편의 시에 곡을 붙여 유명가수들이 부르게 했다고 한다. 또, 서영은(徐永恩, 1927~1989) 같은 작곡가는 소월의 시 중에서 '부모' 등 무려 40편을 골라 곡을 붙였다고 한다. 그밖에도 1970년대에 접어들어 대학가요제 참가자 또는 그룹사운드에서 소월의 시를 가사로 하는 창작곡을 만들어 대중의 인기를 크게 얻기도 했다. 2000년 이후에도 김진표 작곡·노바소닉 노래의 '진달래꽃'(라스뮤직, 2000), 김석찬 작곡·오션 노래의 '하늘 끝'(신나라뮤직, 2001), 김수한 작곡·민지 노래의 '초혼'(한국음반, 2002), 우지민 작곡·마야 노래의 '진달래꽃'(서울음반, 2003), 황옥곤 작곡·조경옥 노래의 '비단안개'(SS음반사, 2009), 이한철 작곡·자전거 탄 풍경의 '예전에 미처 몰랐어요'(스타맥스, 2015) 등이 인기를 끌었다. 이처럼 소월의 시는 우리 문학사(文學史)에 아로새겨진 의미 못지않게 우리 가요사(歌謠史)에 미친 영향 또한 매우 큰 것으로 보인다.

이제 이 글을 마무리하려고 보니 문득 어린 시절부터 라디오를 켜면 흘러나오곤 했던 노래가 귓전을 맴돈다. 가수 정미조 씨가 불렀던 '개여울'이다. 가수의 음색과 가사가 어울려 자못 애잔하게 들리곤 했던 그 노래가 어쩌면 소월의 유훈(遺訓)이 아닐지 모르겠다는 생각을 했다. 소월이 세상을 떠난 지도 어언 90년이 가까워온다. 약 한 세기 전에 이 땅에서 가난한 시인의 길을 가노라고 힘들었던 세월을 내려놓은 소월의 노랫소리인 양 그 노래가 때마침 창문을 때리는 빗줄기 속을 헤집고 선연하게 들려온다. 어쩌면 이미 어느 세상에 환생하여 호젓한 개여울 가에서 가족들과 함께 도란도란 옛일을 추스르고 있는 건강한 소월이 있을지도 모르겠다. 명복을 빈다.

당신은 무슨 일로
그리 합니까?
홀로이 개여울에 주저앉아서

파릇한 풀포기가
돋아 나오고
잔물은 봄바람에 해적일 때에

가도 아주 가지는

안노라시던

그러한 약속이 있었겠지요

날마다 개여울에

나와 앉아서

하염없이 무엇을 생각합니다

가도 아주 가지는

안노라심은

굳이 잊지 말라는 부탁인지요

—「개여울」 전문

두 번째 이야기

나랏말의 운율만을 고르고 있던 이의 선택된 정서들

영랑시선(永郎詩選)

김윤식 시집 / 정음사 / 1956년 5월 28일 발행

永郎詩選

金允植 著

正音社

초판인 줄 알았는데 아니었던,
그러나 유난히 빛났던 책

우선 『영랑시선』은 1956년도에 나온 것임에도 초판이 아니었다. 하지만 그 의미가 남다른 재판본이기에—초판본이나 다름없기에—선뜻 고를 수 있었다. 우선 이 책을 구한 곳은 인사동 고서점 '호산방'이었다. 우리 문학사에 빛나는 거장들의 빛바랜 단행본들이 즐비한 가운데 유난히 빛나던 책, 그게 바로 『영랑시선』이었다. 당시 내 처지에 비추어 조금은 부담스러운 가격이었음에도 좌고우면하지 않고 지갑을 열었던 기억이 새롭다.

영랑(永郎) 김윤식(金允植, 1903~1950) 시인은 30년 세월 동안 시를 썼음에도 100편이 되지 않을 정도로 과작(寡作)이었고, 일제강점기와 광복에 이르는 기간 동안 수많은 문사(文士)들이 이름을 떨쳤지만, 동경 유학에서 돌아와 광복 시기까지 묵묵히 고향마을(전남 강진)을 지켰다. 특히 그는 "백석(白石)과 함께 식민지 치하 후기에서 일제의 문화적 탄압이 극도로 심해지고 있을 무렵, 외국의 서투른 모방보다 한국어의 재래적인 가치를 보존하고 그것을 예술적으로 다듬는 것이 시인의 중요한 임무라고 생각한 시인"[5]이었다.

그의 본격적인 문단 활동은 "박용철·정지용·이하윤 등과 '시문학 동인'을 결성하여 1930년 3월에 창간한《시문학(詩文學)》에 시 「동백잎에 빛나는 마음」·「언덕에 바로 누워」 등 6편과 「사행소곡칠수(四行小曲七首)」를 발표하면서 본격적으로 전개되었"[6]으며, 정지용 시인이 지어준 것으로 알려져 있는 아호 '영랑'은《시문학》에 작품을 발표하면서부터 사용하기 시작한 것으로 알려져 있다. 이후《문학》·《여성》·《문장》·《조광(朝光)》·《인문평론》·《백민(白民)》·《조선일보》 등에 80여 편의 시와 역시(譯詩) 및 수필·평문(評文) 등을 발표하였다. 그의 주요 작품들은 1935년 박용철에 의해 발행된 『영랑시집(永郎詩集)』에 실려 있다.[7]

김영랑은 전 생애에 걸쳐 86편의 시를 남겼는데, 1949년판 『영랑

---

5 金允植·김현(1984),《韓國文學史》, 민음사, 215쪽.

6 [네이버 지식백과] 김영랑(金永郎) 한국민족문화대백과, 한국학중앙연구원(https://terms.naver.com/entry.nhn?docId=552815&cid=46645&categoryId=46645) 검색일: 2020.6.10.

7 박용철은 일찍이 김영랑의 시적인 자질을 간파해 유학시절부터 시 쓰기를 권유하고,《시문학》을 발간하는 동안 꾸준히 김영랑의 시를 부각시킨다. 박용철은 김영랑의 시를 거의 다 외울 정도로 몹시 아끼고 사랑했다. 이러한 사실은 박용철이 자신의 시집은 내지 않으면서도 1935년 11월 '시문학사'에서《영랑시집》을 펴낸 것으로도 입증된다. [네이버 지식백과] 김영랑(金永郎) – 한국어의 시적 아름다움에 헌신한 시인(나는 문학이다, 2009.9.9., 장석주, 전라남도 강진군청(https://terms.naver.com/entry.nhn?docId=3581492&cid=60538&categoryId=60538) 검색일: 2020.6.10.

『영랑시선』 앞표지와 뒤표지

시선(永郞詩選)』(중앙문화사 발행)에는 그때까지 쓴 시들 중에서 스스로 선별한 시 60편이 실려 있다.[8] 『영랑시선』이 나온 이듬해 6 · 25전쟁이 터지는 바람에 시집의 존재가 그대로 사라질 뻔했던 것을 미당(未堂) 서정주(徐廷柱, 1915~2000)가 이헌구(李軒求, 1905~1982) 등과 정음사(正音社)에서 다시 발행한 것이 바로 1956년판(1956년 5월 28일 발행) 『영랑시선』이다.

---

8 신경림에 따르면 영랑이 남긴 시가 모두 86편이라는 점은 다르지 않으나 "《영랑시집》은 작품 제목 없이 일련번호만 붙여 53편을 싣고 있으며, 《시선》은 《시집》의 53편에 17편을 보태어 70편을 싣고 새로 제목을 달았다."고 한다. 하지만 1949년판 『영랑시선』을 재발행한 1956년판에는 분명 60편의 시가 실려 있는바, '70편'이라고 한 것은 잘못된 표현이다. 신경림(1998), 『신경림의 시인을 찾아서』, 우리교육, 192쪽 참조.

서序와 발跋이 들어 있는 시집

책을 읽다 보면 서문 또는 발문이란 게 있는 것을 보게 된다. 서발(序跋)[9]의 뜻과 기능은 무엇일까? 우리 근대문학 시기였던 해방 이전 간행 시집의 서문과 발문을 연구한 염철에 따르면, 한문학에서는 "서(序)가 대상으로 삼은 전적의 내용이나 이치 혹은 저술 경위 등을 앞에 제시함으로써 읽는 이를 위한 길잡이 역할을 하는 반면, 발(跋)은 그 전적을 읽고 난 후의 느낌을 스스로 적어 붙이거나 다른 사람의 청에 의해 집필하여 전적의 뒤편에 붙이는 글"로 이해된다.[10] 하지만 조규익은 "대상 작품이나 전적의 대체(大體)에 관계되는 내용을 제시하고 그 내용을 기반으로 작자에 대한 찬양을 부가하는 것이 서·발 집필의 원칙이자 주된 목적"이라는 점에서 양자를 굳이 구별할 필요가 없다고 한다.[11]

이 같은 서문과 발문의 뜻에 입각하여 살펴보면 1949년판 『영랑시선』에는 본문이 끝나고 그 뒤를 이어 서정주의 '발사(跋詞)'라는 제목의 글, 즉 발문이 실려 있고, 1956년판 『영랑시선』에는 서정주의 발

---

9 "시집이나 문집 서발(序跋)의 역사는 중국의《詩序》나《孔子十翼》의 시대로 거슬러 올라간다. 우리나라에도 삼국시대에 이미 이러한 서발이 소개되었을 것으로 짐작되며, 이 서발의 전통은 이후 지금까지 이어지고 있다." 염철(2010),「해방 이전 간행 시집 序跋 현황 개관」, 근대서지학회 편,《근대서지》 제1호, 소명출판, 161쪽.

10 염철(2010),「해방 이전 간행 시집 序跋 현황 개관」, 앞의 책, p.162.

11 조규익(1988),『朝鮮朝 詩文集 序·跋의 硏究』, 숭실대 출판부, 12쪽., 염철(2010),「해방 이전 간행 시집 序跋 현황 개관」, 앞의 책, p.163 재인용.

문에 이어 이헌구의 '再版의 序에 代하여'라는 제목의 글이 실려 있다. 굳이 구별한다면 이헌구의 글이 서문이요, 서정주의 글이 발문에 해당하는 것으로 볼 수 있다. 1949년판을 재발행함에 있어 부득이하게 발문이 먼저 나오고 서문이 맨 뒤에 붙어 있는 형식이 되었지만, 어쨌든 앞서 살핀 조규익의 서문과 발문에 대한 견해가 더 타당하다고 생각하는 데에는 별 문제가 없는 것으로 보인다.

한편, 시집의 경우 이러한 서문과 발문을 살펴보면 "시집 간행 동기 및 간행 과정, 시집 구성상의 특징, 시에 대한 시인의 관점이나 태도, 저자 이외의 서문과 발문 필자들의 시집에 대한 독서 경험 등 해당 시집을 이해하는 데 필요한 요소들"[12]을 찾아낼 수 있다. 특히 서문 또는 발문에는 널리 알려지지 않은 사사로운 인연을 비롯하여 당사자들만이 아는 내밀한 사연이 기록되어 있는 경우도 볼 수 있다는 점에서 시집과 시인에 얽힌 중요한 사건을 확인하는 귀중한 자료가 될 수도 있을 것이다.

앞서 살핀 염철의 연구에 따르면[13] "해방 이전에 간행된 90권의 시집 중에서 序跋이 모두 있는 시집이 11권, 서발 어느 하나만 있는 시집이 47권, 서발이 모두 없는 시집이 32권이었다. 그리고 서발 중 어느 하나만 있는 시집의 경우 序는 있고 跋이 없는 시집이 38권, 跋은

12 염철(2010),「해방 이전 간행 시집 序跋 현황 개관」, 앞의 책, p.162.

13 조규익의 주장을 참고하여 서와 발을 엄격하게 구별하기보다는 편의상 앞에 실린 글을 서로, 뒤에 실린 글을 발로 나누었다고 한다.

있고 序가 없는 시집이 9권이었다."고 한다.[14] 그런 점에서 1956년판 『영랑시선』은 당시로서는 그리 흔하지 않게 서와 발이 모두 들어 있는 시집이라는 특성을 가진다. 또한 서발에는 "① 사 및 감사의 글, ② 시집 간행 동기 및 간행 과정, ③ 시집 구성상의 특징, ④ 시에 대한 시인의 관점이나 태도, ⑤ 시인론이나 작품론, ⑥ 서시(序詩) 등이 포함된다."[15]는 점에서 1956년판《영랑시선》의 서발을 들여다보면 그 특징적인 면모를 알 수 있을 것이다.

먼저 감사의 글은 미당의 발문에 이어 나오는 이헌구의 '再版의 序에 代하여' 끝 부분에서 볼 수 있는데, 그 내용은 다음과 같다(한자어는 가급적 한글로 바꾸었으며 필요한 경우에는 괄호 안에 병기함. 이하 같음.).

> 이제 여기서 새삼스레 형의 시를 논할 여지도 필요도 없거니와 형의 처녀시집을 1935년 간행한 고 용아(龍兒) 박용철 형의 정성과 기쁨에 찬 노고를 회상했다. 우리의 향 맑은 옥돌과도 같으며 소박하고도 현란한 언어미의 여운이 담뿍 풍겨지는 형의 시가 다시금 이 세상에 알려지게 되는 것을 우리 문단뿐 아니라 장래의 많은 시학도를 위하여 감격하며 기뻐 자랑하지 않을 수 없는 바이다.
>
> 이 시선(詩選)의 재판(再版)을 위하여 직간접적으로 애써 주신 여러분과 특히 이 출판을 맡아 주신 정음사 최영해(崔暎海)[16] 형에게 감사의 뜻

14 염철(2010),「해방 이전 간행 시집 序跋 현황 개관」, 앞의 책, p.163.
15 염철(2010),「해방 이전 간행 시집 序跋 현황 개관」, 앞의 책, p.170.

을 표하여 두는 바이다.

또, 시집 간행 동기 및 간행 과정도 이헌구의 글에 상세하게 나와 있는데, 그 내용을 보면 다음과 같다.

…… 뒤이어 중공(中共) 침입이 빚어낸 재차 피난하는 민족적이요 세기적인 비극이 나날이 이 서울 시내를 무인(無人)의 폐허로 만들어 가고 있는 그 최후에 가까운 1950년 10월 29일 오후, 이산(怡山) 형과 더불어 침울과 비통과 허무와 무표정으로 뒤덮인 명동거리를 거닐다가 실로 우연히도 이미 다 남하(南下)하고 남은 한구석 좁은 거리의 책방 속에서 『영랑시선』 두 권을 발견했던 것이다. 이산이나 나나 다같이 일체의 장서(藏書)를 도난당한 뒤일 뿐 아니라 원혼이 되어 지하에서도 눈감을 수 없을 영랑 형을 시시(時時)로 추모하는 우리들로서 이 시집의 발견은 실로 고인의 성해(聲咳)에 접하는 듯 반갑고 또 서글펐던 것이다. 이 한 권 시집과 더불어 우리는 다시 남하하여 피난살이 4년, 어느 길가에 내버린 듯 묻혀서 있다는 형의 묘소에 한 번 참배할 기회조차 갖지 못하다가 드디어 우리들은 다시 서울로 돌아와 때때로 형이 누워 계신 쓸쓸하고 황량한 남산 기슭을 찾아가고 오고 하는 중, 다시 형의 유시(遺詩)를 재판(再版)하였으면 하는 의논이 가끔 있었던 것이요, 특히 작년 봄에는 미망인

---

16 1914년에 태어나 1982년에 세상을 떠났다. 국어학자 외솔 최현배(崔鉉培, 1894~1970)의 장남으로 외솔이 1928년에 설립한 출판사 정음사를 대를 이어 경영했다.

의 전언(傳言)을 유자(遺子)들을 통하여서 듣기도 하여 이의 인쇄를 추진 하려고 알선(斡旋)하여 왔다. 그러던 중 천만다행으로 1949년 발간된 형의 자선(自選)인 『영랑시선』 지형(紙型)이 남아 있다는 말을 듣고 수소문하여 알아본 결과, 기적처럼 대한인쇄공사(大韓印刷公社) 창고 속에서 양차(兩次)의 적침(敵侵)을 받으면서도 이것만이 그대로 고스란히 남아 있었다는 것은 하나의 천행(天幸)이 아닐 수 없는 것이다. ……

위에서는 생략했지만 이 글의 서두를 이헌구는 프롤레타리아 문학 타도에 앞장섰던 우파 문필가답게 '붉은 이리떼의 침범'이란 표현으로 시작하고 있다. 그리고 그렇게 터진 전쟁 와중에 "영랑 김윤식 형을 잃어버린 것은 그 무엇으로도 형용할 수 없는 가장 큰 통한이요 충격"이었다고 쓰고 있다. 이어 중공군 참전에 따른 1·4후퇴로 인해 더욱 황폐해진 서울 명동거리를 이산 김광섭 시인과 거닐다가 거리 구석의 어느 허름한 책방에서 1949년판 『영랑시선』 두 권을 발견하고는 '반갑고 또 서글펐던' 심정을 토로하고 있다. 이후 이 시집과 함께 다시 남쪽으로 피난길을 떠나 4년여의 세월이 흘러 상경한 다음 비로소 『영랑시선』의 재간행을 추진하던 중, 기적적으로 대한인쇄공사의 창고에서 1949년판 『영랑시선』을 인쇄했던 지형(紙型)을 발견함으로써 드디어 1956년판의 발행이 가능해졌음을 회상하고 있다.

아울러 시집 구성상의 특징은 다음과 같은 서정주의 글에서 찾아볼 수 있다.

끝으로 이 시선(詩選)을 3부로 나눈 것은 연대기에 의한 것이 아니라 시형(詩型) 또는 내재율(內在律)의 유별(類別)로 가른 것임을 말해둔다. 이렇게 하는 것이 독자들을 위하여 오히려 편리하지 않을까 생각되었기 때문이다.

실제로 이 시집은 'I. 찬란한 슬픔', 'II. 사행시(四行詩)', 'III. 망각(忘却)' 등 3부로 나뉘어 있으며, 1부에는 29편, 2부에는 25편, 그리고 3부에는 6편의 시가 각각 실려 있다. 그런데 특이한 것은 오늘날의 시집과 달리 본문에는 시작품마다 일련번호만 붙어 있고, '차례'에서 비로소 번호와 함께 제목이 붙어 있다는 점이다. 아울러 위에서 소개한 이헌구의 글이 일종의 서문 형식임에도 서정주의 발문보다도 뒤에 실려 있는 것은 이 시집이 1949년판 『영랑시선』의 지형을 그대로 가져다 쓰면서 이헌구의 글을 덧붙여 조판한 까닭으로 보인다. 서정주의 글이 '계축년(1949년) 8월'에 쓰였다고 표기되어 있는 데 비해 이헌구의 글은 '1956년 1월 30일'에 쓴 것으로 표기되어 있는 것 또한 그 때문이다.

또한, 시에 대한 시인의 관점이나 태도 또는 시인론이나 작품론에 해당하는 내용은 다음과 같은 서정주의 발문 중에서 찾아볼 수 있다.

영랑 선생은 전라도 강진(康津) 사람. 소시(少時)에 왜경(倭京)에 유학하여 청산학원(青山學院)에서 문학을 전공하고는 귀향하자 바로 향리(鄕里)의 해안 언덕 위에 칩거(蟄居)하여 즐기는 음악을 듣고 시를 창성(創

成)하기에 해방의 날이 오도록 그곳을 떠나지 않은 분이다. 그러므로 서울에서 생활을 계속해 온 여러 문단인(文壇人)처럼 널리 알려져 있지를 않았다. 더구나 잘해야 한 해에 한두 편밖에는 산출(産出)하지 않았던 그의 시에 대한 고도의 존숭(尊崇) 때문에 온 과작(寡作)과 겸허(謙虛)의 태도는 그를 한층 더 그렇게 만들었다. 생각컨대 이것은 그 스스로가 원하였던 바일 것이다.

그러나 과작과 겸허와 저널리즘을 통해 유명치 않았던 것 등은 영랑시의 가치를 적게 하는 이유는 되지 못한다. 여기 저 일제 삼십여 년 간의 온갖 유명(有名)을 회피하고 숨어서 이 나랏말의 운율(韻律)만을 고르고 있던 이의 선택된 정서(情緖)들을 조용히 보라. 왜 그의 존재가 현대 조선 서정시 사상(史上)의 한 절정이었던 〈시문학〉 파의 몇몇 거성(巨星)들 가운데서도 가장 오래 가야 하는가를 일반이 이해할 때에는 벌써 가까워오고 있다고 생각한다.

앞서 영랑을 가리켜 "30년 세월 동안 시를 썼음에도 100편이 되지 않을 정도로 과작(寡作)이었고, 일제강점기와 광복에 이르는 기간 동안 수많은 문사(文士)들이 이름을 떨쳤지만, 동경 유학에서 돌아와 광복 시기까지 묵묵히 고향마을(전남 강진)을 지켰다."고 했던 이유가 바로 위의 글 속에 있다. 서정주는 영랑이 시작품을 많이 남기지 않은 이유를 "시에 대한 고도의 존숭(尊崇)" 때문이라고 썼거니와, 이것이 바로 영랑의 '시에 대한 관점이나 태도'였을 것이다.

영랑과 서정주·이헌구, 그리고 정지용

영랑은 1903년 전남 강진에서 아버지 김종호(金鍾湖)와 어머니 김경무(金敬武)의 5남매 중 장남으로 태어났다. 대체적인 생애에 대한 공식적인 기록을 보면 다음과 같다.[17]

1915년 강진보통학교를 졸업한 뒤 혼인하였으나 1년반 만에 부인과 사별하였다.

그뒤 조선중앙기독교청년회관에서 영어를 공부하고 난 다음 1917년 휘문의숙(徽文義塾)에 입학, 이 때부터 문학에 대한 관심을 가지기 시작하였다. 이때 휘문의숙에는 홍사용(洪思容)·안석주(安碩柱)·박종화(朴鍾和) 등의 선배와 정지용(鄭芝溶)·이태준(李泰俊) 등의 후배, 그리고 동급반에 화백 이승만(李承萬)이 있어서 문학적 안목을 키우는 데 직·간접으로 도움을 받았다.

휘문의숙 3학년 때인 1919년 3·1운동이 일어나자 고향 강진에서 거사하려다 일본경찰에 체포되어 6개월간 대구형무소에서 옥고를 치렀다. 1920년에 일본으로 건너가 아오야마학원(靑山學院) 중학부를 거쳐 같은 학원 영문학과에 진학하였다. 이 무렵 독립투사 박렬(朴烈), 시인 박용철(朴龍喆)과도 친교를 맺었다.

그러나 1923년 관동대지진으로 인해 학업을 중단하고 귀국하였다. 이

---

17 한국민족문화대백과사전(김영랑)

후 향리에 머물면서 1925년에는 개성출신 김귀련(金貴蓮)[18]과 재혼하였다. 광복 후 은거생활에서 벗어나 사회에 적극 참여하여 강진에서 우익운동을 주도하였고, 대한독립촉성회에 관여하여 강진대한청년회 단장을 지냈으며, 1948년 제헌국회의원선거에 출마하여 낙선하기도 하였다.

1949년에는 공보처 출판국장을 지내기도 하였다. 평소 음악에 대한 조예가 깊어 국악이나 서양명곡을 즐겨 들었고, 축구·테니스 등 운동에도 능하여 비교적 여유 있는 삶을 영위하다가, 9·28수복 당시 유탄에 맞아 사망하였다.

영랑은 널리 알려져 있는 것처럼 1930년 3월 '시문학동인'이 창간한《시문학》을 중심으로 박용철, 정지용, 이하윤, 정인보, 변영로, 신석정 등 당대 최고의 문학적 성과를 보인 시인들과 함께 작품 활동을 펼쳤다. 1934년 4월《문학》 제3호에「모란이 피기까지는」을 발표했으며, 1935년『영랑시집』을, 1949년에는『영랑시선』을 펴냈다.

이 같은 영랑의 생애와 미당 서정주의 관계에는 어떤 배경이 있는 것일까. 이에 대한 단서는 우선『영랑시선』에 실린 미당의 글 속에서 찾을 수 있다.

---

18 영랑의 3남 김현철 씨가 연재한 글에 따르면 "영랑의 한복을 이삼일에 한 번씩 빨고 말리고 다리미질을 해야 했던 안귀련 부인은 자식들 뒷바라지에 남편 수발까지 한가할 날이 없었다."고 회고함으로써 어머니 이름을 '안귀련'으로 표기하고 있다. (http://floridakorea.com/2010.04.28.) 검색일: 2020.06.25.

영랑 선생의 시작품을 내가 처음으로 대한 것은 아직도 내 나이 이십 미만의 소년시절《시문학》이라는 동인지(同人誌)를 통해서였다. 정지용, 박용철 씨들과 같이 간행하여 그들의 중요작품의 일부를 실은 이 획기적인 동인지가 조선 현대 시문학 사상(史上)의 찬란한 한 금자탑이 됨은 이미 식자(識者)들의 정론(定論)하는 바로서 인제 여기 새삼스럽게 재언(再言)할 필요도 없거니와 표현에 대한 자각이 뚜렷이 서지 못했던《시문학》이전의 시작가(詩作家)들의 작품만 대하던 내 눈에 그들의 형성해 놓은 업적이 커다란 경이였음은 물론 그 중에도《시문학》지의 서두를 장식했던 영랑 선생의 주옥같은 소곡(小曲)들은 오랫동안 나의 모두 외우는 바 되었었다. 혼자서 그의 소곡을 소리내어 외우며 들길을 헤매다니는 기억, 오래잖아서는 또 김동리(金東里, 1913~1995)와 같은 동호자(同好者)를 얻어 둘이서 같이 읊조리는 기억 등이 아직도 새롭다.

그렇더라도 언뜻 이해하기 어려운 점은 그토록 일제를 미워하고 친일을 배격했던 영랑이 어떻게 친일 행적이 뚜렷한 미당과 친하게 지냈을까 하는 것이다. 영랑이 일제에 항거한 흔적은 여러 문헌을 통해 확인되는데, 특히 영랑의 자녀들이 기억하는 영랑의 모습을 묘사한 다음과 같은 글을 보면 확연히 알 수 있다.

일본 경찰이 조선인 가구주들에게 성을 일본식으로 바꾸라고 강요할 때면 영랑은 "내 성명은 김윤식이다. 일본 말로 발음하면 '깅인쇼큐'다. 즉 나는 '깅씨'로 창씨했다."라며 당당히 대응했다. 그는 자신뿐 아니라 가족 모두에게 창씨개명을 거부하도록 했는데, 자녀들은 학교에서 교사들에게 협박을 당하고 친구들의 놀림감이 되기 일쑤였다.

매주 토요일 형사들이 대문을 두드리며 신사 참배를 강요했을 때도 습관성 설사병 등을 핑계로 이리 저리 이를 피했다. 양복을 갖춰 입고 단발을 하라는 명령도 끝내 불복했고, 해방이 될 때까지 한복을 벗지 않았다.

'외로운 혼'으로 '독을 차고' 살던 영랑은 회유와 협박이 견딜 수 없을 만큼 심해지자 홀연 절필을 선언했고, 1940년 「춘향」을 마지막으로 해방이 될 때까지 단 한 편의 시도 발표하지 않았다. 우리말을 쓰는 것 자체가 죄가 되던 시기에 영랑은 일본어로 된 단 한 줄의 글도 남기지 않은 시인으로도 잘 알려져 있다.[19]

이처럼 일제강점기를 거치며 서로 다른 길을 갔던 두 사람—영랑과 미당—이 어떻게 친한 사이가 되었는지에 관한 자세한 사연은 찾을 수 없으나, 다만 아래와 같은 인터뷰 내용으로 미루어 짐작할 수밖에 없는 것으로 보인다.

영랑시인은 일제에 대해 '독을 차고' 사셨으면서도 서정주 등 친일파 시인들과 친하게 지낸 것으로 알려져 있다.

"사실 선친이 친일파 시인 서정주와 어울리는 것을 보고 대학생이던

---

19 김명곤(2019.11.13.), '독을 차고' 김영랑 시인의 항일과 아들이 밝힌 비화 〈독립운동가와 해외 후손을 찾아서 3〉 김영랑과 그의 셋째 아들 김현철(http://www.ohmynews.com/NWS_Web/View/at_ pg.aspx?CNTN_CD=A0002586163) 검색일: 2020.06.25.

큰형님이 '왜 저런 분과 가까이 지내십니까'라고 종종 불평을 한 적이 있었다고 한다. 그때마다 아버지는 (11년 연하의 서정주를 지칭하며) 불쌍한 사람이다. 생계를 유지하기 위해 어쩔 수 없는 면도 있으니 이해해야 한다'고 타일렀다. 아버지는 매우 인간적인 분이셨다."[20]

다음으로는 영랑과 이헌구의 관계는 먼저 이헌구와 김광섭의 관계 그리고 영랑과 김광섭의 관계를 통해 알 수 있다. 앞에서 살펴본 이헌구의 글에도 나오지만 이헌구는 이산 김광섭과 매우 각별한 사이였던 것으로 보인다. '정규웅의 문단 뒤안길 – 1970년대'에 따르면 "김광섭 시인의 삶과 문학을 이야기하자면 빼놓을 수 없는 한 사람이 있다. 불문학자이자 평론가인 이헌구다. 김광섭과 이헌구와의 반세기에 걸친 돈독한 우정은 한국 문단사의 한 페이지를 장식할 만큼 각별했다. 그들의 우정은 피붙이와 다를 바 없었다."[21]는 대목을 봐도 그들이 얼마나 가까운 사이였는지 짐작할 수 있다. 이처럼 이헌구와 매우 가까웠던 김광섭의 권유로 이승만 정권에서 7개월의 짧은 기간이나마 공보처 출판국장을 지낸 것으로 보아 영랑은 김광섭과도 가까웠던 것으로 보인다. 다음과 같은 글에서 이를 확인할 수 있다.

영랑은 해방 정국에서 한때 순진하게도 대한청년단에 입단하여 활동

---

20 김명곤(2019.11.13.), 위의 글.

21 《중앙선데이》 2009.10.25., "김광섭과 이헌구"(https://news.joins.com/ article/3841588) 검색일: 2020.06.25.

하다가 폭력적 상황에 질려 금방 그만두었고, 이승만 정권에서 공보수석 비서관이었던 〈성북동비둘기〉의 시인 김광섭의 권유로 출판국장을 맡았으나 친일파들이 중앙청에 득실대던 분위기에 적응하지 못해 힘들어 했다. 일제시대에 입었던 흰색 바지저고리와 검은색 두루마기를 그대로 다려입고 관청에 출근하는 그를 주변에선 못마땅해 했으나 마이동풍(馬耳東風)이었다.[22]

그뿐만 아니라 김광섭과는 이념적으로 대척점에 있었던 정지용과의 교분도 의문점으로 남는데, 다음과 같이 우익 성향의 이헌구, 김광섭 등과 달리 좌익 성향의 정지용과는 결별했다는 내용으로 보아 이념적으로 영랑은 좌익보다는 우익 성향이 더 강했던 것으로 추정된다.

여운형 선생이 주례를 설 정도였으면 해방정국에서 좌파 사회주의로 기울었을 법한데.

"큰형님의 생전 전언에 따르면, 언젠가 일본 유학생 시절 친구들이 '자네 같은 엘리트가 택할 길은 우리처럼 사회주의인데 왜 그 길을 따르지 않나?'라고 추궁하며 크게 다툰 일이 있었다고 한다. 선친은 '사회주의 좋지… 그런데 말야, 자유가 없는 게 싫네!'라고 대꾸했다고 한다. 선친은 같은 시문학파 동료이자 영랑이라는 호를 지어준 정지용과 단둘이서 금강산 여행을 할 만큼 막역한 사이였다. 그러나 사상에서 차이가 있어 서로

22 김명곤(2019.11.13.), 앞의 글.

멀어지며 결국 결별했다. 선친은 자유를 매우 소중하게 여긴 분이셨다."[23]

이처럼 일제는 물론 좌익 및 우익 등 그 어느 쪽으로도 크게 치우침 없이 '자유'를 존중했던 영랑이었지만 친일 행적이 농후한 서정주, 극우로 흘렀던 이헌구·김광섭, 그리고 좌익 성향을 보였던 정지용 등과 두루 친하게 지냈던 배경에는 영랑 특유의 인간미와 더불어 문학에 대한 숭고한 경외심이 자리 잡고 있었다.

한편, 1949년판에 이어 1956년판『영랑시선』말미에 붙어 있는 발문(跋詞)에서 미당은 이미 10대 때 영랑의 시에 매료되었음을 고백하면서 영랑과 '시문학' 동인이었던 박용철 또는 정지용 시인이 발문을 써야 마땅하지만 그렇지 못한 현실을 개탄하고 있다. 다음과 같은 내용을 살펴보자.

그 뒤 나는 다시 우연한 기회에 고 박용철 씨 댁에서 선생을 친히 만나게 된 후 18년 동안 선생이 거느렸던 시의 정서와 품격은 오늘날 내 한쪽의 귀감이 되어있거니와 내 이제 여기 한 후배로서 이 시선집의 발문을 씀에 있어 선생과 함께 못내 애석해 견딜 수 없는 것은 살아있는 정지용 씨와 돌아간 고 박용철 씨의 일이다. 두 분이 다 영랑시선의 발문을 쓰기에는 누구보다도 적임자들이거늘 한 분은 영랑의 처녀시집을 꾸며놓고는 이내 유명을 달리했고 또 한 분은 같은 조국 위에 있으되 해방 후 서로

23 김명곤(2019.11.13.), 앞의 글.

뜻을 달리하고 있다. 이 어찌 애석하고 통탄할 일이 아니냐!

일반적으로 정지용 시인은 1950년 6·25전쟁이 일어났을 때 그해 9월 경 북한으로 끌려가다 병사한 것으로 알려져 있다(일부 문헌에서는 아직도 사망시기를 '미상'으로 표기하기도 한다). 실제로 1946년판 『지용시선』을 발행했던 을유문화사에서 2006년 8월에 다시 펴낸 『지용시선』에서 정지용을 소개한 글을 보면 "한국 전쟁 중 납북되어 이후 행적은 알지 못하나 북한이 최근 발간한 『조선대백과사전』에 1950년 9월 25일 사망했다고 기록되어 있다."[24]고 한다. 위의 글은 1949년 8월에 쓰여진 것인데 그때 이미 '해방 후 서로 뜻을 달리하고 있다'는 표현을 쓴 것으로 보아 정지용의 이념적 노선이 영랑과는 달랐기에 당시 발문을 요청할 수 없는 상황이었음을 암시하고 있다.

표지 및 본문 인쇄와 제책 특성

1956년판 『영랑시선』 표지를 보면 60년이 훌쩍 넘은 세월에도 불구하고, 더구나 전란의 상흔이 채 가시지 않은 혼란의 시기에 나온 책의 표지라고는 믿기지 않을 정도로 세련미를 갖춘 디자인이 시선을 끈다. 표지 용지는 본문에 쓰인 것보다 약간 두꺼운 재질로 오늘날 흔

24 정지용(2006), 《지용(詩選)》, 을유문화사, 표지 뒷날개.

하게 볼 수 있는 고급지에는 못 미치는 것으로 보인다. 그렇다면 당시에는 여러 색도가 구현된 표지를 어떤 방식으로 인쇄를 했을까? 아마도 실크스크린을 활용한 공판 인쇄[25]가 활용된 것으로 보인다.[26]

특히 표지에 구현된 서체와 이미지 디자인은 당시 활자나 기타 전문도구를 활용했다기보다는 도안(圖案)을 담당하는 사람, 일명 '도안사'[27]가 직접 손으로 그려낸 결과물이다.

본문은 전형적인 조판(組版)[28]을 통한 활판 인쇄 방식으로 이루어졌지만, 1956년판의 경우에는 1949년판의 지형(紙型)[29]을 바탕으로 인쇄되었으므로 활자 조판 과정은 생략되고 연판(鉛版)[30]을 활용하

---

25 인쇄의 방법에는 평판(平版) 인쇄, 볼록판(凸版) 인쇄, 오목판(凹版) 인쇄, 공판(孔版) 인쇄가 있다. 평판인쇄란 인쇄용 판면에 잉크가 묻어나는 부분(화선)과 판면에 잉크가 묻지 않는 부분(비화선)이 동일 평면상에 있으며, 물과 기름의 반발작용을 이용한 인쇄방법으로 오프셋인쇄에 적용된다. 볼록판인쇄는 판이 화선이 철판(凸版)이나 철인(凸印) 상태로서 잉크를 판에 칠하면 철판부분만 잉크가 묻는다. 오목판인쇄는 화선부가 요상판으로 잉크가 그 요(凹)부에만 묻어서 인쇄가 되므로 철판에 반대되는 형식으로 고급인쇄물에 이용되며 제판비가 비교적 고가이다. 공판인쇄는 판이 특수종이인 유지로 되어 있어 타자기로 타자를 하면 타자된 곳만 잉크가 침투되어 인쇄되는 형식이다. 마스터인쇄, 공판, 실크스크린인쇄 등이 있다. 청주고인쇄박물관 홈페이지 〈현대의 인쇄방법〉(https://cheongju.go.kr/ jikjiworld/contents.do?key=17575) 참조.

26 1956년판《영랑시선》의 표지 인쇄 방식 및 제책 방식에 대해서는 '책공방'을 운영하는 김진섭 대표의 조언을 참고하였음.

27 컴퓨터를 활용한 디자인 및 편집이 일반화하기 전에는 일선 출판 현장에서 일일이 손으로 선(線)을 비롯한 디자인 요소들을 그려내는 전문직 종사자들이 있었다.

28 활판 인쇄에서, 원고에 따라 골라 뽑은 활자를 원고(原稿) 내용대로 맞추어 짜는 일.

29 활판 인쇄에서 연판(鉛版)을 뜨기 위해 식자판 위에 축축한 종이를 올려놓고 강한 힘으로 눌러서 그 종이 위에 활자 자국이 나타나게 한 것. 여기에 인쇄용 납을 녹여 부어 내면 인쇄용 연판이 됨.

30 활자판을 지형(紙型)으로 뜨고, 여기에 납·주석·알루미늄의 합금을 녹여 부어서 뜬 인쇄판.

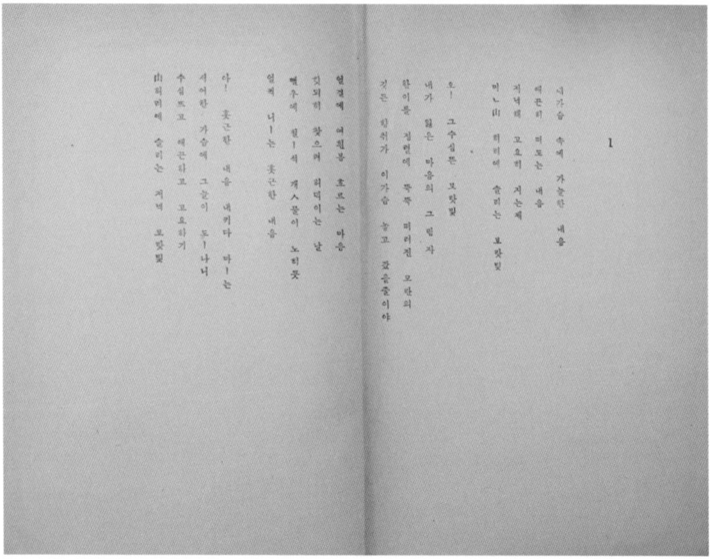

1

내가슴 속에 가늘한 내음
애끈히 떠도는 내음
저녁해 고요히 지는제
머ㄴ山 허리에 슬리는 보랏빛

오! 그수심뜬 보랏빛
내가 잃은 마음의 그림자
한이틀 정열에 뚝뚝 떠러진 모란의
깃든 향취가 이가슴 놓고 갔을줄이야

얼결에 여흰봄 흐르는 마음
헛되히 찾으려 허덕이는 날
뻘우에 철ㅡ석 갯ㅅ물이 노히뜻
얼컥 니ㅡ는 훗근한 내음

아! 훗근한 내음 내키다 마ㅡ는
서어한 가슴에 그늘이 도ㅡ나니
수심뜨고 애끈하고 고요하기
山허리에 슬리는 저녁 보랏빛

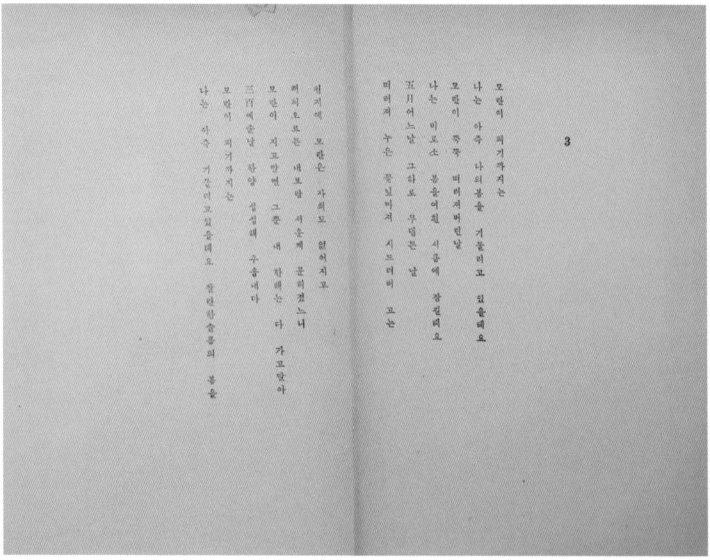

3

모란이 피기까지는
나는 아즉 나의봄을 기둘리고 있을테요
모란이 뚝뚝 떠러져버린날
나는 비로소 봄을여흰 서름에 잠길테요
五月어느날 그하로 무덥든 날
떠러져 누은 꽃닢마저 시드러버리고는
천지에 모란은 자취도 없어지고
뻐치오르든 내보람 서운케 문허졌느니
모란이 지고말면 그뿐 내 한해는 다 가고말아
三百예순날 한양 섭섭해 우옵내다
모란이 피기까지는
나는 아즉 기둘리고있을테요 찬란한슬픔의 봄을

『영랑시선』 본문 체재

여 인쇄되었을 것이다. 따라서 당시 인쇄 및 제책 기술이나 용지 수급 측면에 있어 1천 부 이상 인쇄하기는 어려웠을 것으로 보인다.

한편, 인쇄 후 책의 형태를 고정하는 제책(製冊)의 경우에는 이 시집의 제책 형식에서 볼 수 있는 것처럼 당시 교과서를 비롯한 대부분의 단행본 제책 방식으로 널리 이용되었던 이른바 '호부장(糊附裝)'[31] 방식을 이용하고 있다. 결국 1956년판 『영랑시선』 표지 및 본문의 인쇄와 제책은 당시 여건에 맞추어 이루어졌지만, 표지의 경우에는 도안 전문가에 의한 디자인 및 정교한 실크스크린 인쇄가 활용된 것으로 보인다.

차례와 간기면으로 본 편집 특성

이 시집의 특이점은 본문의 시 제목과 차례에서도 확인할 수 있다. 문학작품이라면 으레 제목이 붙어 있고, 일종의 책 내용에 대한 예고편 성격을 띠고 있는 '차례'는 본문 앞에 배치되는 것이 당연한 이치일 것이다. 하지만 『영랑시선』의 시 제목은 일련번호로 되어 있고, 차

31 일본은 물론 한국에서도 무선철이 등장하기 전에는 일부 고급서적의 양장을 제외하고는 한식 제책을 응용한 호부장 제책(철사 옆매기)이 주류를 이루었다. 이는 정합한 인쇄지의 등 가까운 부분을 철사로 꿰맨 다음에 표지를 씌우는 방법이다. 따라서 튼튼하지만 책을 펼친 채로 놓아두기 어려워 펼침성이 좋지 않았다. 이에 비해 무선철로 만들어진 책은 잘 펼쳐진다는 장점을 갖고 있어 급속도로 보급됐다. 김진섭·김현우(2008), 《북바인딩 – 책 잘 만드는 제책》, 두성북스, 45쪽.

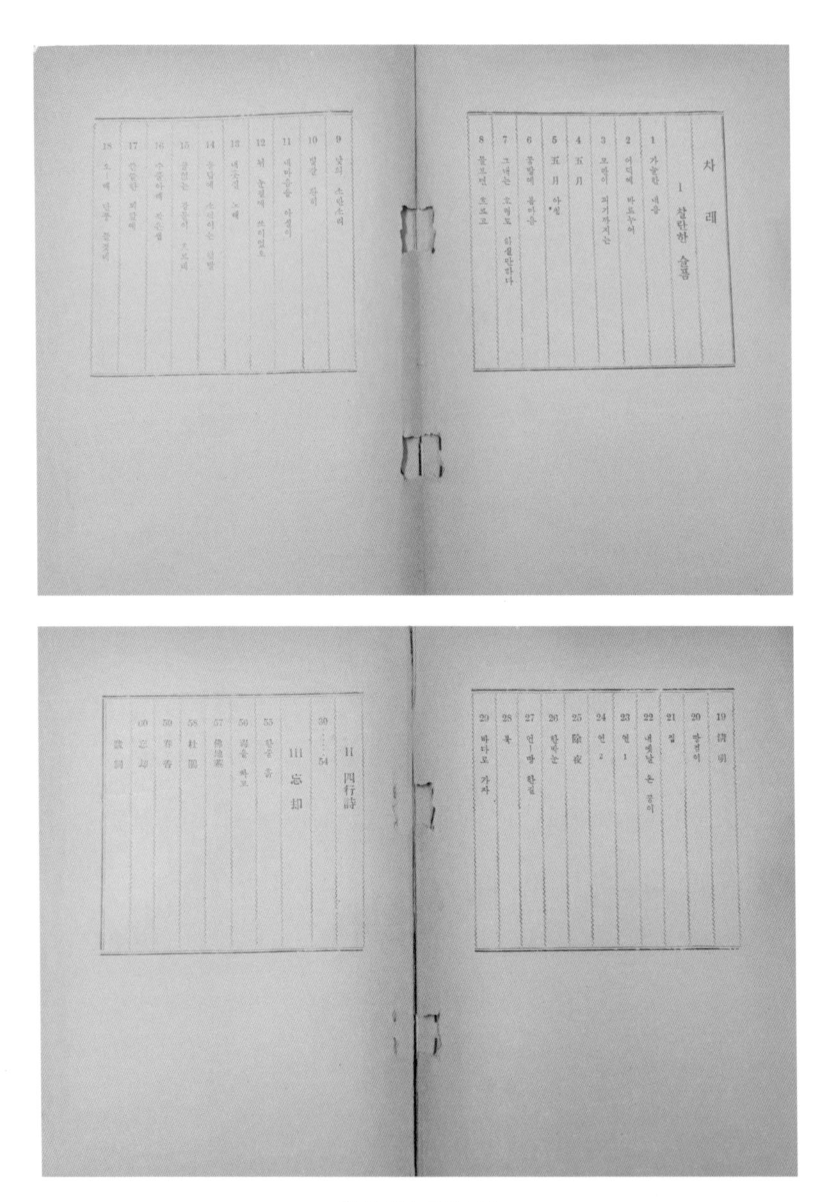

차 례

『영랑시선』 차례 체재

례는 본문 앞쪽이 아닌 맨 뒤쪽 간기면 바로 앞에 실려 있다는 점이 특이하다.

먼저 시 제목이 일련번호로만 붙어 있는 이유는 신경림에 따르면 "『시집』[32]에서 시에 제목을 붙이지 않았다는 점은 매우 중요한 뜻을 갖는다. 많은 시인들이 제목에서 이미 상당한 부분을 말하고 있다는 사실에 비추어 볼 때 이는 그 자신 시에서 메시지를 중시하지 않는다는 의지의 표현으로 볼 수 있기 때문이다."[33]라고 한다. 곧 의미보다는 느낌이 중요하다는 뜻이리라. 그리고 1949년에 이르러 『영랑시선』을 내면서 『영랑시집』에서와 마찬가지로 본문에서는 시 제목을 일련번호로만 매겨놓되 차례를 맨 뒤에 배치하면서 비로소 번호마다 제목을 부여하고 있다. 차례를 앞쪽에 놓지 않은 이유 또한 별반 다르지 않은 것으로 보인다.

한편, 간기면(刊記面)[34]을 살펴보면 특이점보다는 단행본 간기면의 표준을 보는 듯하다. 1980년대에 편찬된 『편집·인쇄 용어와 해설』에 따르면 판권지(版權紙) 또는 판권장(版權張)으로도 불렸던 간기면을 다음과 같이 정의하고 있다.

권말(卷末) 최종면에 서적명·인쇄연월일·발행연월일 및 판수(版數), 정가, 저자 또는 편저자 또는 역자, 발행자, 발행처와 그 주소, 인쇄자, 인

32 1935년에 간행된《영랑시집》을 가리킴.

33 신경림(1998),《신경림의 시인을 찾아서》, 우리교육, 192~193쪽.

쇄처와 그 주소, 발행처의 등록 연월일과 그 번호, 저·역·편자의 약력, 저작자의 검인(檢印), 제본소명, 그리고 책을 파는 데 도움이 될 수 있는 발행처의 전화번호와 대체구좌도 넣으며, 또 독자에게 친절을 보이기 위해 작은 활자로 난외에 '파본·낙장본은 바꿔드립니다'라는 문구를 넣기도 한다. 이들은 출판사에 따라 그 순서가 다소 다를 수도 있고, 편집자에 따라 조판체제도 각기 다르다. 산만하지 않고 아담하고 예쁘게 지정·조판하여 독자에게 호감이 가게 해야 한다. 구미 각국의 서적은 표제지 뒷면에 이들 내용을 기재하고 있는데, 우리나라에서도 간혹 판권장을 따로 두지 않고 다른 장소에 표시하는 예도 있다.[35]

이와 같은 개념 정의로 보아 아마도 당시에는 간기면이 일반적으로 '권말 최종면'에 자리 잡고 있었던 것으로 보인다. 반면에 서양에서는 표제지 뒷면 즉 권두(卷頭)에 간기면을 두고 있음을 특이하게 인식한 것으로 보인다. 민병덕 역시 '저작권의 표시'와 관련하여 "우

34 판권면(版權面) 또는 '판권지'라고도 하지만, 판권이란 말은 '출판권'의 준말로써 도서출판에 관한 이익을 갖는 권리, 즉 저작권자가 출판자에게 허락한 권리이다. 따라서 이 연구에서는 판권면보다 좀더 포괄적인 개념, 즉 '발간(刊)에 따른 기록(記)을 담고 있는 지면(面)'이라는 뜻의 '간기면'을 대표용어로 쓰고자 한다. 오늘날에도 '출판권'이라고 해야 할 것을 '저작권'이라고 하거나, '저작권'이라고 해야 할 것을 '출판권' 또는 '판권'이라고 하는 사례가 많이 있다. 예를 들어, 번역 도서에 등장하는 '한국어판 저작권'이란 용어는 '한국어 출판권'이라고 해야 옳으며, '영화 판권'이란 말은 '영화 저작권'으로 표현해야 한다. 그밖에 '판권'이라는 용어가 등장하게 된 역사적 배경에 대해서는 김기태(2014), 『동양 저작권 사상의 문화사적 배경 비교 연구: 한국·중국·일본의 근대 출판문화를 중심으로』, 도서출판 이채, 49~53쪽 참조.

35 서수옥(1983), 『編輯·印刷 用語와 解說』, 범우사, 207~208쪽.

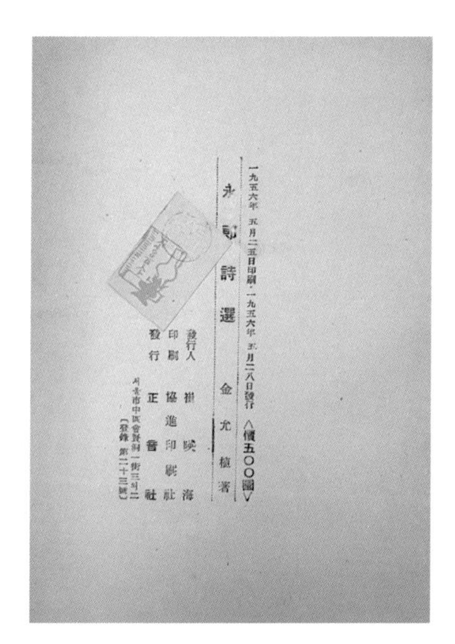

一九五六年 五月二五日印刷・一九五六年 五月二八日發行 〈價五〇〇圜〉

永[illegible]詩選 金允植 著

發行人 崔暎海
印刷 協進印刷社
發行 正音社
서울市中區會賢洞一街三의二
〔登錄 第二十三號〕

『영랑시선』 간기면

리나라에서는 보통 출판물 뒤의 이른바 판권(版權)이라는 난에 출판자와 출판 연월일, 저자, 인쇄소, 출판사의 주소, 전화 번호, 등록 번호 등과 함께 저작권자의 인장을 찍거나 또는 인장을 찍은 종이를 붙이는 방법으로 표시하고 있다."[36] 고 하였다.

안춘근·오경호 또한 '판권의 표시'와 관련하여 "우리나라를 비롯한 동양에서만 특수하게 기록되는 사항이 많은 책의 요건 중의 하나로, 이른바 출판사항을 기록하는 책의 끝장이다."라고 하여 간기면의 위치가 책의 맨 끝에 있는 것이 일반적임을 강조하고 있다. 아울러

36 민병덕(1985), 『出版學概論』, 지식산업사, 225쪽.

『영랑시선』 속표지

간기면 표시사항으로 인쇄일·발행일, 판차, 저자명, 발행자명, 발행소, 인쇄자, 조판자, 제책자, 검인, 저자의 약력 등을 열거하고 있다.[37]

이상과 같은 논의로 보아 전통적인 간기면은 대체로 '권말 최종면'에 위치하고 있으며, 도서의 정보와 함께 저자의 검인이 반드시 첨부되었음을 알 수 있다.

한편, 간기면은 정식 출판물이라면 결코 생략해서는 안 되는 내용을 담고 있으므로 출판계에서는 별도 면을 할애하지 못할지라도 그 내용은 반드시 어떤 식으로든지 표기해야 하는 것으로 여겨져 왔다.

---

37 안춘근·오경호(1990), 『출판비평론』, 보성사, 170~172쪽.

대체로 간기면에는 저작자 및 저작권자, 발행인, 발행처, 인쇄일, 발행일, 해당 책의 판과 쇄, 발행처의 주소, 연락처, 등록번호, ISBN, 도서 정가 등을 수록한다. 그 외에 출판사에 따라 편집자 등 책을 만드는 일에 참여한 사람들의 이름이나 외주업체 정보를 넣기도 하고, 해당 책의 초판부터 현재 판과 쇄의 발행일을 모두 적기도 한다. 또한 저작권자의 검인지를 첨부하거나 협의에 따라 생략하기도 한다.[38]

또한, 1956년판 『영랑시선』의 간기면에는 인쇄일, 발행일, 책값, 책제목, 저자명, 발행인, 인쇄처, 발행처 그리고 발행처 주소와 등록번호 등이 나타나 있다. 그리고 글씨가 희미하여 누구의 이름으로 만든 것인지 알 수 없는 인장이 찍혀 있는 검인지가 붙어 있다. 이로써 1956년판 『영랑시선』의 간기면은 당시로서는 가장 표준적인 형식을 띠고 있는 것으로 보인다.

나랏말의 운율만을 고르고 있던 이의 선택된 정서들을 기리며

1956년판 『영랑시선』을 내면서 덧붙인 서문에서 이헌구는 "우리의 향 맑은 옥돌과도 같으며 소박하고도 현란한 언어미의 여운이 담뿍 풍겨지는 형의 시가 다시금 이 세상에 알려지게 되는 것을 우리

38 김기태(2018), 〈1990년대 한국 단행본의 간기면 연구〉, 《한국출판학연구》 통권 83호 참조.

문단뿐 아니라 장래의 많은 시학도(詩學徒)를 위하여 감격하며 기뻐 자랑하지 않을 수 없는 바이다"라고 적고 있다. 또 1949년판에 이미 실렸던 발문에서 서정주는 영랑의 일생을 머금은『영랑시선』을 가리켜 "여기 저 일제 30여 년 동안의 온갖 유명(有名)을 회피하고 숨어서 이 나랏말의 운율(韻律)만을 고르고 있던 이의 선택된 정서들을 조용히 보라."고 읊조리고 있다. 이로써 6·25전쟁의 상흔이 채 가시지도 않은 어려운 시기에 1949년판『영랑시선』을 재발행하고자 애쓴 이들의 노고가 괜한 것이 아니었음을 짐작하게 한다.

이처럼 영랑의 문학적 성과를 기리는 동료 문인들에 의해 다시 세상에 나온『영랑시선』은 그 내용적 특성과 더불어 출판 기술의 측면에서도 당대 문단 풍경 및 출판 환경을 잘 보여주고 있다는 점에서 의미가 있다. 나아가 평생을 창작에 헌신한 시인의 문학적 향기는 그의 생몰(生歿)에 관계 없이 면면하다는 사실을 일깨워 주고 있다. 다만, 당시 출간된 여타의 시집 또는 소설 단행본을 구하기 어려워 비교 분석하는 데까지 미치지 못한 것이 못내 아쉽다.

글을 마무리하면서 다시 한 번『영랑시선』을 펼쳐보았다. 표지 다음에 있는 면지(面紙)를 넘기면 '찬란한 슬픔의 봄'을 마흔일곱 번 넘긴 영랑의 초상이 나온다. 양복에 넥타이를 하고 있지만 전혀 근엄해 보이지 않는, 평범한 용모라서 그런지 친근해 보이지만 슬픈 표정으로 책 바깥을 쳐다보는 영랑의 눈빛이 오래도록 잊히지 않을 것만 같다.

세 번째 이야기

"차라리 아는 이들을 떠나 사슴처럼 뛰어다녀 보다"

사슴의 노래

노천명 시집 / 한림사 / 1958년 6월 15일 발행

詩集

사슴의 노래

盧天命 著

“모가지가 길어서 슬픈 짐승이여”

노천명(盧天命, 1911~1957) 시인. “모가지가 길어서 슬픈 짐승이여. 언제나 점잖은 편 말이 없구나.”로 시작되는 「사슴」이라는 시가 자연스레 떠오르는 시인. 그녀가 6·25 전쟁 와중에 부역죄로 수감된 후 옥중에서 쓴 시 「고별」(1951)의 마지막 대목은 다음과 같다.

> 눈물어린 얼굴을 돌이키고 / 나는 이곳을 떠나련다 / 개 짖는 마을들아 / 닭이 새벽을 알리는 촌가(村家)들아 / 잘 있거라 // 별이 있고 / 하늘이 보이고 / 거기 자유가 닫혀지지 않는 곳이라면……

시인의 당시 심정뿐만 아니라 일생이 그리 순탄하지 않았음을 짐작하게 해주는 이 대목은 노천명의 묘비 대신 무덤 앞에 세워진 시비(詩碑)에 새겨져 있다. 첫 번째 시집 『산호림(珊瑚林)』, 두 번째 시집 『창변(窓邊)』에 이은 세 번째 시집 『별을 쳐다보며』에 실린 작품이다.

노천명은 1911년 9월 1일 황해도 장연에서 태어났다. 본명은 '기선(基善)'이었으나 6세에 홍역을 앓아 사경을 헤맨 뒤 '하늘의 도움'으로 살아났다고 해서 '천명(天命)'으로 이름을 바꾸었다고 한다. 9세에 부친이 세상을 떠나자 어머니의 친가가 있는 서울로 이사하여 진명보통학교를 거쳐 1930년 진명여자고등보통학교를 졸업했다. 이화여전 영문과 재학 중《신동아》1932년 6월호에 「밤의 찬미」, 「포구의 밤」 등의 시를 발표하며 등단했다. 1934년 이화여전 졸업 후《조선중앙일보》에 들어가 학예부 기자로 일했으며, 1934년부터 1938년까지 '극예술연구회' 회원으로 활동하며 배우로 활동하기도 했다. 1937년 조선중앙일보사를 나와《조선일보》에서 발행하는 잡지《여성》에 들어갔으며, 1938년 그녀의 대표작 「사슴」을 비롯하여 「자화상」 등 1937년까지 쓴 시 49편을 모아 첫 시집 『산호림』을 선보였다.

6·25 전쟁이 터지자 미처 피난을 떠나지 못해 서울에 남아 있었던 노천명 시인은 임화, 김사량 등 월북했다가 내려온 좌파 문인들을 만나 이들이 주도한 '조선문학가동맹'에 가입하여 문화인 총궐기대회 등의 행사에 참여했는데, 이 때문에 서울 수복 후 부역죄로 체포되어 1950년 10월 20일 징역 20년을 선고받게 된다. 이때에도 그녀의 이름 덕분이랄까, 동료 문인들의 구명운동에 힘입어 1951년 4월 4일 사면을 받음으로써 수감된 지 6개월 만에 감옥에서 나올 수 있었다.

한편, 노천명은 부역죄로 옥중에 있으면서도 틈틈이 시를 썼다. 1953년 펴낸 세 번째 시집 『별을 쳐다보며』에는 40편이 실려 있는데 그 중 21편이 옥중시일 정도. 특히 "어느 조그만 산골로 들어가 / 나

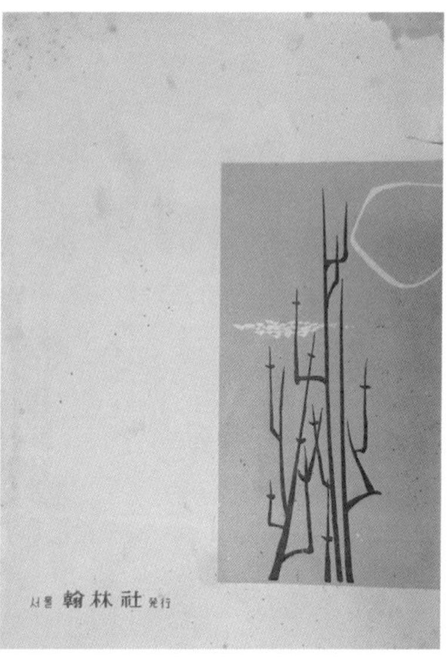

『사슴의 노래』 앞표지와 뒤표지

는 이름 없는 여인이 되고 싶소"로 시작하는, 노천명의 대표작 중 하나인 「이름 없는 여인이 되어」도 수감 중에 쓴 작품으로 알려져 있다. 나름 옥중 생활의 억울함 또는 자조감(自嘲感)을 표현한 것이리라.

"천명을 다하였다고는 믿어지지 않노라"

노천명 시집 『사슴의 노래』 초판본은 1958년 6월 15일에 '한림사(翰林社)'에서 초판 1쇄가 발행된 노천명 시인의 유고집이다. A5판형(가로 152mm, 세로 210mm) 크기에 반양장 제책 형식의 126쪽짜리(간기

만년(晩年)의 시인 모습과 묘소를 찍은 흑백사진

면 제외) 시집이다. 1957년 6월에 노천명 시인이 세상을 등진 후 김광섭, 김종문 등의 주선으로 간행되었다.

표지를 보면 붉은색 바탕에 흰구름이 노니는 가운데 사슴 한 마리가 두리번거리는 동판화를 오른편에 놓고 위에서부터 '詩集', '사슴의 노래', '盧天命 著'라는 글자가 차례로 단아하게 자리잡고 있다. 특이하게도 앞표지에 발행처로서의 출판사 이름이 보이지 않았는데, 뒤표지를 보니 앞표지 삽화를 연상케 하는 그림 옆으로 하단에 '서울 翰林社 發行'이란 문구가 찍혀 있었다.

표지를 넘기면 약 3cm 정도 접힌 날개가 있고, 두 장의 백색 면지 다음으로 만년(晩年)의 시인 모습과 묘소를 찍은 흑백사진이 나타난다. 묘비에는 십자가 형상과 함께 '베로니카'라는 세례명이 선명하다. 사진 뒷면에는 일석(一石) 이희승 선생이 쓴 추도시 「애도 노천명」이 실려 있는데, "목 길어 사슴인가 / 다리 길어 학이련가"로 시작하여 "기구한 천명으로 / 애련한 천명으로 / 오기도 천명이요 / 가기도 천명인가 / 천명을 다하였다고는 / 믿어지지 않노라"로 마무리하고 있어 눈길을 끈다.

이어 속표지가 나오고 그 뒷면부터 네 쪽에 걸쳐 김광섭(金珖燮, 1905~1977) 시인이 쓴 서문이 나온다. 이 글에서 김광섭은 다음과 같이 『사슴의 노래』가 세상에 나올 수 있었던 배경을 술회하고 있다.

> 작년 6월엔 천명이 슬프게 갔고 금년 6월은 천명의 1주기가 되었다.
>
> 천명을 다시 생각하기 위하여 천명과 시대를 같이한 문우들이 그의 추도회를 준비하는 중에 그의 유고(遺稿)가 나와서 이를 새로 엮어내게 되었다. 오직 뒤에 달린 한 편 이외에는 천명의 생존 시에 그 차례를 다 짜 놓은 것이니 그가 좀 더 살았더라면 그는 그가 이름지은 이 『사슴의 노래』를 손수 세상에 내어놓는 기쁨을 우리와 함께 하였을 것이다.
>
> 그러나 이 시집 『사슴의 노래』조차 외롭고 그와 떨어져 이제 그의 1주기를 맞이하는 날 홀로 나오게 되었다.

그리고 노천명 시인이 천상 '사슴의 시인'이었음을 「사슴의 노래」 한 구절을 인용하면서 피력하는 한편, 다음과 같이 마무리함으로써 시집 『사슴의 노래』가 갖는 의미를 정리하고 있다.

천명이 그의 고독을 벗어나려는 숙명은 사슴이었다. 그것이 또한 그 자의식이었다.

그러다가 천명은 드디어 자기가 밀려가는 것을 최후로 느꼈다.

"내가 걸어가는 게 아니오 밀려가오

……

……

말도 안 나오고

눈 감아버리고 싶은 날이 있소"

이것이 천명의 마지막 말이었다. 인생의 벌판에 왔다가 그가 얼마나 외롭고 얼마나 울다가 갔는가는 이제 그가 남긴 시집 속에 담겨 있을 뿐이다.

김광섭 시인의 서문에 이어 두 쪽에 걸쳐 모윤숙 시인의 서문이 '사슴의 노래를 모으며'라는 제목으로 실려 있다. 그 내용을 보면 같은 시대를 살았으나 한없이 외로웠던 노천명 시인을 애도하는 마음이 절절하다.

천명 간 지 1년에 숨었던 사슴의 노래를 듣는다. 머리올 속에, 치마그늘 밑에 간직했던 그의 애절한 느낌들이 세상을 향하여 그가 누구였음을 또 다시 말해 주고 있다. 그는 날 때부터 외로운 여자! 살면서 인생을 자기 언덕에서 바라보았을 때도 어느 하나 생활의 환경은 그를 위로해 주고 기쁘게 해주는 것은 없었다. 돌아서 눈물에 혼을 적시면서 그는 또 혼자서 적막하게 인생을 걸어갔다. 걸어가다가 지쳐서 그만 넘어져 버렸다. 벅찬 희망과 경이로운 앞날들은 그를 끄을고 좀더 강한 생명의 궤도에 연결시키려다 그만 그를 놓쳐 버렸다. 그의 몸을 잃은 우리는 그의 혼에서 또는 그의 고적했던 어여쁜 인생에서 풍겨오는 모습과 말들, 아로새긴 마음의 언어들을 이제 모아 다시 우리 문단에 영원한 향을 더하려 한다.

이처럼 애절한 모윤숙 시인의 서문에 이어 다섯 쪽에 걸쳐 목차가 나오고, 그 뒤를 42편의 시가 채우고 있다. 시편이 끝나고 나면 '이 시집을 내면서'라는 제목으로 '최용정(崔用貞)'이라는 인물의 발문이 네 쪽에 걸쳐 실려 있다. 내용을 보면 노천명 시인을 가리켜 '아주머니'라고 부르는 것으로 보아 발문을 쓴 '최용정'은 조카뻘인 듯하다. 그리고 김광섭 시인의 서문에 이어 최용정의 발문을 보면 이 시집이 나오게 된 배경을 좀더 명확하게 알 수 있다.

저는 그날도 무심히 헝크러진 서고를 뒤지며 하노라니 뜻밖에도 아주머니의 낯익은 글씨로 된 두 뭉치의 시와 수필의 노트를 찾아냈습니다. 그렇지 않아도 고인의 1주기를 위하여 자유문협에서 뭐 하시겠노라고 K선생으로부터 전화도 걸려 왔었고 또한 저희들로서도 그의 명복을 다시 빌고자 이번에 전집을 꾸며볼까 하던 차인지라 얼마나 기뻤는지 몰랐습니다. 여기에 부랴부랴 한두 분의 마음으로 되는 조력도 얻고 하여 서둘러 내게 된 것이 우선 이 시집인 것입니다.

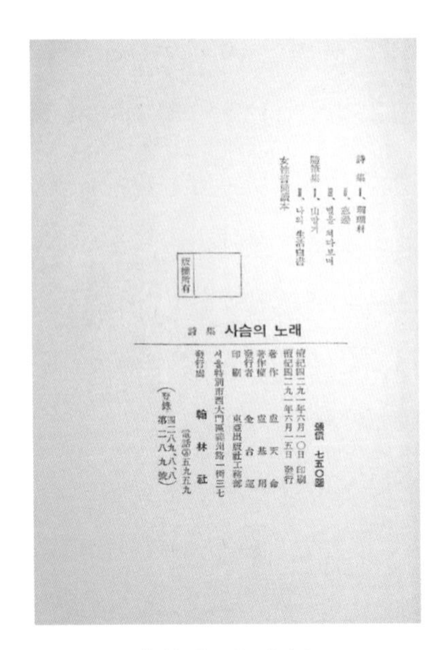

詩集 Ⅰ、珊瑚林
Ⅱ、窓邊
Ⅲ、별을 쳐다보며
隨筆集 Ⅰ、山딸기
Ⅱ、나의 生活白書
女性言行讀本

版權所有

詩集 사슴의 노래

定價 七五〇圜

檀紀四二九一年六月一〇日 印刷
檀紀四二九一年六月一五日 發行

著作 盧天命
著作權 盧基用
發行者 金台運
印刷 東亞出版社工務部

서울特別市西大門區義州路一街三七
發行處 翰林社 電話③五九五九
(登錄 四二八九、八、八 第二八九號)

『사슴의 노래』 간기면

그리고 이어서 "마침 서명(書名), 목차례(目次例)까지 꾸며져 있어서 일체 순서(順序), 가제(加除)의 노력은 덜었으나"라고 하여 김광섭 시인의 말처럼 이미 노천명 시인이 생전에 시집을 내려고 모두 준비해 두었음을 암시하고 있다. 그리고 이 시집에 실린 42편의 시 중에서 대부분은 다른 시집에 실리지는 않았으나 이미 여러 지면에 발표된 것이며, 다만 「비련령(悲戀領)」, 「사슴의 노래」, 「슬픈 축전(祝典)」, 「당신을 위해」, 그리고 「애도(哀悼)」 등 다섯 작품은 미발표작임을 밝히고 있다. 또, 간기면(刊記面)을 보면 발행일이 단기(檀紀)로 표기되어 있고, 저작자는 노천명 시인이지만 '저작권'은 '노기용(盧基用)'이라는 사람에게 있음을 보여주고 있다.

그러나 오롯이 '사슴'이기엔 아쉬운 삶의 주인공

그렇게 빨리 광복의 날이 오리라고 생각하지 못했던 걸까. 분명 '사슴'을 닮았고 '사슴' 같은 삶을 살았던 노천명 시인이지만, 그녀는 동시에 아쉬운 역사의 주인공이기도 하다. 특히 친일문학을 이야기할 때면 춘원 이광수와 더불어 빠지지 않고 등장한다는 점에서 아쉬움은 배가(倍加)된다. 실제로 노천명은 1941년부터 광복에 이르기까지 일본 제국주의를 찬양하는 작품을 여러 편 남겼다. 그리고 광복 직전인 1945년 2월 25일 두 번째 시집 『창변』을 펴냈다. 이 시집의 말미에는 「흰 비둘기를 날려라」, 「진혼가」, 「출정하는 동생에게」, 「학병」 등 누가 봐도 노골적인 친일 메시지를 담은 시 아홉 편이 실려 있었다. 그러나 시집이 나온 지 얼마 지나지 않아 광복을 맞이하게 되자 노천명은 친일 냄새가 나는 시편을 찢어내고 시집 『창변』을 계속 팔았다고 한다.

그밖에도 노천명의 친일 행적은 여기저기 나타나 있다. 친일 작품을 여러 신문과 잡지에 실은 것뿐만 아니라 1939년에는 황국위문사절단 단원으로 중국 화베이 지역을 순회했으며, 1941년 10월에 조직된 친일단체 '조선임전보국단'에도 참여하여 1942년 1월에 설립된 산하기관 '조선임전보국단 부인대'의 간사를 맡아 근로봉사 및 군복수리운동 등을 펼쳤다. 나아가 1942년에는 모윤숙, 최정희 등과 일제의 어용 문인단체였던 '조선문인협회'에도 가입하는 등 '사슴'을 주로 노래한 가녀린 여성문인이라고 하기엔 미심쩍은 행적을 여럿 남기고 있다.

비평가들과 동료 문인들의 회고를 종합해 보면, 노천명은 성격이 매우 내성적인 데다 자존심과 고집이 세고 비타협적인 성격의 인물이었던 것으로 보인다. 시 작품만 놓고 보면 독특한 개성으로 자기만의 목소리를 낸 시인임에 분명하다. 고독하면서도 화려한 이미지, 고향에 대한 그리움을 담은 향토적이고 토속적인 작품들을 많이 남겼다. 당시 여성문인들은 작품보다는 '여류'라는 점을 부각시키려는 경우가 많았는데, 노천명은 스스로 작품의 수준을 끌어올림으로써 당대에 당당하게 인정받을 수 있음을 보여준 것도 인정할 만하다.

그러나 일제강점기와 6·25전쟁이라는 역사의 굴곡을 넘어가면서 도처에 친일 행적과 부역의 흔적을 남긴 것은 이해하기 힘들다. 당시 상황으로는 어쩔 수 없는 부분이 있었다 하더라도, 그냥 「사슴」 같은 시와 더불어 안빈낙도(安貧樂道)의 길을 갈 수는 없었을까. 뛰어난 문학적 재능과 감성을 바탕으로 작품 속에서만 살았더라면 얼마나 아름다웠을까 생각하면서 이 시집의 표제시 「사슴의 노래」를 안타까이 듣는다.

사슴의 노래

— 노천명

하늘에 불이 났다
하늘에 불이 났다

도무지 나는 울 수 없고
사자같이 사나울 수도 없고
고운 생각으로 진여 썹을 것은 더 못되고

희랍적인 내 별을 거느리고
오직 죽음처럼 처참하다
가슴에 꽂았던 장미를 뜯어버리는
슬픔이 커 상장(喪章)같이 처량한 나를
차라리 아는 이들을 떠나
사슴처럼 뛰어다녀보다

고독이 성(城)처럼 나를 두르고
캄캄한 어둠이 어서 밀려오고
달도 없어주

눈이 나려라 비도 퍼부어라
가슴의 장미를 뜯어 버리는 날은
슬퍼 좋다
하늘에 불이 났다
하늘에 불이 났다

네 번째 이야기

"광장은 대중의 밀실이며 밀실은 개인의 광장이다"

광장(廣場)

최인훈 장편소설 / 정향사 / 1961년 2월 5일 발행

長篇小說
廣場
崔仁勳 作
正向社

이념의 밀실과 광장을 오가며 혼란스러워하는
개인 혹은 대중에게 바치는 작품

작가 최인훈(崔仁勳, 1934~2018)의 장편소설 『광장(廣場)』은 잡지 《새벽》[39]의 1960년 11월호에 실렸다가 1961년 2월에 출판사 정향사(正向社)에서 단행본으로 출간되었다. 작품 발표 당시 작가의 나이는 28세, 4·19혁명으로 이승만 정권이 몰락하고 제2공화국이 들어설

39 새벽사에서 발행하였다. 1926년에 창간되어 1932년 통권 40호로써 종간된 《동광(東光)》을 1954년 복간하여 개제(改題)한 것으로, 편집 겸 발행인은 주요한(朱耀翰)이었다. 안창호(安昌浩)의 '무실역행(務實力行)'의 정신을 이어받아 평론·교양·학술·문화 등 다방면의 작품을 다수 게재함으로써 종합잡지의 성격을 띠었다. 편집 면에서는 국내 작가의 기고가 대부분을 차지하였으며, 논문이나 외국명작에 대한 번역물의 비중도 적지 않다. 특히, 박목월(朴木月)·김춘수(金春洙)·서정주(徐廷柱)·조병화(趙炳華) 등 당시 활약 중이던 시인들을 대거 등용하여 시작법에서부터 우수작품 소개까지 문학성을 높이는 작업에 역점을 두었다. 이 잡지의 크기는 창간호부터 제6권 제3호까지는 B5판 200면 내외였으며, 그 이후는 A5판 200면 내지 300면이었다. 1960년 12월 15일 통권 제7권 제15호로 종간되었다. [출처: 한국민족문화대백과사전(새벽)]

무렵이었다. 작가 최인훈은 고등학생 때 겪었던 6·25전쟁과 그로 인한 민중의 고통을 훗날 의식 있는 청년답게 우려의 시선으로 깊이 들여다보았다. 그런 문제의식을 담아낸 작품이 바로 『광장』이었다. 하지만 모두 200쪽 남짓한 자그마한 책 한 권에 담긴 이 작품이 훗날 우리 현대 문학사(文學史)에 미칠 어마어마한 파장을 작가는 과연 예감했을까. 작품의 대강을 살펴보기 위해 장편소설 『광장』 초판본의 시작과 끝 부분을 옮기면 다음과 같다.(원문을 그대로 옮김)

1

바다는 크레파스보다 진한 푸르고 육중한 비늘을 무겁게 뒤채면서 숨쉬고 있었다.

중립국(中立國)으로 가는 석방 포로를 실은 인도 선박 타골호(號)는 흰 펭키로 말쑥하게 단장한 3000톤의 선체를 진동시키면서 물체처럼 빼곡히 들어찬 동지나해(東支那海)의 대기를 헤치며 미끄러져 가고 있었다.

석방 포로 이명준(李明俊)은 옆 얼굴이 놀랍도록 단정한 선장을 멍하니 쳐다보고 있던 시선을 옮겨, 왼쪽 창으로 멀리 바다를 내다 보았다. 이 선장실 말고는 마스트 꼭대기에나 오르면 어떨까, 그 밖의 장소로서는 이렇게 완전한 전망을 지배할 수 있는 장소가 또 있을 상 싶지 않았다. 바다는 그 쪽에서 눈부신 빛의 반원(半圓)이었다.

명준은 오른편 창으로 내다보았다. 거기 원반의 나머지 반쪽 위에 아침부터 이 배를 호위하는 전투기처럼 멀어지고 가까워지고 때로 마스트에 와 앉기도 하면서 줄곧 따라오고 있는 두 마리의 갈매기가 마치 맵시 있게 오려내서 팔매질한 나무쪼각인양 좌측방으로 원심성(遠心性) 포물선을 그으며 날고 있었다.

(중략)

그는 돌아서서 다시 마스트를 올려다 보았다. 그들은 보이지 않았다. 명준은 바다를 보았다. 그들 두 마리 새는 바다를 향하여 미끄러지듯 강하해 오고 있었다. 푸른 광장. 그녀들이 마음껏 날아 다니는 광장을 명준은 처음 발견했다. 그녀들은 물 속에 가라앉을 듯 탁 스치고 지나가는가 하면, 다시 수면으로 내려오면서 바다와 희롱하고 있는 모양은, 깨끗하고 넓은 잔디 위에서 흰 옷을 입고 뛰어다니는 순결한 처녀들을 연상시켰다. 〈저기로 가면 그녀들과 또 다시 만날 수 있다〉 그는 비로소 안심했다. 부채끝 요(要)점까지 뒷걸음질 친 그는 지금 핑그르 뒤로 돌아 섰다. 거기 또 하나 미지의 푸른 광장이 있었다. 그는 자신이 엄청난 배반을 하고 있었다는 생각이 들었다. 제3국으로? 그녀들을 버리고 새로운 성격을 선택하기 위하여? 그 더럽혀진 땅에 그녀들을 묻어 놓고, 나 혼자? 실패한 광구를 버리고 새 굴을 뚫는다? 인간은 불굴의 생활욕을 가져야 한다? 아니다, 아니다, 아니지. 인간에게 중요한 건 한가지 뿐. 인간은 정직해야지. 초라한 내 청춘에 〈신〉도 〈사상〉도 주지 않던 〈기쁨〉을 준 그녀들에게 정직해야지. 거울 속에 비친 그는 활짝 웃고 있었다.

(중략)

이튿날.

타골호는 흰 펭키로 말쑥하게 단장한 3000톤의 선체를 진동시키면서 한 사람의 선객을 잃어버린 채 물체처럼 빼곡히 들어찬 남지나해의 대기를 헤치며 미끄러져 가고 있었다.

흰 바닷새들의 그림자는 그 주변 바다에도 없고 마스트에도 보이지 않았다.

아마 마카오에서 떨어진 모양이었다.

- 끝 -

이 작품은 광복과 동시에 남북이 분단됨으로써 본격적으로 조성된 좌우 이념의 분열을 주제로 삼고 있다. 주인공 '이명준(李明俊)'은 철학과에 다니는 대학생으로서 어떤 이념이 간직할 만한 가치가 있는지 선택하기 위한 지적(知的) 모험을 결심하는 인물로 묘사된다. 그는 아버지가 남로당을 추종하여 혼자 월북한 이후 은행가로서 부유한 삶을 누리고 있는 친지의 집에 얹혀 살게 된다. 중산층의 여유와 안일을 누리며 살아가는 그 집 남매와 적당히 얽히고설키는 가운데 아버지의 대남(對南) 활동으로 인해 경찰로부터 혹독한 취조를 받게 된다. 그때까지만 해도 관념적 상태에 머물러 있었던 남북문제가 현실 문제로 다가와 고통을 가하면서 이명준은 남한이 비록 자유가 보장된 민주주의를 표방하고 있지만, 정권의 부조리와 사회적 부패상을 목도하면서 일종의 '밀실(密室)'이라고 느끼며 개인의 행복에서만 삶의 의미를 찾는 풍조에 대한 비판의 시선을 갖게 된다. 동시에 처음 사랑을 느낀 여인 '윤애'와의 사이가 어그러지면서 마침내 모험을 감행하여 참다운 삶의 '광장(廣場)'을 찾아 북한으로 간다. 그러나 아버지를 만나 어렵지 않게 《노동신문》 기자가 되는 등 상류층에 편입하게 되지만 북한에서도 그의 눈에는 사회주의 제도의 견고한 공식에 따른 명령과 복종만이 보일 뿐, 개인이 주체가 되어 꾸려나가는 활기차고 창의적인 삶은 보이지 않는다. 북한에도 진정한 삶의 '광장'은 없었던 것이다. 그리하여 스스로 상류의식을 버리고 건설현장 노동자의 삶을 택해 거친 세상에 맞서던 중 부상을 입고 입원한 병원에서 간호 봉사를 위해 방문한 발레리나 '은혜'를 만나 새로운 사랑에 빠지게 되지만, 그녀는 해외 순회공연을 이유로 명준의 곁을 떠나고 만다. 이윽고 명준은 자원하여 한창 치열해지고 있던 6 · 25전쟁에 북한군 장교로 참전하게 되고, 간호장교로 참전한 은혜를 다시 만나게 되지만, 그녀의 뱃속에 자기 아이(딸아이로 추정)가 자라고 있다는 사실을 알고 이를 실감하기도 전에 은혜는 폭사(爆死) 당하고 만다. 그리고 이명준 또한 낙동강 전선에서 포로가 되어 수용소에 갇히게 된다.

이처럼 그는 남과 북을 넘나들며 이념의 선택을 시도했지만 어느 곳에서도 진실을 발견하지 못함으로써 일종의 허무주의에 빠진다. 전쟁포로 이명준은 자신이 이념을 수립하는 주체가 될 수 없다는 절망감에 사로잡혀 중립국으로서의 제3세계를 선택하고, 마침내 인도로 향하는 '타골호'에 몸을 싣게 된다. 위에 인용한 작품 속 내용을 보면 알 수 있듯이 자신의 피붙이를 잉태한 채 전쟁의 희생양이 된 여인 '은혜'를 회고하는 장면에서 상징적 의미로서 '광장'의 심상(心想)이 바다와 두 마리 갈매기를 통해 제시되고 있다.[40]

대중의 밀실로서의 광장,
그리고 개인의 광장으로서의 밀실을 두루 꿈꾼 작가

2018년 최인훈 선생이 세상을 떠났을 때 그 소식을 전하면서 작가의 일대기를 다룬 여러 언론의 추모 기사를 종합해 보면, 작가는 1934년에 두만강변 국경 인근 함경북도 회령(會寧)에서 목재상 집안의 4남 2녀 중 장남으로 태어났다.[41] 해방 후 들어선 공산 정권은 작가 집안을 부르주아지로 몰아세웠고, 위협을 느낀 작가의 가족은 고향을 떠나 함경남도 원산으로 이주한다. 원산 시절의 삽화(揷話)가 작품 「회색인」과 「하늘의 다리」, 「우상의 집」 등에 스며 있다. 원산고등학교 재학 당시 6·25전쟁이 터지면서 작가는 다시 한번 삶의 터전을 떠나 가족과 함께 월남(越南)한다. 1950년 12월 원산항에서 해군 함정 LST(Landing Ship Tan, 전차상륙함)를 타고 부산에 내려 피란민 수용소에 잠시 머물다 인척이 있는 전라남도 목포에 정착하게 된다. 이처럼 영원한 실향민이자 유목민이라는 작가 최인훈의 정체성은 시대가 만든 것이었다.

한편, 목포고등학교를 졸업한 최인훈은 1952년 서울대 법학과에 입학했지만 법학도로서의 생활은 만족스럽지 않았던 것으로 보인

40 작품 속의 현재적 시간은 '타골호' 안에서의 첫날과 마지막 날 이틀뿐이고, 나머지는 이명준의 회고 형식으로 이루어져 있다.

41 공식적인 기록에는 1936년생으로 나오는 경우가 많은데, 이는 당시 출생신고를 늦게 하는 관행에 비추어 볼 때 호적상의 기록이며, 실제로는 1934년에 태어난 것으로 보인다.

다. 나아가 분단된 조국의 어려운 현실에 대한 고민이 보태지면서 마지막 학기 등록을 포기한다. 1957년 육군에 입대해 6년간 통역 장교로 복무했으며, 대학에 입학한 지 65년 만인 2017년에 명예졸업장을 받았다. 서울예대 문예창작과에서 후학들을 가르쳤으며, 한국일보 희곡상, 박경리문학상, 동인문학상, 서울시문학상, 이산문학상, 한국연극영화예술상 희곡상, 서울극평가그룹상 등을 받았고, 1999년 보관(寶冠) 문화훈장을 받았으며, 사후(死後)에는 금관(金冠) 문화훈장이 추서되었다.

최인훈 선생은 1959년 24세 군인 신분으로《자유문학》에 단편「그레이(GREY) 구락부전말기(俱樂部顚末記)」와「라울전(傳)」이 실리면서 등단했다. 이듬해 월간지《새벽》11월호에 문제작「광장」을 발표함으로써 우리 문단의 대표작가로 떠오른다.「광장」은 작가가 복무하고 있던 대전 병기창에서 백지에 손으로 쓴 소설이라고 한다. 앞서 살핀 것처럼 주인공 '이명준'은 분단 시대를 온몸으로 겪으며 사유하는 상징적 지식인으로, 남과 북 모두에서 체제에 절망하고 사랑에 환멸을 겪는다. 전쟁포로로서 남한도 북한도 아닌 제3국행을 선택하고 배에 오른다. 하지만 결국에는 바다에 스스로 몸을 던짐으로써 '밀실'만 있고 '광장'은 없는 자본주의도, '광장'은 있고 '밀실'은 없는 사회주의도 정답이 아니라는 메시지를 남기며 사라져 간다.

최인훈 선생이 작가로서 문제작「광장」을 집필한 시기는 4·19 혁명으로 자유와 진보의 흐름이 완연해지기 시작할 무렵이었다. 초판본 서문에서 "저 빛나는 4월이 가져온 새 공화국에 사는 작가의 보람을 느낍니다."라고 썼는가 하면, 2010년 1월에 어느 신문과의 인터뷰에서는 "4·19의 충격이 내 지적(知的)인 타성(惰性)에 지각변동을 일으키고 '광장'을 탄생시켰다. 여기엔 내가 고등학교 1학년 때 월남한 피란민이라는 사실도 중요하게 작용했을 것이다."라고 고백하고 있다.

초판본에 담긴 책의 특징과 책을 만든 사람들

『광장』 초판본은 가로 128mm, 세로 186mm 크기에 양장 제책(製冊) 방식으로 만들어졌다. 세로쓰기로 조판된 본문은 전체 215쪽 분량이며, 간기면(刊記面) 뒤에 신간 광고를 싣고 있다. 먼저 재킷을 보면 진한 청녹색 바탕에 글자가 들어가는 부분은 백색의 십자 교차로 모양으로 디자인한 다음 가로를 따라 '廣場'이란 책 제목을 붉은색 크레파스 손글씨로 표기했고, 세로 윗부분에는 세로 활자체로 '長篇小說', 아랫부분에는 '崔仁勳 作'이라고 쓰여 있다. 그리고 아래쪽 오른편에 출판사 이름 '正向社'가 백색으로 새겨져 있다. 재킷을 벗기면 나타나는 양장 앞표지에는 재킷에 적혀 있던 정보들이 검정색 가로 활자체로 표기되어 있으며, 재킷에서와 마찬가지로 책 제목을 좀 더 크게 표현하고 있다.

앞표지 다음의 면지(面紙)를 넘기면 역시 크레파스로 책 제목을 쓴 속표지가 등장하고, 속표지를 넘기면 '작자(作者)의 말'과 '추기(追

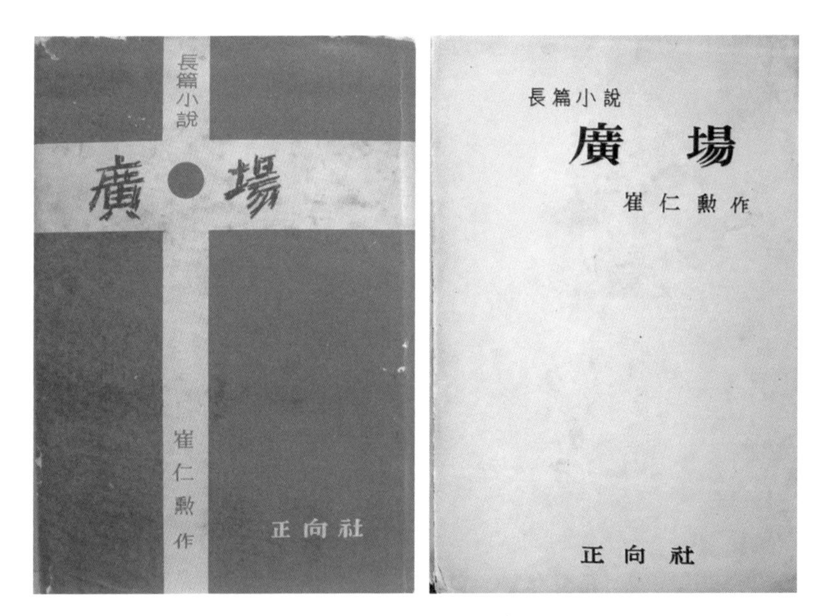

『광장』 표지 재킷과 양장 표지

記)'가 이어진다. 그리고 본문이 본격적으로 시작되기 전, '추기'가 끝난 뒷면에 '장정(裝幀) 윤석원(尹錫沅)'이란 표기가 있는 것으로 보아 재킷 및 속표지 디자인을 담당한 인물은 당시 구상화가(具象畵家)로 활동하면서 여러 책의 장정을 맡았던 윤석원 화백이었던 모양이다.

한편, 간기면을 보면 상단에 저자 약력이 실려 있는데, '함북 회령 출생/서울법대 중퇴/전후문협(戰後文協) 회원' 등으로 단출하게 적혀 있고, 작품으로는 등단작인 「그레이 구락부 전말기」와 「라울전」 이외에 「가면고(假面考)」와 「구월(九月)의 다리아」가 추가되어 있는 정도여서 『광장』 발표 이전에는 이렇다 할 작품활동이 없었던 것으로 보인다. 초판본의 책값은 '900환'[42]이었으며, 인쇄일은 '단기(檀紀)

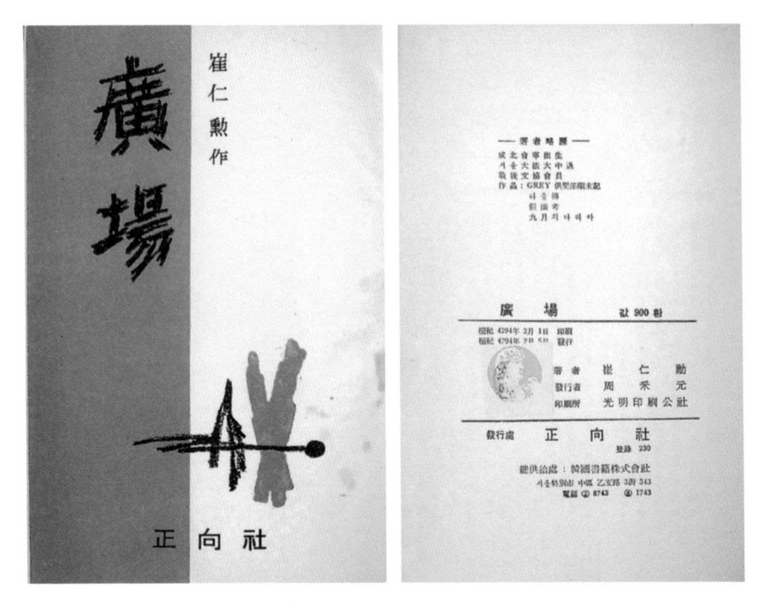

『광장』 속표지와 간기면

4294년 2월 1일', 발행일은 '단기 4294년 2월 5일'로 표기되어 있다. 단기 4294년은 서기(西紀) 1961년이다. 아울러 발행자는 '주변원(周采元)', 인쇄소는 '광명인쇄공사(光明印刷公社)', 발행처는 '정향사(正向社)', 그리고 총공급처는 '한국서적주식회사'로 나타나 있다. 특히 정향사의 등록번호가 '230'인 점으로 보아 당시 전국의 출판사 숫자가 별로 많지 않았음을 짐작할 수 있다.

다음과 같은 '작자(作者)의 말'을 보면 앞서 살폈던 「광장」 집필의

---

42 '환(圜)'은 1953년 2월 15일부터 1962년 6월 9일까지 사용되었던 대한민국의 통화(通貨) 단위이다. 1962년에 실시된 화폐 개혁에 따라 '원(圓)'으로 대체되었으며, 교환 비율은 10:1이었다.

배경을 보다 분명하게 짐작할 수 있다.(원문을 그대로 옮김)

〈메시아〉가 왔다는 이천년래의 풍문(風聞)이 있읍니다. 신(神)이 죽었다는 풍문이 있읍니다. 신이 부활했다는 풍문도 있읍니다. 컴뮤니즘이 세계를 구하리라는 풍문도 있었읍니다.

우리는 참 많은 풍문 속에 삽니다. 풍문의 지층은 두텁고 무겁습니다. 우리는 그것을 역사(歷史)라고도 부르고 문화라고도 부릅니다.

인생을 풍문듣듯 산다는건 슬픈 일입니다. 風聞에 만족치 않고 現場을 찾아갈 때 우리는 운명을 만납니다. 운명을 만나는 자리를 廣場이라 합시다. 광장에 대한 풍문도 구구합니다. 제가 여기 전하는 것은 風聞에 만족치 못하고 現場에 있으려고 한 우리 친구의 애깁니다.

亞細亞的 專制의 倚子를 타고 앉아서 民衆에겐 西歐的 自由의 풍문만 들려 줄뿐 그 自由를 〈사는 것〉을 허락치 않았던 舊政權下에서라면 이런 素材가 아무리 口味에 당기더라도 敢히 다루지 못하리라는 걸 생각하면 저 빛나는 四月이 가져 온 새 共和國에 사는 作家의 보람을 느낍니다.

여기서 '작가의 보람'으로 귀결된 4·19혁명(또는 '4월 혁명')은 1960년 3월 15일에 실시된 대통령과 부통령 선거에서 자유당 정권이 이기붕을 부통령으로 당선시키기 위한 개표 조작을 하자, 이에 반발하여 부정선거 무효와 재선거를 주장하는 학생들의 시위에 대규모의 시민들이 참여하며 전국적으로 확대된 반독재 투쟁이자 혁명을 가리킨다. 3·15 마산의거에 참여했던 마산상고 김주열 학생이 실종된 지 27일 후인 4월 11일 아침에 마산 중앙부두 앞바다에서 왼쪽 눈에 경찰이 쏜 최루탄이 박힌 채 시신으로 떠오른 것이《부산일보》를 통해 보도되면서 시위가 전국적으로 퍼지며 격화되기 시작했다. 4월 19일, 경찰이 대통령 관저인 경무대로 몰려드는 시위대를 향해 실탄(實彈)을 쏘았고, 발포 이후 시위대 또한 무장하여 경찰과 총격전을 벌이며 맞섰다. 이러한 전국민적 저항과 함께 군지휘부가 시위대 진압을 위한 무력(武力) 동원을 거부함에 따라 이승만 대통령이 4월 26일 하야(下野)를 발표함으로써 마침내 자유당 정권은 막을 내렸고, 과도정부(過渡政府)를 거쳐 6월 15일 이루어진 6·15 개헌에 따라 제2공화국이 출범하게 되었다.

한편, '작자의 말'에 이어지는 '추기(推記)'는 '보완(補完)하면서'라는 부제가 달려 있는데, 그 내용을 보면 다음과 같다.(원문을 그대로 옮김)

> 人間은 廣場에 나서지 않고는 살지 못한다. 표범의 가죽으로 만든 징이 울리는 原始人의 廣場으로부터 한 會社에 살면서 끝내 동료인줄도 모르고 생활하는 현대적 産業構造의 迷宮에 이르기까지 時代와 空間을 달리하는 수많은 광장이 있다.
>
> 그러면서 한 편으로 人間은 密室로 물러서지 않고는 살지 못하는 동물이다.
>
> 穴居人의 洞窟로부터 精神病院의 隔離室에 이르기까지 時代와 空間을 달리하는 수많은 密室이 있다.

사람들이 자기의 密室로부터 廣場으로 나오는 골목은 저마다 다르다. 廣場에 이르는 골목은 무수히 많다. 그 곳에 이르는 길에서 巨象의 自決을 目睹한 사람도 있고 민들레 씨앗의 행방을 좇으면서 온 사람도 있다. 그가 밟아온 길은 그처럼 각 가지다. 어느 사람의 路程이 더 훌륭한가라느니 하는 소리는 아주 당치않다. 巨象의 自決을 다만 덩치 큰 구경거리로 밖에는 느끼지 못한 바보도 있을 것이며, 봄 들판에 浮游하는 민들레 씨앗 속에 永遠을 본 사람도 있다. 어떤 경로로 廣場에 이르렀건 그 경로는 문제될 것이 없다. 다만 그 길을 얼마나 열심히 보고 얼마나 열심히 사랑했느냐에 있다.

廣場은 大衆의 密室이며 密室은 個人의 廣場이다.

인간을 이 두 가지 공간의 어느 한 쪽에 가두어 버릴 때, 그는 살 수 없다. 그럴 때 廣場에 暴動의 피가 흐르고, 密室에서 狂亂의 부르짖음이 새어 나온다.

우리는 분수가 터지고 밝은 햇빛 아래 뭇 꽃이 피고 영웅과 신들의 동상으로 치장이 된 廣場에서 바다처럼 우람한 合唱에 한몫 끼기를 원하며 그와 똑 같은 진실로 個人의 日記帳과, 저녁에 벗어 놓은채 새벽에 잊고 간 애인의 장갑이 얹힌 침대에 걸터 앉아서 廣場을 잊어 버릴 수 있는 시간을 원한다.

李明俊의 경우도 마찬가지다.

그는 어떻게 밀실을 버리고 광장으로 나왔는가. 그는 어떻게 광장에서 패하고 밀실로 물러났는가.

나는 그를 두둔할 생각은 없으며, 다만 그가 〈열심이 살고 싶어한〉 사람이란 것만은 말할 수 있다. 그가 風聞에 만족치 않고 늘 現場에 있으려 고 한 태도다. 바로 이 때문에 나는 그의 이야기를 전하고 싶어진 것이다.

아울러 말미에는 "이 이야기가《새벽》지에 실렸을 때 잡지의 사정 때문에 그중 일부를 할 수 없이 떼어 버리지 않을 수 없어 나로서도 못마땅하였었다. 이번에 그 부분을 완전히 살릴 수 있는 기회를 얻어 200여 매를 보충하여 얘기를 완성할 수 있었음을 기꺼이 여긴다."라고 하여 처음 발표되었을 때보다 그 내용이 상당 부분 보완되었음을 밝히고 있다. 곧 처음 출간된 초판본이 사실은 개정판이 된 셈이었다.

초판본 발행 이후에도
개작改作에 개작을 거듭한 집념의 작가

작가 최인훈이 20대 시절에 발표한 『광장』은 단지 남북의 이념 대립에 대한 고발을 위한 것이었을까. "밀실만 있고 광장은 없는" 남한과 "광장은 있지만 밀실은 없는" 북한 사이에서 과연 어떻게 사는 것이 올바른 삶인가에 대한 질문은 아니었을까. 작품을 시작하기에 앞서 "광장은 대중의 밀실이며 밀실은 개인의 광장이다. 인간을 이 두 가지 공간의 어느 한쪽에 가두어 버릴 때, 그는 살 수 없다. 그럴 때 광장에 폭동의 피가 흐르고 밀실에서 광란의 부르짖음이 새어 나온다."라고 쓴 작가의 말이 의미하는 것을 우리는 여전히 곱씹으며 살고 있는 것은 아닐까.

남과 북 어디에서도 스스로의 삶과 사랑을 실현하지 못한 이명준의 실패는 결국 우리 현대사의 실패이자 인간 그 자체의 좌절을 상징한다. 이처럼 작가 최인훈의 작품 『광장』을 통해 우리는 현대사의 암울한 현실을 '성찰과 사유'의 대상으로 바꿀 수 있었거니와, 작가의 작품에 대한 애착과 집념은 초판본 발행 이후 계속 이어진 개정판 발행에서도 확인된다. 그 개작(改作)의 여정을 보도한 신문기사를 보면 다음과 같다.

> 소설가 최인훈 씨가 대표작 『광장』을 또 한 번 대폭 고쳐 쓴다. 최씨가 1960년 '새벽' 11월호에 『광장』을 첫 발표한 이래 공식적으로 10번째 개작이며, 그 폭도 1976년 문학과지성사에서 '최인훈 전집'이 처음 나올 당시 이뤄진 개작 수준에 버금간다.
>
> (중략)
>
> 이번 『광장』 개작의 핵심 내용은 북한 정치보위부 간부가 된 주인공 이명준이 6·25 때 서울을 점령한 뒤 국군 첩보원 노릇을 하다 붙잡힌 친구 태식을 가혹하게 고문하고, 태식과 결혼한 옛 애인 윤애를 능욕하려던 장면을 현실이 아닌 명준의 꿈으로 표현한 것. 작가 최씨는 현재 판본을 기준으로 전체 작품 194쪽 중 14쪽 분량에 이르는 관련 내용 4곳을 삭제하고, 이를 대체할 부분을 새롭게 썼다. 새로 삽입되는 부분은 명준이 포로수용소에서 태식과 윤애의 꿈을 꾼 일과, 그에 앞서 서울 점령 당시 윤애를 찾다가 실패했던 일을 중립국으로 가는 배 타고르호 선상에서 번갈아

떠올리는 내용이다.

최씨는 "명준의 성격으로 볼 때 해당 장면을 꿈으로 처리하는 것이 더 자연스럽고, 작품에 깊은 맛을 더할 수 있을 거라고 봤다"고 이번 개작 이유를 밝혔다. 최씨는 이밖에도 명준이 자살을 결행할 때의 심리를 좀더 면밀하게 보여주는 내용을 삽입하는 등 네 군데를 추가로 손봤다.

『광장』은 발표 이듬해인 1961년, 최씨가 당초 원고지 600매 정도였던 작품 분량을 800여 매로 늘려 정향사에서 첫 개작 단행본을 냈다. 이어 1967년 신구문화사, 1973년 민음사에서 각각 재출간될 때 단어와 문맥에 수정을 가했다.

『광장』이 이전 판본과 뚜렷이 구분될 만큼 대폭 바뀐 것은 1976년 출간된 '최인훈 전집' 초판에서다. 네 번째 개작에 해당하는 이 판본에서 최씨는 기존에 썼던 한자어 어휘 대부분을 순 우리말로 풀어쓰고, 당초 명준의 애인 은혜, 윤애를 상징하던 갈매기 두 마리를 은혜와 그녀의 뱃속에 있던 명준의 딸로 고쳐 표현하는 등 많은 부분을 고쳤다. 특히 갈매기의 의미 변화로 인해 명준의 죽음이 '이념적 절망'이 아닌 '완전한 사랑의 추구'로 해석되면서 작품 전체의 의미가 변모하는 효과를 낳았다.

최씨는 또 전집 발간 후에도 명준이 포로수용소에서 남측 대표를 만난 것을 상상으로 처리해 역사적 사실과 부합시키는 등 다섯 차례에 걸쳐 『광장』을 개작, 이 작품의 첫 발표 이후 아홉 차례나 고쳐 쓰는 열의를 보였다.[43]

출처: 《한국일보》 2010.02.07. 인터넷판 "최인훈 소설 '광장' 10번째 개작한다", 이훈성 기자

작가 최인훈은 또한 문학적인 모험을 두려워하지 않았다. 그는 도시적 삶과 지식인의 내면에 대한 관심을 작품으로 나타내기 위해 박태원의 소설을 차용한 『소설가 구보씨의 1일』을 썼고, "상상과 무의식의 세계를 오가며 공간과 시간을 가로지르는 에세이적인 문체실험"을 보여준 『회색인』, 『서유기』, 『구운몽』 등을 발표했다. 가상(假像) 역사 방식의 독창적인 소설 『태풍』과 『총독의 소리』를 선보였는가 하면, 우리나라 희곡사(戱曲史)의 기념비적인 작품 『옛날 옛적에 훠어이 훠이』를 비롯한 일련의 희곡 창작에 몰두하기도 했다. 또, 최인훈 선생이 1994년에 그의 일생에 마지막으로 발표한 장편소설 『화두』는 해방 직후 북한 체제를 경험하고 좌절한 어느 지식인의 개인사와 거대한 세계사적 흐름이라는 두 가지 시간대를 연결하여 '나'에 대한 실존적 의미를 탐구한 또 하나의 대작이다.

여하튼 『광장』은 작가 최인훈에게 '대한민국 전후(戰後) 최고·최대의 작가'라는 수식어를 붙여 주었다. 이미 고인이 된 문학평론가 김현(金炫, 1942~1990)은 일찍이 그를 두고 "뿌리 뽑힌 인간이라는 주제를 보편적 인간 조건으로 확대시킨 전후 최대의 작가"라고 상찬(賞讚)했는가 하면, 작가 황석영은 2015년 펴낸 『황석영의 한국 명단편 101』에서 최인훈의 작품 「웃음소리」를 소개하면서 "한국문학의 모더니티가 대중이 확보한 자유의 공간에서 발현된 것이라는 점에서

43 그 후로도 2015년에 『광장』 출간 55주년을 맞이하여 문학과지성사에서 한 차례 더 개정작업이 있었다.

문학사적으로 의미가 있다. 혁명공간의 시간이 짧았다고 하여도 덧없는 것은 아니었다. 최인훈을 포함해서 그 뒤의 수많은 한글세대 작가들은 다시는 과거로 돌아갈 수 없게 되었으니까."라고 평가한 바 있다. 1996년 100쇄를 돌파한 『광장』은 지금도 전국의 서점에서 여러 판본이 공존하면서 독자들을 만나고 있다. 2018년 7월 23일, 향년 84세를 일기로 최인훈 선생은 지상에서의 고단했던 일생을 마감하고 하늘의 별이 되었다. 장례는 문학평론가 김병익(金炳益) 선생이 주관하여 대한민국 문학인장(文學人葬)으로 치러졌으며, 경기 고양시 자하연 일산 공원묘원에서 영면(永眠)에 들었다.

다섯 번째 이야기

‘무진기행’과 ‘서울, 1964년 겨울’을 품은 최고의 소설집을 만나다

서울 1964년 겨울

김승옥 소설집 / 창우사 / 1966년 2월 5일 발행

서울 1964년 겨울

金承鈺

전후戰後 세대를 초월한, 거대 문명사회를 향한 개인의 조용한 외침에 귀 기울인 작가

김승옥(金承鈺, 1941~) 같은 작가를 보유(?)하고 있는 나라에 산다는 것이 자랑스러웠던 적이 있었다. 여기서 '자랑스럽다'가 아니라 '자랑스러웠던 적이 있었다'고 쓴 까닭은 여전히 그 마음은 변함없지만 '김승옥'을 뛰어넘는 작가들이 줄지어 나오기를 고대하는 마음 때문이다. 그 자랑스러움은 1966년 2월 창우사(創又社)에서 발행된 소설집 『서울 1964년 겨울』에 고스란히 담겨 있다. 이 소설집에는 모두 11편의 중·단편 작품이 들어 있는데, 실린 순서대로 살펴보면 다음과 같다.

- 생명연습(生命演習)

- 들놀이

- 무진기행(霧津紀行)

–확인(確認)해본 열다섯 개의 고정관념(固定觀念)

–건(乾)

–역사(力士)

–싸게 사들이기

–수술(手術)

–차나 한 잔

–서울, 1964년 겨울

–환상수첩(幻想手帖)

이 중에서도 특히, 우리나라 현대 단편소설 중에 백미(白眉)로 꼽히는 「무진기행(霧津紀行)」과 「서울, 1964년 겨울」[44] 속의 빛나는 표현들은 지금 보아도 눈이 부시다. 예컨대, 「무진기행」 도입부에 나오는 다음과 같은 표현이 그렇다.(원문을 그대로 옮김)

무진에 명산물이 없는 게 아니다. 나는 그것이 무엇인지 알고 있다. 그것은 안개다. 아침에 잠자리에서 일어나서 밖으로 나오면, 밤 사이에 진주해 온 적군들처럼 안개가 무진을 뻥 둘러싸고 있는 것이었다. 무진을 둘러싸고 있던 산들도 안개에 의하여 보이지 않는 먼 곳으로 유배 당해 버리고 없었다. 안개는 마치 이승에 한(恨)이 있어서 매일 밤 찾아오는 여

44 이 책의 표지에는 '서울 1964년 겨울'로, 본문 중 작품 제목에는 '서울, 1964년 겨울'로 표기되어 있어서 쉼표가 있거나 없다. 따라서 여기서는 소설집으로서의 책 제목은 『서울 1964년 겨울』로, 단편소설 작품 제목은 「서울, 1964년 겨울」로 표기한다.

귀(女鬼)가 뿜어내놓은 입김과 같았다. 해가 떠오르고, 바람이 바다 쪽에서 방향을 바꾸어 불어오기 전에는 사람들의 힘으로써는 그것을 헤쳐버릴 수가 없었다. 손으로 잡을 수 없으면서도 그것은 뚜렷이 존재했고 사람들을 둘러싸았고 먼 곳에 있는 것으로부터 사람들을 떼어놓았다. 안개, 무진의 안개, 무진의 아침에 사람들이 만나는 안개, 사람들로 하여금 해를, 바람을 간절히 부르게 하는 무진의 안개, 그것이 무진의 명산물이 아닐 수 있을까!

특히, 상습적으로 출몰하는 '안개'를 '밤 사이 진주해온 적군들'로 직유(直喩)한 표현은 언제 보아도 탄복스럽다. 이 작품은 1964년 10월 《사상계》에 발표된 김승옥의 대표작으로, 한 개인이 성공가도를 달리던 중에 벌이는 귀향(歸鄕)과 이내 고향을 등지게 되는 과정을 통해 문명화로 치닫는 현대사회에서 개인의 특수성이 존중받을 수 없는 이유를 잘 보여준다. 결국 이 작품은 '안개'로 상징되는 허무한 이상(理想)에서 벗어나 '현실'이라는 일상 공간으로 돌아오는 어느 개인의 귀향 체험을 통해 개인적 일탈을 허락하지 않는 사회조직 속에서 소외당한 현대인의 고독을 처연하게 그리고 있다. 또한, 이 작품에 등장하는 '무진'은 실제로 존재하는 곳이 아니라 작품을 위해 꾸며진 곳으로 알려져 있어서 더욱 상징성이 짙다.

또 다른 작품 「서울, 1964년 겨울」도 그 연장선상에 있는 작품이다. 제목처럼 1964년 겨울, 어느 날 저녁 포장마차에서 우연히 만난 세 명의 젊은 사내가 다음 날 아침까지 함께 지내는 동안 생긴 이야기가 담담한 필체로 그려지고 있다. 누군가의 불행이 다른 사람들에게는 전혀 관심의 대상이 되지 못하는 현실을 통해 1960년대의 암울했던 시대상과 함께 수많은 사람들의 욕망이 집결된 '서울'이라는 대도시의 어두운 이면을 잘 보여주고 있다. 특히, 세 사람의 등장인물이 나누는 대화가 무척 흥미롭다. 예컨대, 다음과 같은 표현들을 들여다보면 알쏭달쏭한 대화 속에 녹아 있는 작가 특유의 사유 방식을 짐작할 수 있다.(원문을 그대로 옮김)

"안형, 파리를 사랑하십니까?"

"아니요, 아직까진……" 그가 말했다. "김형은 파리를 사랑하세요?"

"예."라고 나는 대답했다. "날을 수 있으니까요. 아닙니다. 날을 수 있는 것으로서 동시에 내 손에 붙잡힐 수 있는 것이니까요. 날을 수 있는 것으로서 손 안에 잡아본 적이 있으세요?"

"가만 계셔 보세요." 그는 안경 속에서 나를 멀거니 바라보며 잠시 동안 표정을 꼼지락거리고 있었다. 그리고 말했다. "없어요, 나도 파리 밖에는……"

"김형, 꿈틀거리는 것을 사랑하십니까?" 하고 그가 내게 물었던 것이다.

"사랑하구 말구요." 나는 갑자기 의기양양해져서 대답했다. 추억이란 그것이 슬픈 것이든지 기쁜 것이든지 그것을 생각하는 사람을 의기양양하게 한다. 슬픈 추억일 때는 고즈너기 의기양양해지고 기쁜 추억일 때는 소란스럽게 의기양양해진다.

"평화시장 앞에 줄지어 선 가로등들 중에서 동쪽으로부터 여덟 번째 등은 불이 켜 있지 않습니다……" 나는 그가 좀 어리둥절해 하는 것을 보자 더욱 신이 나서 얘기를 계속했다.

"……그리고 화신백화점 육층의 창들 중에서는 그 중 세 개에서만 불빛이 나오고 있었읍니다……"

(중략)

"서대문 빠스 정거장에는 사람이 서른 두 명 있는데 그 중 여자가 열 일곱 명이었고 어린애는 다섯 명 젊은이는 스물 한 명 노인이 여섯 명 입니다."

"그건 언제 일이지요?"

"오늘 저녁 일곱시 십오분 현재입니다."

그렇다면 이 작품에 등장하는 세 청년은 마치 '외젠 이오네스코(Eugene Ionesco, 1909~1994)'의 부조리 연극 '대머리 여가수'라도 보는 것처럼 왜 이렇듯 의미 없는 대화에 몰두하는 걸까? 아마도 세 사람의 인물 특성을 살펴보면 작가의 치밀한 의도를 짐작할 수 있을지 모르겠다.

▸ 나: 김씨이며 시골 출신이고 육군사관학교를 지원했다가 실패한 후 구청 병사계에서 일하고 있다. 사내의 일과 엮이지 않기 위해 여관에 들어가면서 숙박계에 거짓 정보를 쓴다.

▸ 안: 대학원생이자 부잣집 장남이다. '나'와 함께 술을 마시면서 서로

자신만 알고 있는 것에 대해 이야기를 나눈다. 사내가 자살할 것을 예상했고, 다음 날 아침 '나'에게 사내를 두고 빨리 여관에서 도망치자고 한다.

▶ 사내: 급성 뇌막염으로 죽은 아내의 시신(屍身)을 세브란스병원에 카데바(해부실습용 시신)로 팔고 죄책감을 느낀다. 카데바 값으로 받은 사천 원을 중국집에서 음식을 먹고, 귤을 사 먹고, '안'과 '나'에게 넥타이를 사주는 등 이리저리 쓰고, 나머지는 화재 현장에서 불길 속에 던져버린다. 이렇게 아내 시신 판 돈을 다 쓰고 여관 방에서 자살한다.

결국 작가는 등장인물들을 정확하게 호명하지 않고 '김씨', '안씨', '사내' 등으로 익명화함으로써 그 시대를 살았던 대중들의 모든 특징을 상징적으로 담아내려 한 것으로 보인다.

천재적인 창작성으로
한국 단편소설의 미학을 한 단계 드높인 작가

작가 김승옥은 1941년 일본 오사카에서 출생했다. 1945년 광복과 함께 귀국하여 전라남도 순천(順天)에서 성장했고, 순천고등학교와 서울대학교 불어불문학과를 졸업했다. 단편소설 「생명연습」이 《한국일보》 신춘문예에 당선되어 등단한 1962년에 김현(金炫, 1942~1990), 최하림(崔夏林, 1939~2010) 등과 함께 동인지 《산문시대

(散文時代)》를 창간하고 이 문예지에 「건(乾)」, 「환상수첩」 등을 발표하면서 본격적으로 작품활동을 시작했다. 1964년 「역사(力士)」, 「무진기행」 등을 발표하며 전후(戰後) 세대를 넘어선 작가로 문단의 인정을 받았고, 1965년 「서울, 1964년 겨울」을 발표함으로써 1960년대를 대표하는 작가로 우뚝 섰다. 이후 인간의 원초적 생명력 회복을 희구하는 주제를 다룬 작품 「60년대식」, 「다산성(多産性)」, 「야행(夜行)」, 「강변부인」 등을 발표했고, 1970년대에 들어와서는 1977년 「서울의 달빛 0장」과 1979년 「우리들의 낮은 울타리」 등을 발표했다.

또한, 김승옥은 뛰어난 시나리오 작가이기도 했다. 1967년에 「무진기행」이 김수용(金洙容, 1929~) 감독에 의해 '안개'라는 제목의 영화로 만들어지자 직접 각색을 맡아 시나리오를 쓰면서 영화계와 인연을 맺었다.[45] 1968년에는 김동인(金東仁, 1900~1951)의 「감자」를 각색하고 직접 감독까지 맡아 스위스 로카르노 영화제에서 호평을 받으면서 프랑스 유력언론 《르 몽드(Le Monde)》에도 소개됨으로써 '한국의 장콕또'라는 별명을 얻게 된다. 영화감독을 계속하고 싶은 열망이 컸으나, 당시 신혼 무렵이었던 데다가 영화계의 자유분방한 분위기에 기겁한 아내가 적극적으로 반대하여 시나리오만 쓰는 것으로 타협하게 되었다고 한다. 이후로 김승옥은 영화 '장군의 수염'(1968), '어제 내린 비'(1974), '영자의 전성시대'(1975), '겨울여자'(1977) 등의

45 이후로도 〈무진기행〉은 1974년에 '황홀', 1986년에 '무진 흐린 뒤 안개'라는 제목의 영화로 각색된 바 있다.

시나리오를 썼다. 김호선(金鎬善, 1941~) 감독이 연출하고 배우 장미희가 주연을 맡았던 조해일(趙海一, 1941~2020) 원작의 '겨울여자'는 당시 서울에서 관객 57만 명을 동원했는데, 이 기록은 1990년 '장군의 아들'이 흥행 신기록을 낼 때까지 12년간 깨지지 않았다. 이어령 원작의 '장군의 수염'으로 제7회 대종상 각본상을 수상했으며, 그가 시나리오를 쓴 영화들은 '한국의 장 콕또 김승옥 각본'이라는 문구를 포스터에 대문짝만하게 써붙일 정도였다고 한다.[46]

1980년《동아일보》에 장편소설「먼지의 방」을 연재하다가 광주민주화운동 소식을 듣고는 창작 의욕을 상실한 끝에 절필(絶筆)을 선언했다. 그러던 중 그의 나이 64세였던 2003년, 오랜 동갑내기 문우(文友) 이문구(李文求, 1941~2003) 선생의 타계(他界) 소식에 따른 충격으로 인해 뇌졸중(腦卒中)을 얻으면서 말까지 잃고 말았다. 이후 김승옥은 펜 대신 붓을 들고 젊은 시절의 꿈이기도 했던 그림을 그리기 시작했다.[47] 2010년에는 작가의 고향이나 다름없는 순천에 '김승옥 문학관'이 들어섰다.

앞서 살펴보았던「무진기행」이나「서울, 1964년 겨울」을 보면 마치 세상살이에 달관한 듯한 농익은 문체로 등장인물들의 면면에 관계없이 능숙한 표현들을 선보이고 있지만, 기실「무진기행」을 발표한 1964년에 김승옥은 만 스물네 살의 청년이었다. 이 작품은 언젠가 우리 평론가 50인이 선정한 역대 한국 단편소설 최고의 작품으로

---

46 나무위키 '김승옥'(https://namu.wiki/w/%EA%B9%80%EC%8A%B9%EC%98%A5) 참조.

뽑힐 정도로 작품성을 인정받은 바 있다. 내친김에 김승옥은 같은 해 「서울, 1964년 겨울」을 발표하여 제10회 동인문학상을 수상하게 되는데, 이는 역대 최연소 수상 기록으로 남아 있다. 한마디로 우리 문단의 새로운 천재가 나타난 셈이었다.

한편, 작가 김승옥은 1960년에 서울대학교 문리대 불어불문학과에 진학했는데, 당시 입학 동기로는 작가 이청준(李淸俊, 1939~2008), 평론가 김현·염무웅(廉武雄, 1941~)·김치수(金治洙, 1940~2014) 등이 있었고, 한 학번 위로는 미학과에 재학 중이던 시인 김지하(金芝河, 1941~)가 있었다. 그 밖에 김승옥과 관련하여 주목해야 할 인물은 얼마 전 세상을 떠난 이어령(李御寧, 1933~2022) 선생이다. 김승옥이 입학했을 당시 27세의 나이에 문학평론가로 이름을 날리고 있던 이어령 선생은 마침 서울대 문리대 강사로 학생들을 가르치고 있었다. 그

---

47 글솜씨만 좋았던 게 아니라 그림실력도 뛰어났던 김승옥은 서울대 재학 시절 친하게 지냈던 독문과 김주연의 소개로 격주로 간행되는 서울대 문리대 신문《새세대》에 '학원만평'이라는 만화를 그려주다가 기자로 활동하며 동시대의 의식구조에 대해서 좀 더 가까이서 관찰할 수 있었다고 한다. 가난한 고학생이어서 하숙비가 밀리면《세세대》편집실에서 잠을 청하는 일이 빈번했고, 단벌 코트를 사시사철 입고 다니는 모습을 보며 동기들은 비슷한 꼬락서니를 하고 다녔던 김승옥, 김지하, 하길종, 주섭일 등을 '문리대 거지떼들'이라고 불렀다. 대학교 1학년 시절《서울경제신문》에 '파고다 영감'이라는 4컷 시사만화를 연재했다.《한국일보》에서 새 경제신문을 창간한다는 이야기를 듣고 샘플 몇 장을 그려 무작정 문화부장 앞으로 보냈는데 연재를 부탁한다는 연락이 왔다고 한다. 생각보다 적은 고료였지만 대학생 한 명이 하숙비를 내고 등록금을 내기에는 충분한 액수였다고. 그의 시사만화는 1961년 2월 14일까지 모두 134회에 걸쳐 신문에 실렸다. 만화 작가로서 본명 대신 '김이구'라는 필명을 썼다. 순천 고향 집 번지수에서 가져온 이름이었다. 만화를 연재하던 시절《동아일보》에서 '고바우 영감'을 연재하던 김성환 화백과 연배를 뛰어넘어 친한 친구가 된다. 5·16 쿠데타 이후 언론의 자유가 사라지자, 만화연재를 중단한다.(출처: 나무위키)

렇게 인연을 맺은 두 사람은 1970년대에도 교류를 이어가게 되는데, 그 접점에는 김승옥의 문학적 천재성을 알아본 이어령 선생의 남다른 안목이 있었다. 대학생 시절부터 가난에 시달리던 김승옥은 이후로도 별다른 변곡점 없이 빈둥거리는 삶을 살고 있었는데, 1970년대 들어와 문예지《문학사상》의 발행인을 맡고 있던 이어령 선생은 그런 김승옥을 납치하다시피 어느 호텔로 불러들였다고 한다. 호텔방을 이른바 '글감옥'으로 삼아 옆 방에 문학사상사 편집부 기자를 상주시키고, 김승옥으로 하여금 소설을 쓰도록 감시했다는 것. 그렇게 완성된 작품이 바로 「서울의 달빛 0장」이었단다. 이 작품으로 김승옥은 1977년에 제1회 이상문학상을 수상했다.

초판본에 담긴 책의 특징과 책을 만든 사람들

김승옥 소설집 『서울 1964년 겨울』 초판본은 일반적인 5×7판 크기에 양장본으로 책함(册函)에 들어 있다. 책함을 뒤덮고 있는 상자화(箱子畵)는 장 뒤뷔페(Jean Dubuffet)의 그림이며, 앞쪽에는 책 제목 '서울 1964년 겨울'이 선명한 붉은색으로 상단에 자리 잡았고, 작가 이름은 한자로 하단 오른쪽에 표기되어 있다. 뒤쪽에는 세로 표기로 이 책에 실린 작품 제목이, 하단에는 '1965년도 동인문학상 수상작가 소설집'이란 한자 표기와 함께 그 아래에 출판사 이름이 적혀 있다.

본책 양장 표지에는 손글씨로 적은 책 제목이 은박(銀箔)으로 질

1964년판 책함의 앞표지와 뒤표지

작가의 흑백 사진

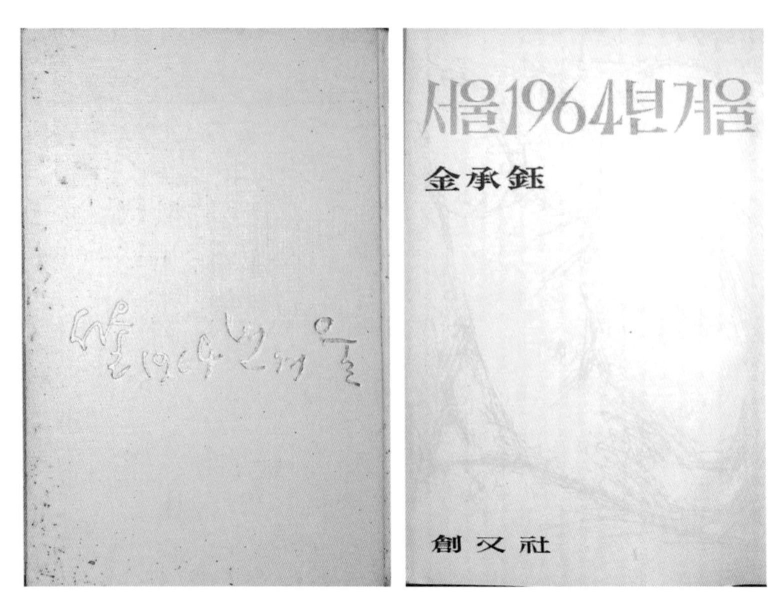

『서울 1964년 겨울』 1964년판 양장표지와 속표지

감 있게 처리되어 있고, 표지를 넘기면 작가가 직접 그린 것으로 보이는, 붉은색 바탕에 검정 스케치로 이루어진 추상화가 면지(面紙)에 인쇄되어 있다. 면지를 넘기면 당시 근영(近影)인 듯 오른손에 불붙은 담배를 쥔 앳된 모습의 작가 흑백사진이 실려 있다. 작가 사진을 넘기면 비로소 단출하게 책 제목과 작가 이름, 그리고 출판사 이름만 적힌 속표지가 나온다. 그리고 연이어 나오는 차례를 보면 11편의 작품 제목이 정갈하게 세로 표기로 적혀 있고, 맨 끝에 장정은 '저자'가 했고, 상자 그림은 '뒤뷔페'의 것임을 표기해 놓은 것으로 보아 표지 글씨를 포함해서 그림을 고르고 활자를 배열한 것이 모두 작가 김승옥의 솜씨임을 알 수 있다. 프랑스 화가이자 조각가로 당시 야만적인

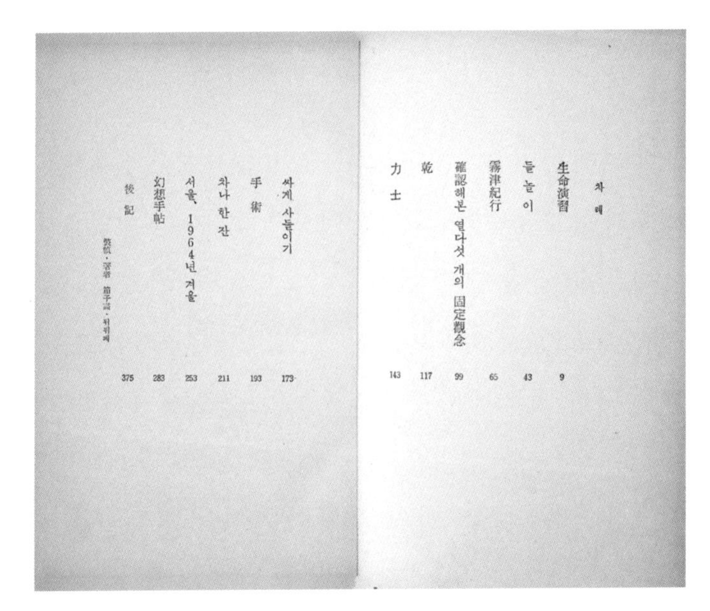

차례

裝幀·著者 [illegible]

『서울 1964년 겨울』 차례

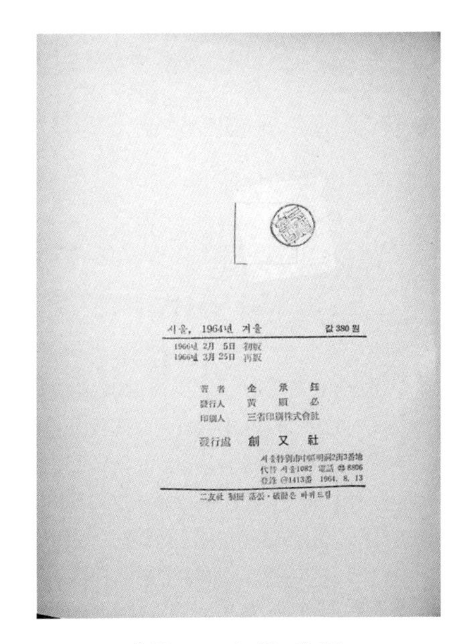

서울, 1964년 겨울 값 380 원

1966년 2月 5日 初版
1966년 3月 25日 再版

著者 金承鈺
發行人 黃順必
印刷人 三省印刷株式會社

發行處 創文社

서울特別市中區明洞2街3番地
代替 서울1082 電話 ㉓8806
登錄 ㉮1413番 1964. 8. 13

二友社 製册 落張·破損은 바꿔드림

『서울 1964년 겨울』 간기면

화풍을 통해 현대미술의 독특한 지형을 구축하고 있던 뒤뷔페의 그림을 표지화로 선택한 안목이 매우 이채롭다.

책의 맨 뒤에 있는 간기면(刊記面)을 보면 도서 정가는 380원, 발행인은 창우사 대표 황순필(黃順必)이었으며, 인쇄는 삼성인쇄주식회사에서 이루어졌음을 알 수 있다. 그런데 1966년 2월 5일에 초판(初版)을 발행하고 3월 25일에 재판(再版)을 발행했다고 되어 있으나, 여기서의 '재판'은 '재쇄(再刷)'를 뜻하는 것으로 보아도 무방할 듯하다. 지금도 간혹 발견하곤 하지만, 같은 책을 또 인쇄한다는 의미의 '쇄(刷)'와 수정하거나 개정해서 새로 펴내는 '판(版)'의 의미를 가리지 않고 쓰는 관행이 있기 때문이다.

어쨌든 한 달여 만에 책을 더 찍어낼 정도로 김승옥은 인기 있는 작가였다. 이 책이 나올 당시 작가의 나이는 26세. 이미 살핀 것처럼 1962년에 단편 「생명연습」이 일간지 신춘문예에 당선되어 등단했고, 1964년에는 단편 「무진기행」을 발표하여 문단의 주목을 받았을 뿐만 아니라, 1965년에는 「서울, 1964년 겨울」로 동인문학상까지 거머쥐었던 터라 이미 김승옥은 유명작가 반열에 올라 있었던 것이다.

이쯤에서 김승옥 작가와 필자의 인연을 담은 삽화 하나를 소개하고자 한다. 대학에 와서 처음 연구년(일명 '안식년'이라고도 한다)을 보내고 있던 2016년 어느 여름날, 우연히 김승옥 선생이 서울 혜화동 어느 미술관에서 수채화 전시회를 연다는 소식을 들었다. 문득 말을 잃고 글 쓰는 펜 대신 그림 그리는 붓을 든 노작가의 심사(心思)가 궁금해졌다. 내가 문학도로 살았던 젊은 시절부터 흠모해 마지않았던 작

김승옥 선생과 함께

가이기에 꼭 가보고 싶었다. 이웃고 미술관에서 만난 노작가는 정말로 말없이, 그러나 만면에 함박웃음을 머금은 채 수첩을 꺼내 들고는 필담(筆談)으로 나와 짧은 대화를 나누었다. 전시실에는 시선을 시원하게 정화시켜 주기에 충분한 풍경화들과 함께 평생 친구로 가깝게 지냈거나 친하게 교류했던 문인들의 초상화도 여럿 걸려 있었는데, 반갑게도 나의 대학시절 은사인 황순원(黃順元, 1915~2000) 선생님의 초상도 환하게 걸려 있었다. 그래서 그 앞에서 함께 사진을 찍자고 하자 김승옥 선생은 흔쾌히 내 옆자리를 채워주었다. 미술관을 떠나기 전 이미 한눈에 들어왔던 제주 함덕 해변을 그린 수채화 한 점을 구매하기로 예약했고, 전시가 끝난 후 제주 함덕 해변 한컨이 오롯이 내 방으로 들어왔다.

김승옥의 수채화

이 글을 마무리하려고 보니 이 책에서 작품에 가려져 보이지 않았던 작가의 '후기(後記)'가 뒤늦게 시선을 끈다. 그리고 거기서 노작가의 심중에 고스란히 남아 있었던, 청년 시절부터 한결같이 간직해 왔던 마음을 엿보았기에 여기 모두 적어둔다. 아무쪼록 잃어버린 글과 말의 세월보다 더 오래도록 강건하시길 빈다.

後記

한 학기 등록금을 마련할 수가 있지 않을까 하는 희망을 가지면서 '한국일보 신춘문예'에 응모했던 「생명연습」이, 당선된 것은 고마운 일이었지만, 사회적 신분에 대한 나의 포부를 바꾸게 해버린 것은 전연 뜻밖의 일이었다. 허기야, 당선된 이후 그러니까 대학 3학년 이후부터의 내 생활이 나로 하여금 소설 쓰는 일에나 재미를 붙일 수밖에 없도록 나를 몰아세우지 않았더라면 신춘문예쯤 당선됐다고 계속해서 원고용지 앞에 엎드려 있지는 않았을 것을 생각하면 엉터리 소설 「생명연습」 또는 한 학기 등록금을 원망할 이유는 없다.

이젠, 한국 문단의 계관(桂冠)이라는 '동인문학상'까지 받아 놓았으니 끝장이 날 때까지 '쇼'를 계속해야 할 모양이다. 그러나 손님들이 웃지 않는 때가 오면 언제든지 집어치워버릴 각오를 하고 있다.

나의 이 얘기가 너무 무례하고 너무 무책임해 보일는지는 모른다. 그러나 나는 내 자신을 내가 잘 알고 있다고 생각하고 있다. 세상에는 타인에 의해서 자기를 만들어 가는 사람들이 있는데 내가 바로 거기에 속해 있는 것이다. 좀 용기를 내어서 얘기한다면, 우리 세대, 이어령 씨가 말하고 있는 '제3세대'의 사람들은 모두가 거기에 속해 있는지도 모른다. 우리들은 외계에 재빠르게 반응할 뿐이지, 무엇인가를 내부에서 만든 후에 그것을 외계에 대하여 밀고 나갈 줄을 모르는 족속 같다.

왜 우리에게라고 내부에 생기는 무엇이 없겠는가. 다만 옛날 사람들처럼 우직하지가 못할 뿐이다. 우리에게 던져진 먹이는 다만 단순한 의미에서의 '생활'뿐이기 때문인 것이다. 우리들의 그 '생활'을 유지시켜주는 것을 구태여 찾자면, 우리의 일부에게는, 옛날 사람들은 그렇게도 낯설어 했던 기독교적 정신 또는 합리주의가, 일부에게는 배금사상(拜金思想)이, 일부에게는 상업 공부를 한 민족주의가 그것들이다. 생활하기에는 그만

한 것들로써도 충분한 것이다.

우리가 차라리 행복한지도 모른다. 어느 때보다도 타인과 자기를 합일시키려 하고 그래서 어느 때보다도 고독하다는 이유로써 말이다. 고독한 자들은 많은 것을 탐내지 않는다. 남을 가르치려 하지 않고 남에게서 배우려고 할 뿐이다. 항상 등 뒤엔 깊고 물살 빠른 강물을 두고 말이다.

그래서 나는, 필요한 때는 언제든지 소설 쓰는 일을 그만둔다는 생각을 행복한 느낌의 부축을 받아 가며 한다.

최근 나는 몇 군데 신문에, 제법 강경한 투의 글을 씀으로써 패기만만한 신인처럼 행세한 '쇼'를 부렸다. 요즘 나는 그것에 대한 외계의 반응을 기다리고 있다. 그 반응에 의해서 또 나는 나를 만들어 갈 것 같다. 무척 쓸쓸한 기분이 되어 기다리고 있다. 혹시라도 요란한 박수 소리가 내 주변에서 일어날지도 모르므로 이 쓸쓸함은 견디고 있어야겠지.

이 책이 백만 부쯤 팔림으로써 창우사의 황 사장님께 폐를 끼치지 않는다면 얼마나 좋을까!

1966년 1월 金承玉

여섯 번째 이야기

“우리 시대에 만연되어 가고 있는 지식인들의 기능화 현상을 날카롭게 분석한 문제의 서적”

지성과 반지성

김병익 문화론집 / 민음사 / 1974년 9월 20일 발행

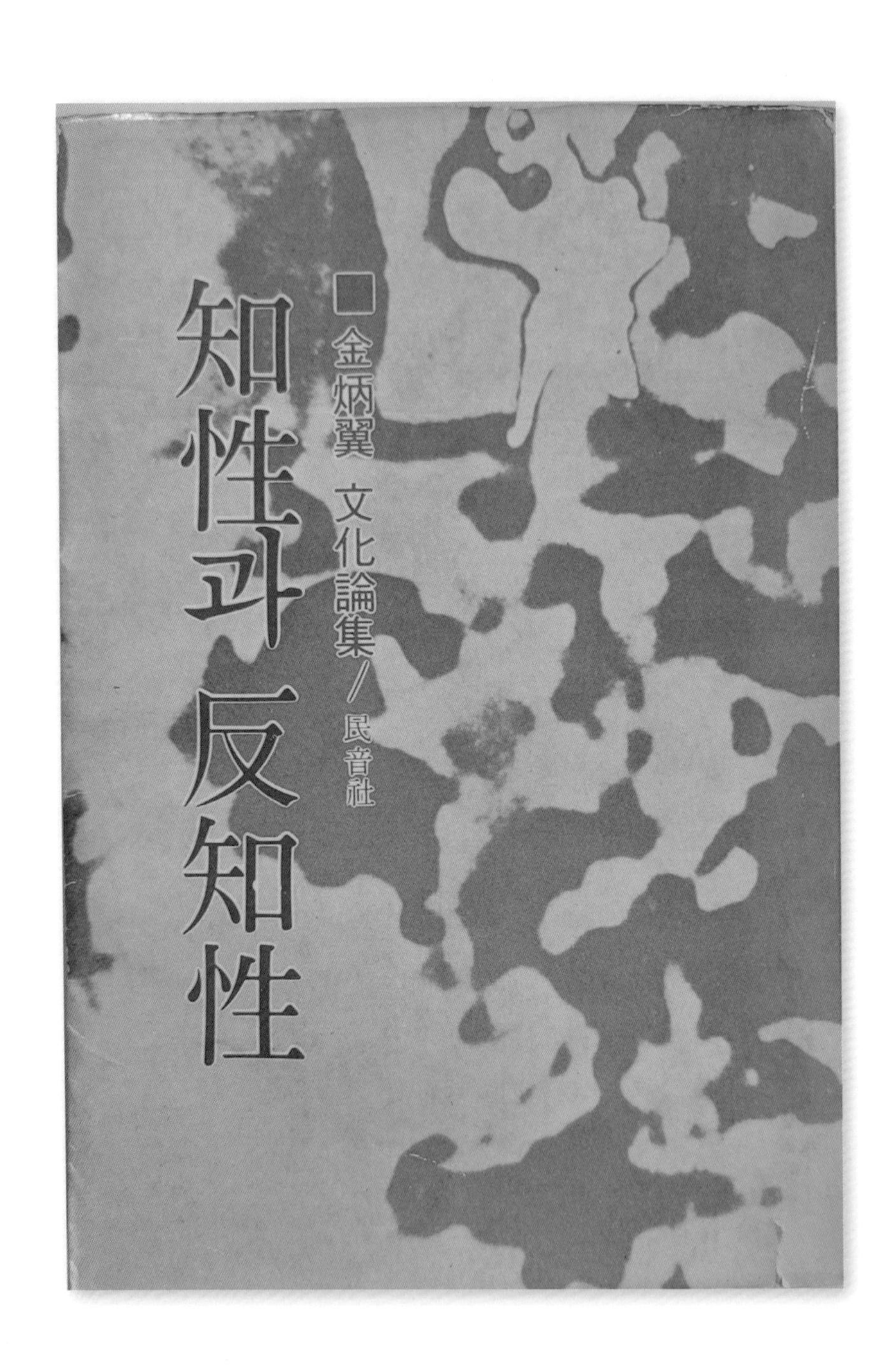
知性과 反知性
金炳翼 文化論集 / 民音社

기자, 평론가, 출판인 그리고 독서가로 살아온 우리 비평계의 거장

김병익(金炳翼, 1938~) 선생은 1965년부터 1975년까지 10년 동안《동아일보》문화부 기자로 재직하면서 줄곧 문학, 학술, 출판 관련 기사를 썼다. 1967년《사상계》에 평론을 발표하면서 평론가로서의 활동을 시작했고, 1970년에는 그를 포함하여 이른바 '문지 4K'로 불리는 문학평론가 김현(金炫, 1942~1990), 김치수(金治洙, 1940~2014), 김주연(金柱演, 1941~)과 함께 계간《문학과 지성》을 창간했다. 1974년에는 30대 중반의 나이에 한국기자협회장을 맡았으나 이듬해 언론자유운동에 나섰다는 이유로 기자직을 잃고 만다.[48] 그렇게

---

48 동아자유언론수호투쟁위원회(동아투위) 사건에 연루된 것을 말한다. 동아투위의 언론민주화운동 사건은 1970년대 당시 박정희 정권의 언론탄압에 맞서 언론자유를 요구하던 동아일보·동아방송 기자와 피디, 아나운서 등 113명이 강제해직되면서 일어난 일련의 사건을 가리킨다.

해직기자로서 새로운 길을 모색하던 그는 '문지 4K'와 황인철(黃仁喆, 1940~1993) 변호사가 각각 200만 원씩 모은 1000만 원을 자본금으로 1975년 12월 서울 종로구 청진동 해장국 골목 건물 2층에 출판사 '문학과지성사'를 설립하고 대표가 되었다. 그 후로 45년의 세월이 흐른 2020년 현재, 팔순을 넘긴 김병익 선생은 우리 문화계의 원로이자 독서가로서 여전히 노익장을 과시하고 있거니와, 선생의 일생을 다시 요약하면 다음과 같다.

> 1938년 경북 상주에서 태어나 대전에서 성장했고, 서울대 문리대 정치학과를 졸업했다. 동아일보 문화부에서 기자 생활(1965~1975)을 했고, 한국기자협회장(1975)을 역임했으며, 계간《문학과지성》동인으로 참여했다. 문학과지성사를 창사(1975)하여 대표로 재직해오다 2000년에 퇴임한 후, 인하대 국문과 초빙교수와 한국문화예술위원회 초대위원장(2005~2007)을 지냈다. 현재 문학과지성사 상임고문으로 있다.
>
> **출처: 문학과지성사 홈페이지(http://moonji.com/bookauth/379/)**

김병익 선생은 문학을 주축으로 하는 문화 분야의 평론가로서 수많은 저술을 통해 자신의 목소리를 축적해 왔을 뿐 절대로 요란스레 펼치지는 않았다. 정치인뿐만 아니라 내로라하는 문화인과 지식인들조차 진영의 논리 혹은 공허한 자기주장에 치우쳐 있을 때 "사유의 빈자리에 다른 사람들의 지식과 의견을 채우려 노력"했던 거장(巨匠)이 바로 김병익 선생이었다. 2020년 벽두에 선생을 인터뷰한《문화일보》

문화부장 최현미 기자는 그의 성정(性情)을 이렇게 묘사하고 있다.

> 문학평론가 김병익(82) 문학과지성사 상임고문이 좋아하는 단어는 '성찰'이다. 그가 말하는 성찰은 자신의 사유가 옳은지에 대한 성찰, 자신의 생각이 바른지에 대한 사유다. 다른 말로는 '되풀이-생각하기'다. "사람이든 글이든 사건이든 더 나아가 역사에 대해서든 되풀이해서 묻고 따지며 그의 편에서 해석하고 이해해 보려 했다"는 그는 평생 주장하기보다 듣는 것을 좋아했고, 스스로 '차하(次下)자'로 자리매김하며 스스로에 대한 자신감을 버리려 무던히 애썼다. 그렇게 마련된 사유의 빈자리에 다른 사람들의 지식과 의견을 채우려 노력해왔다.
>
> **출처: 《문화일보》, 2020.01.08, 김병익 "과거 지우는 건 歷史 혐오 …'관용' 없는 적폐청산 지혜롭지 못해", 최현미 기자**

10년에 걸친 기자생활을 접고 얼마 지나지 않아 출판사를 차려 대표로서 출판물 기획과 편집·제작은 물론 영업과 경영까지 두루 해내기란 결코 쉬운 일이 아니었을 것이다. 다만, 문화부 기자로서 수많은 책과 출판인을 가까운 거리에서 취재했던 경험이 자양분으로 남아 그를 이끌어 주었으리라. 실제로 위에서 인용한 언론과의 인터뷰에서 지난 세월을 추억하며 특히 문학과지성사 설립 전후의 상황과 의미를 다음과 같이 밝힌 바 있다.

> 가장 인간적인 기억이라면 동아일보 사태를 겪고 실업자가 됐다가 문

학과지성을 창업하던 1974년에서 1975년 그 1년 사이의 일들이다. 권력과 자유가 충돌하는 그 싸움 현장에 있었고 문학 하는 친구들과 새로운 삶의 길을 찾아갔다. 세상을 바라보는 것도 그렇고, 내 인생의 전환기였다. 책은 조세희의 '난장이가 쏘아올린 작은 공', 최인훈의 '광장', 이청준의 '당신들의 천국', 정문길의 '소외론 연구' 같은 책들, 1970년대 후반 문학과지성을 창업한 지 3, 4년 사이에 나온 책들이다. 한국 사회 정신·문화사의 전환점을 이룬 책이다. 그 뒤 우리 사회가 자유와 평등을 위한 투쟁을 벌였는데 그 단초는 문학적으로는 이 책들로부터 출발했다.

출처: 《문화일보》, 2020.01.08, 김병익 "과거 지우는 건 歷史 혐오 …'관용' 없는 적폐청산 지혜롭지 못해", 최현미 기자

국내 최초의 공동비평서 『현대한국문학의 이론』, 그리고 문화론집 『지성과 반지성』

《동아일보》 문화부 기자로 재직 중이던 1970년, 김병익 선생은 프랑스문학연구자들인 '김주연·김치수·김현'과 함께 편집동인으로 참여하여 계간 문예지 《문학과 지성》[49]을 창간한다. 그리고 1972년에는

---

49 A5판, 300면 정도. 1970년 8월 창간. 발행인은 한만년(韓萬年), 편집인은 황인철이며, 일조각(一潮閣)에서 발행되었다. 1977년 여름호(통권 제28호)부터 문학과지성사가 독립하면서 이때부터 발행인 겸 편집인 정지영(鄭智英), 주간 김병익으로 하여 문학과지성사에서 발행하였다. 1980년 여름호(통권 제40호)를 끝으로 폐간되었다가, 1988년 봄《문학과 사회》로 이름을 바꾸어 복간되었다. 출처: [네이버 지식백과] 문학과지성(文學—知性)(한국민족문화대백과, 한국학중앙연구원)

4인이 공저자로 참여한 『현대한국문학의 이론』이라는 비평서를 펴낸다. A5판 크기로 민음사(民音社)에서 발행한 이 책은 우리나라 최초의 공동 비평서로 기록되었다. 이 책은 저자들이 "4·19라는 시대적 배경 속에서 자유와 역사 두 개념에서 공통성을 지니고 있으며, 전통을 이어받되 새로운 도전으로써 창조적 계승을 이룩한다"는 자세를 서문에서 표명하고 있다. 내용을 보면 '한국문학 이론의 기본·방법론의 고찰·작가의 가능성' 등 3부에 걸쳐 모두 32편의 글이 실려 있는데, 김병익은 '정치와 소설'이란 글에서 "정치가 상황으로 되어 개인의 삶, 즉 자유를 억압함에 대하여 문학은 저항하는 언어양식임을 천명"하고 있다. 즉, "진정한 참여론의 문예에서는 시대의 분단적 비극에 대하여 상투적인 패배주의를 극복하는 인간형이 요청됨을 말하여, 문학의 효용론적 가치에 의미를 부여하는 비평론"을 펴고 있다.

그리고 1973년, 마침내 공동저술이 아닌 단독저술로서 『한국문단사(韓國文壇史)』[50]를 일지사에서 펴낸다. 1974년에는 문화론집(文化論集)을 표방한 『지성(知性)과 반지성(反知性)』이 민음사에서 출간된다. 여기에서 소개할 초판본은 바로 『지성과 반지성』으로, 신문기자로서의 활동을 거의 마감할 즈음에 나온 책인 동시에 이듬해에 동료

50 비평가 김병익이 동아일보 문화부 기자로 재직하면서 1973년 4월부터 7월까지 동아일보에 연재한 〈문단 반세기〉의 제목을 바꾸고 수정하여 엮은 책. 초판은 일지사에서 출판되었는데, 그 뒤 절판되자 이를 다시 고쳐 2001년 문학과지성사에서 개정판을 냈다. 한국 근대문학의 초창기 최남선의 신체시 〈해(海)에게서 소년에게〉가 나온 1908년부터 1970년까지의 문단 안팎의 화제와 문학의 변화를 인물과 문단 상황, 문예지 등을 중심으로 종합했다. 출처: [네이버 지식백과] 한국문단사 (한국현대문학대사전, 2004.2.25., 권영민)

들과 힘을 모아 설립한 출판사의 명칭을 '문학과지성사'로 삼은 까닭을 짐작하게 해주는 책이기도 하다.

1974년 9월 20일 초판 1쇄가 발행된 『지성과 반지성』은 한마디로 김병익 선생의 '문화'를 대하는 도저한 안목이 곳곳에 배어 있는 문화비평서다. '책 머리에'라는 제목의 서문을 보면 "이 책은 한 사람의 문화부 기자로서 쓴 글을 모은 것이다. 여기 수록된 글들은 그때그때 여기저기 청탁을 받고 이루어진 것이 대부분이다."라고 밝히고 있다. 아울러 "원래 발표된 것을 그대로 살려" 싣고 있으며, 그 이유인즉슨 "하나는 기자란 한계를 스스로 받아들이기로 한 때문이며, 또 한 가지 이유는 부분적인 혹은 현상적인 미비점에도 불구하고 문화, 특히 한국 문화에 대한 나의 기본태도는 별로 바뀌지 않은 때문"이라고 적고 있다.

또한 '글 머리에' 말미에는 이 책이 나오기까지 도움을 준 사람들의 면면이 엿보이는데, 우선 "이 책을 내게 된 것은 전적으로 민음사 박맹호 사장의 호의 때문"임을 강조하고 있다. 박맹호(朴孟浩, 1933~2017) 대표는 1966년 민음사를 설립하고 '세계 시인선', '오늘의 시인 총서', '이데아 총서', '현대 사상의 모험', '대우 학술 총서', '세계 문학 전집' 등 일련의 시리즈를 비롯해 약 5천여 종의 단행본을 펴냈다. 1976년 계간지 《세계의 문학》을 창간했으며, '오늘의 작가상', '김수영 문학상' 등을 제정했다. 제45대 대한출판문화협회 회장을 역임하기도 했다.

또 한 사람, "특히 장정을 맡아 아름다운 허울을 씌워 준 이중한 형의 노고에 감사 드린다"는 대목에 나오는 '이중한'이라는 인물이다. 여기 나오는 이중한(李重漢, 1938~2011) 선생은 우리나라 최초의 출판 평론가로 알려져 있다. 그는 1960~70년대 한국 출판 현장을 몸소 이끌어간 출판기획자이자 편집자였다. 1960년대 월간《자유공론》,《세대》 등 잡지 편집장을 거쳐 1970년대에는《독서신문》과 서울신문사에서 발행한《서울평론》의 편집장을 지냈으며, 이후 언론계에 들어가《서울신문》 문화부장, 논설위원 등을 지냈다.

21세기에도 여전히 유효한 김병익의 1970년대 문화담론을 담은 책

김병익 선생은『지성과 반지성』의 서문에서 이 책이 "우리에게 창조적이며 개방적인 문화가 가능할 것인가, 우리는 성실하고 증언하는 기자가 될 수 있는가"란 질문을 내포하고 있으며, 자신의 논조에 따르면 "회의스럽고 비관적"임을 숨기지 않고 있다. 나아가 "이 회의나 비관이 설득력을 가질수록 이 책은 더욱 무의미하고 허위라는 것을 인식하지 않을 수 없다"고 말한다. 그렇기에 이 책을 내는 일은 결국 "이 세계와 내 자신에게 진실로 부끄러운 일"임을 고백한다. 과연 그럴 것인가?

『지성과 반지성』 초판본의 외형을 보면, 우선 4×6판형(가로 127mm, 세로 188mm) 크기에 반양장 제책 형식, 그리고 재킷 표지로 본책을 감

『지성과 반지성』 펼침표지

싸고 있는 장정 형식임을 볼 수 있다. 재킷 표지 앞면을 보면 무언가 불분명한 추상적 이미지를 바탕으로 책 제목과 저자 및 출판사 이름이 세로 편집 체제에 맞추어 한자(漢字)로 표기되어 있다.

재킷 앞표지 안쪽 날개에는 담배를 오른손에 들고 안경을 낀 채 어딘가를 응시하는 젊은 김병익의 옆얼굴 모습을 담은 흑백사진(사진 아래에 '1974년/저자'라는 표기가 있는 것으로 보아 책이 나올 무렵 표지 디자인을 위해 찍은 것으로 추정됨)이 실려 있고, 그 아래에는 국한문 혼용의 책 소개 글이 실려 있다.

우리는 무엇을 질문하고 왜 고뇌하며 어떻게 절망하는가. 상황의 폐쇄

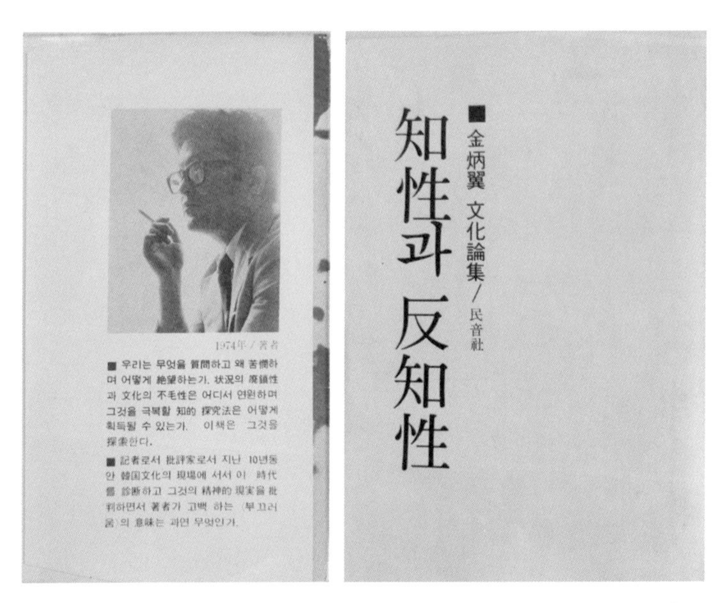
知性과 反知性

■ 金炳翼 文化論集 / 民音社

1974年 / 著者

■ 우리는 무엇을 質問하고 왜 苦悶하며 어떻게 絶望하는가. 状況의 廢頹性과 文化의 不毛性은 어디서 연원하며 그것을 극복할 知的 探究法은 어떻게 획득될 수 있는가. 이책은 그것을 探索한다.

■ 記者로서 批評家로서 지난 10년동안 韓国文化의 現場에 서서 이 時代를 診斷하고 그것의 精神的 現実을 批判하면서 著者가 고백 하는 〈부끄러움〉의 意味는 과연 무엇인가.

『지성과 반지성』 앞날개와 속표지

성과 문화의 불모성은 어디서 연원하며 그것을 극복할 지적 탐구법은 어떻게 획득될 수 있는가. 이 책은 그것을 탐색한다.

기자로서 비평가로서 지난 10년 동안 한국문화의 현장에 서서 이 시대를 진단하고 그것의 정신적 현실을 비판하면서 저자가 고백하는 부끄러움의 의미는 과연 무엇인가.

자못 비장하기까지 한 소개 글로 보아 이 책의 독자는 평범한 사람들보다는 지식인 계층이어야 함을 짐작할 수 있다. 그리고 재킷 표지를 벗겨내면 반양장 본책 표지가 드러나면서 옥색 바탕에 검정 잉크로 새겨진 활자를 만날 수 있다.

한편, 굳이 책 소개 글이 아니더라도 이 책의 도저함은 곳곳에서 확인할 수 있거니와, 특히 다음과 같이 목차에 나와 있는 소제목을 보면 그 진면목을 얼추 짐작할 수 있다.

[1]

– 지성(知性)의 형성과 패배

– 지성과 반지성

– 권력과 지성

– 작가와 상황

– 한국문화에서의 양극화 현상

[2]

– 한국의 지적(知的) 풍토

– 교수·연구·연구비

– 한국문화단체의 비문화성

– 한국 속의 일본문화 공해론

– 한국 교회의 사회 참여

– 세계 속의 젊은이들 I·II

– 대중문화의 비판

[3]

– 한국문화와 외래어

– 한국 출판문화의 허구

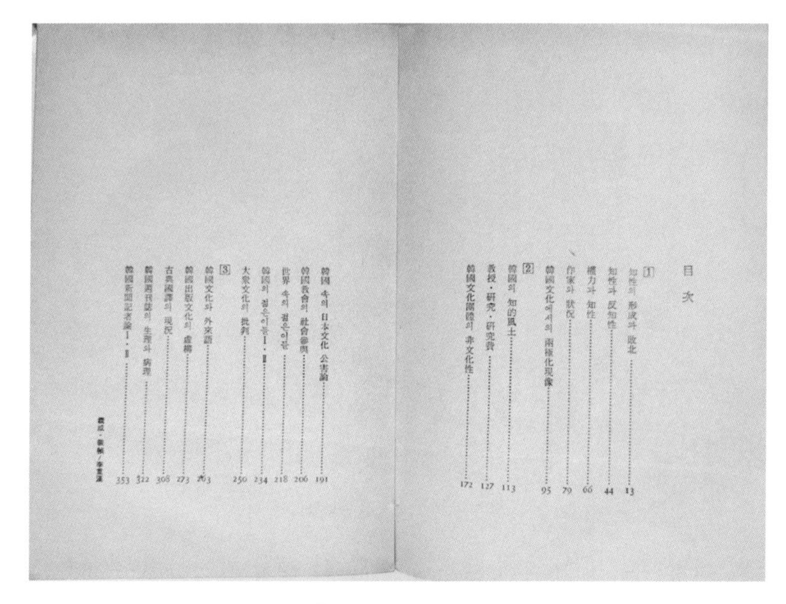

目次

『지성과 반지성』 목차

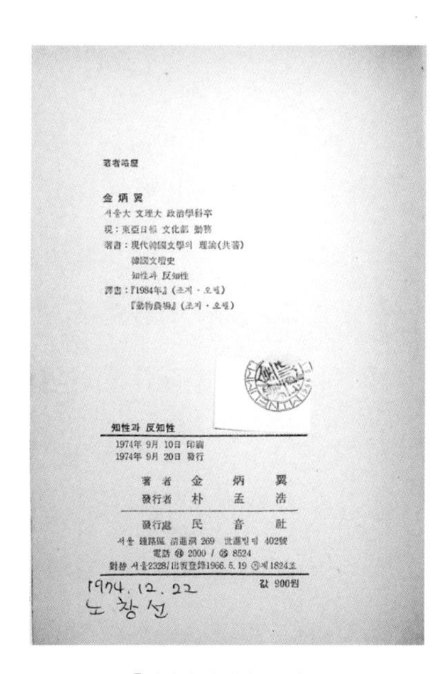

著者略歷

金炳翼
서울大 文理大 政治學科卒
現: 東亞日報 文化部 勤務
著書: 現代韓國文學의 理論(共著)
韓國文壇史
知性과 反知性
譯書: 『1984年』(조지·오웰)
『動物農場』(조지·오웰)

知性과 反知性
1974年 9月 10日 印刷
1974年 9月 20日 發行
著者 金 炳 翼
發行者 朴 孟 浩
發行處 民 音 社
서울 鍾路區 淸進洞 269 世進빌딩 402號
電話 ㉓ 2000 / ㉕ 8524
振替 서울2328/出版登錄1966. 5. 19 ㉠제 1824호
값 900원

『지성과 반지성』 간기면

– 고전(古典) 국역(國譯)의 현황

– 한국 주간지(週刊誌)의 생리(生理)와 병리(病理)

– 한국 신문기자론 I·II

특히 이 책 전반을 흐르는 당대 지식사회의 반지성적 행태에 대한 비판과 함께 36쪽에 걸쳐 조목조목 우리 출판문화와 산업의 허구성을 지적한 부분을 보면 이 책의 내용이 1970년대 문화담론이라고 흘려버리기엔 여전히 유효한 논의적 가치를 담고 있음을 깨닫게 된다.

이윽고 본문 맨 뒤쪽 간기면에 이르면 저자의 간단한 약력과 함께 45년 세월에도 빛을 잃지 않은 인주(印朱) 자국 선연한 인지(印紙)와 함께 발행 관련 정보가 실려 있다. 이로써 당시 책값은 900원, 그리고 민음사 주소지는 서울 종로구 청진동, 출판등록일은 1966년 5월 19일이었음을 알 수 있다.

또 하나, 본문 중에 들어 있는 책갈피['서표(書標)' 또는 'bookmark'라고도 함]를 보니 그 속에도 귀중한 정보가 숨어 있었다. 당시 민음사에서 펴낸 책 중에 '오늘의 시인총서'로는 김수영 시집 『거대한 뿌리』를 비롯해 김춘수 시인의 『처용(處容)』, 정현종 시인의 『고통의 축제』, 이성부 시인의 『우리들의 양식』 등이 있었고, '문학총서'로는 김윤식·김현의 『한국문학사』 같은 문학비평서의 고전과 함께 최인훈의 『광장』[51], 이청준의 『소문의 벽(壁)』, 조선작의 『영자의 전성시대』 같은 소설 단행본이 있었던 것이다. 그리고 당시 시집은 500원, 소설책은 900원이었으니 초판본 수집에 관심이 많은 필자로서는 타임머신이

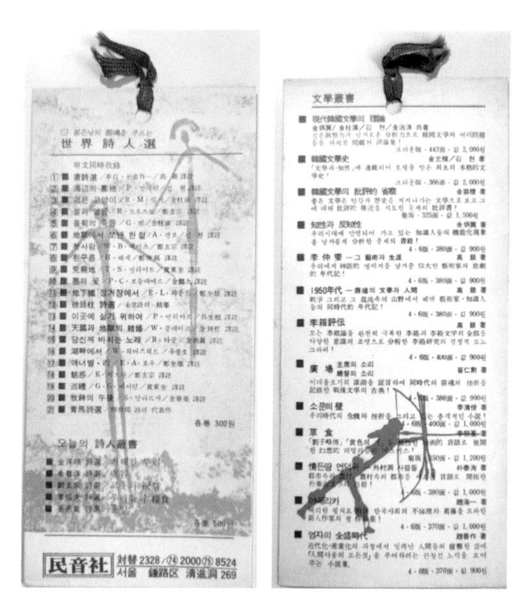

민음사의 책갈피 광고

라도 타고 싶은 심정이 아닐 수 없다.

이 글의 마무리를 위해 다시 앞으로 돌아가 저자로서 이 책을 내게 된 것이 결국 "이 세계와 내 자신에게 진실로 부끄러운 일"임을 고백한다고 한 김병익 선생의 판단은 잘못되었음을 선언해야겠다. 30대 중반의 나이에 일갈한 우리 문화에 대한 비판은 곧 팔순의 선생이 바라보는 이 세상에도 여전히 유효함을 인정해야 하기 때문이다. 끝으

51 앞서 저자의 회고 부분에 나오듯이 1975년 문학과지성사 설립과 함께 최인훈의《광장》을 출판했다는 내용이 있는 것으로 보아 민음사에서 출판권을 옮겨온 것으로 보인다.

로, 다음과 같은 선생의 판단으로부터 자유로울 수 있는 21세기 지식인들 또한 얼마나 될 것인가. 진정 '부끄러운 마음'으로 글을 맺는다.

> 오늘의 우리 지식사회에 있어 가장 우울한 현상은 압도적인 지식기능인(知識技能人)의 수와 힘에 비해 지성인(知性人)은 너무나 적고 미력하다는 점이다. 물론 지식계층의 인구는 많다. 대학교수, 학자, 언론인, 작가, 예술인 등 마땅히 지성의 위력에 의하여 존경받아야 할 지식인은 도처에 있다. 그러나 계층이, 입장이 지식인의 면모를 지녔다 해서 결코 지성인이 될 수는 없는 것이다.
>
> (본문 58쪽)

일곱 번째 이야기

모든 사람들이 저마다
제자리에 앉게 되는 날을 기다리며

서 있는 사람들

법정(法頂) 수상집(隨想集) / 샘터사 / 1978년 5월 1일 발행

서 있는 사람들
法頂 隨想集
샘터社刊

여러 계층에서 제자리에 앉지 못하고 서성거리는 사람들을 위하여

『서 있는 사람들』은 평생 무소유(無所有)를 실천한 것으로 널리 알려진 법정(法頂) 스님의 『영혼의 모음』(1973, 동서문화사), 『무소유』(1976, 범우사)에 이어 출간된 세 번째 수필집이다. 이 책은 마땅히 자리를 잡고 자기 자리에 앉아 있어야 할 사람들이 제자리에 앉지 못한 채 방황하고 절망하는 세태를 안타까워하며 그들의 아픈 마음을 어루만지는 심정으로 쓴 글들을 모았다. 1970년대 중반을 배경으로 하고 있다는 점에서 이미 오랜 세월이 흘렀음에도 당시의 독재시대가 조성한 억압적 상황과 급격한 산업화가 불러온 자연 파괴와 인간성 상실에 관한 법정 스님의 생각은 여전히 유효하다는 느낌을 떨치기 어렵다. 비겁한 지식인의 허상을 꾸짖고, 불신과 물질만능주의가 판치는 세상과 부도덕한 정치에 대한 스님의 신랄한 비판이 낯설지 않게 다가온다. 종교인이면서도 이념과 현실을 뛰어넘어 부조리한 사회를 향해 올바른 길을 가리키는 스님의 죽비소리는 동시에 진정한 구도자로서의 길이 무엇인지 일러준다.

법정 스님은 서문으로서의 '책머리에'라는 글에서 이 책의 제목을 '서 있는 사람들'이라고 붙인 이유를 설명하면서 다음과 같은 시를 먼저 소개하고 있다.

그들에게는
캘린더를 걸어둘 벽이 없다
꿇어앉아 마주 대할 상(像)이 없다
계절(季節)이 와도 씨를 뿌리지 못한다
남의 집 처마 끝에서
지도(地圖)가 붙은 수첩(手帖)을 꺼내 들고
다음날 하늘 표정(表情)에 귀를 모은다
그들은 구름조각에 눈을 파느라고
지상(地上)의 언약(言約)을 익혀두지 못했다
그들은 뒤늦게 닿은 사람이 아니라
너무 일찍 와버린 길손이다
그래서 입석자(立席者)는
문 밖에서 서성거리는
먼 길의 나그네다

곧 "이 잡문집(雜文集)의 이름을 〈서 있는 사람들〉이라고 붙인 것은 그런 선량한 이웃들을 생각해서다. 그들이 저마다 제자리에 앉게 되는 날, 우리 겨레도 잃었던 건강을 되찾게 될 것이다."라고 밝히고 있다.

이처럼 법정 스님의 글은 40여 년의 세월을 넘어오는 동안 외형적으로는 비교 불가의 풍요로운 삶을 누리고 있지만 사회 구석구석 숨어 있는 억압이나 불평등, 디지털 피로감이 쌓이면서 등장한 소외감과 정체성의 혼란, 그리고 팬데믹(pandemic)이 불러온 사회적 불안이 깊어지고 있는 요즈음에 읽어봐도 스님의 청정한 목소리는 여전히 인간 본연의 가치를 일깨워주기에 손색이 없다.

1978년 5월 1일 발행된 『서 있는 사람들』 초판 1쇄본의 목차는 다음과 같다.

『서 있는 사람들』 앞표지와 뒤표지

Ⅲ. 茶來軒 閑談

나무 아래 서면·知識의 限界·눈과 마음·일에서 理致를·모두가 혼자·가을이 오는 소리·말없는 言約·책에 눈멀다·執行하는 겁니까?·水墨빛 봄·施物·山을 그린다·최대의 供養·잦은 삭발

Ⅳ. 悲

佛教의 救援觀·護國佛教·벽돌을 갈아 거울을·佛教의 經濟倫理·절은 修道場이다·悲

Ⅴ. 出世間

出家·無功德·賢者의 對話·禪問答·趙州禪師·나무에 움이 튼다·마하트마 간디의 宗教·너 어디 있느냐·入山하는 후배에게·이 한 권의 책을·現前面目·시들지 않는 꽃·淸白家風·그들을 찾기 위해·僧團과 통솔자·삭발 本寺·三寶淨財·중노릇이 어렵다

초판본 표지와 속표지를 보면 우리나라 추상화의 대가 이두식(李斗植, 1947~2013) 화백의 그림을 바탕에 두고 세로글씨 활자체로 오른쪽에서부터 발행처로서의 '샘터社刊', 저자 표시로서의 '法頂 隨想集', 그리고 책 제목 '서 있는 사람들'이 각기 다른 크기로 나타나 있다. 앞표지 날개에는 법정 스님의 초상을 담은, 사진작가 주명덕(朱明德)이 찍은 흑백사진과 함께 스님의 간단한 약력이 기재되어 있다.

간기면(刊記面)을 보면 아직도 붉은빛 선명한 인지(印紙)가 붙어 있고, 정가는 1,200원, 발행인은 샘터사의 설립자인 김재순(金在淳), 발행소는 '사단법인 샘터사 출판부'로 표기되어 있다. 뒤표지는 스님이 산길을 걸어가는 뒷모습을 담은 흑백사진이 처연하게 전체를 덮고 있으며, 오른쪽 윗부분에 세로글씨로 "열린 귀는 들으리라 / 한때 무성하던 것이 저버리고 만 / 텅 빈 들녘에서 끝없이 밀려드는 / 소리없는 소리를"이라는 글귀가 새겨져 있다.

著者略歷
1954년入山出家 / 曹溪山 佛日庵侍者 / 著書・〈영혼의 母音〉〈無所有〉/ 編著・〈불교성전〉/ 譯書・〈禪家龜鑑〉〈숫타니파아타〉〈法句經〉〈부처님의 一生〉外

서 있는 사람들
法頂 隨想集
샘터社刊

『서 있는 사람들』 앞날개와 속표지

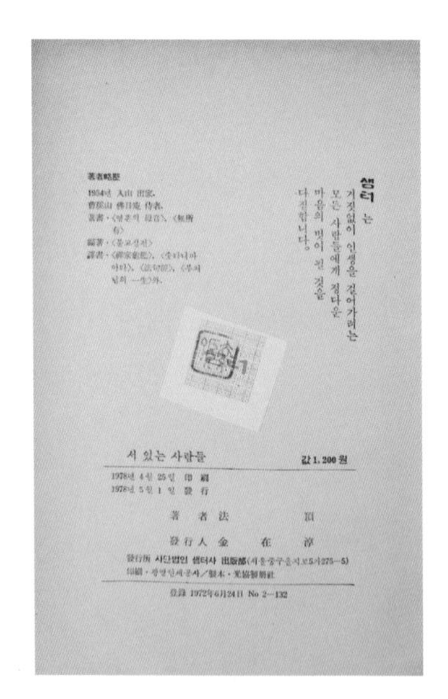

샘터는
거짓없이 인생을 걸어가려는
모든 사람들에게 정다운
마음의 벗이 될 것을
다짐합니다.

著者略歷
1954년 入山 出家.
曹溪山 佛日庵 侍者.
著書・〈영혼의 母音〉, 〈無所有〉
編著・〈불교성전〉
譯書・〈禪家龜鑑〉, 〈숫타니파아타〉, 〈法句經〉, 〈부처님의 一生〉外.

서 있는 사람들 값 1,200원

1978년 4월 25일 印刷
1978년 5월 1일 發行

著者 法頂
發行人 金在淳
發行所 사단법인 샘터사 出版部(서울중구을지로5가275—5)
印刷・광명인쇄공사／製本・光協製冊社

登錄 1972年6月24日 No 2—132

『서 있는 사람들』 간기면

법정 스님의 생애와 남다른 인연 이야기

법정 스님은 1932년 전라남도 해남(海南)에서 태어났다. 속세에서 부르던 이름은 박재철(朴在喆)이다. 스님은 10대에서 20대로 넘어가는 청춘의 시점에서 6·25 전쟁을 겪으면서 이러저러한 고뇌 끝에 당시 3학년에 재학 중이던 전남대 상대를 중퇴한다. 그리고 1955년 통영 미래사(彌來寺)에서 당대의 고승 효봉(曉峰) 스님의 제자로 불교에 입문하고, 사미계(沙彌戒)[52]를 받음으로써 출가를 하게 된다. 1959년 3월에 통도사(通度寺) 금강계단(金剛戒壇)[53]에서 승려 자운(慈雲)을 계사로 비구계를 받았고, 같은 해 4월 해인사(海印寺) 강원(講院)에서 명봉(明峰) 스님의 가르침 아래 대교과(大教科)[54]를 졸업하였다. 그 후로 스님은 쌍계사(雙溪寺), 해인사, 송광사(松廣寺) 등의 선원에서 수행에 들어갔다. 수행을 마친 후 스님은 서울 봉은사(奉恩寺) 다래헌(茶來軒)에 머물면서 운허(耘虛) 스님과 함께 불교 경전 번역 일을 하던 중 함석헌(咸錫憲, 1901~1989), 장준하(張俊河, 1918~1975)

52 출가는 하였지만 아직 스님이 되지 않은 남자 수행자들이 지켜야 할 열 가지 계율.

53 불가에서 금강계단은 승려가 되는 과정 중 가장 중요한 수계의식이 이루어지는 곳으로, 부처님이 항상 그곳에 있다는 상징성을 띠고 있다.

54 4년 과정으로 마련된 강원은 사미과(沙彌科), 사집과(四集科), 사교과(四教科), 대교과(大教科) 등으로 4단계로 구성된다. 사미과는 다음 단계인 사집과의 예비단계이며, 사집과는 경전을 볼 수 있는 기초지식의 습득을 목적으로 하는 단계다. 사교과는 대승불교의 주요한 네 가지 경전인 능엄경(楞嚴經)·기신론(起信論)·금강경(金剛經)·원각경(圓覺經) 등을 공부하는 단계이며, 대교과는 가장 중요한 경전으로 손꼽히고 있는 화엄경(華嚴經)과 선(禪)에 대한 주요문헌을 공부하는 단계를 말한다.

등과 함께 1971년 민주수호국민협의회를 결성하여 민주화 운동에 참여하게 된다.

「무소유」로 대표되는 스님의 글을 읽노라면 종교적 색채가 짙은 순수한 수필만 썼을 것처럼 보이지만, 실제로는 1970년대 불교계 인사들 가운데 가장 적극적으로 사회운동에 나선 종교인이기도 했다. 또한 송광사에 '선수련회'를 만들어 산사(山寺)의 수행법을 대중들에게 알리는 일에도 앞장섰는데, 이것이 오늘날의 '템플 스테이'로 발전하게 된 것을 아는 사람은 별로 없다. 1970년대 후반에는 송광사 뒷산에 직접 암자 불일암(佛日庵)을 짓고 청빈한 삶을 실천하면서 홀로 지냈다. 시간이 흘러 법정 스님이 머무는 불일암이 세상에 널리 알려지면서 홀로 지내기가 어려워지자 스님은 1992년 또 다시 출가하는 심정으로 불일암을 떠나 강원도 오지의 산골 오두막에서 혼자 지내기 시작했다.

이처럼 법정스님이 '무소유'를 실천하게 된 계기는 《현대문학》 1971년 3월호에 실린 같은 제목의 글에서 이렇게 밝히고 있다.

> ……
>
> 나는 지난해 여름까지 난초 두 분을 정성스레, 정말 정성을 다해 길렀었다. 3년 전 거처를 지금의 다래헌(茶來軒)으로 옮겨 왔을 때 어떤 스님이 우리 방으로 보낸 준 것이다. 혼자 사는 거처라 살아 있는 생물이라고는 나하고 그 애들뿐이었다. 그 애들을 위해 관계 서적을 구해다 읽었고, 그 애들의 건강을 위해 하이포넥스인가 하는 비료를 구해 오기도 했었다.

여름철이면 서늘한 그늘을 찾아 자리를 옮겨 주어야 했고, 겨울에는 그 애들을 위해 실내 온도를 내리곤 했다.

이런 정성을 일찍이 부모에게 바쳤더라면 아마 효자 소리를 듣고도 남았을 것이다. 이렇듯 애지중지 가꾼 보람으로 이른 봄이면 은은한 향기와 함께 연둣빛 꽃을 피워 나를 설레게 했고 잎은 초승달처럼 항시 청청했었다. 우리 다래헌을 찾아온 사람마다 싱싱한 난초를 보고 한결같이 좋아라 했다.

지난해 여름 장마가 갠 어느 날 봉선사로 운허노사(耘虛老師)를 뵈러 간 일이 있었다. 한낮이 되자 장마에 갇혔던 햇볕이 눈부시게 쏟아져 내리고 앞 개울물 소리에 어울려 숲속에서는 매미들이 있는 대로 목청을 돋구었다.

아차! 이때서야 문득 생각이 난 것이다. 난초를 뜰에 내놓은 채 온 것이다. 모처럼 보인 찬란한 햇볕이 돌연 원망스러워졌다. 뜨거운 햇볕에 늘어져 있을 난초잎이 눈에 아른거려 더 지체할 수가 없었다. 허둥지둥 그 길로 돌아 왔다. 아니나 다를까, 잎은 축 늘어져 있었다. 안타까워하며 샘물을 길어다 축여 주고 했더니 겨우 고개를 들었다. 하지만 어딘지 생생한 기운이 빠져나간 것 같았다.

나는 이때 온몸으로 그리고 마음속으로 절절히 느끼게 되었다. 집착이 괴로움인 것을, 그렇다 나는 난초에게 너무 집념한 것이다. 이 집착에서 벗어나야겠다고 결심했다. 난을 가꾸면서는 산철[승가(僧家)의 유행기(遊行期)]에도 나그네 길을 떠나지 못한 채 꼼짝을 못했다. 밖에 볼 일이 있어 잠시 방을 비울 때면 환기가 되도록 들창문을 조금 열어놓아야 했고, 분盆을 내놓은 채 나가다가 뒤미처 생각하고는 되돌아와 들여놓고 나간 적도 한두 번이 아니었다. 그것은 지독한 집착이었다.

며칠 후, 난초처럼 말이 없는 친구가 놀러 왔기에 선뜻 그의 품에 분을 안겨 주었다. 비로소 나는 얽매임에서 벗어난 것이다. 날아갈 듯 홀가분한 해방감. 3년 가까이 함께 지낸 '유정有情'을 떠나보냈는데도 서운하고 허전함보다 홀가분한 마음이 앞섰다.

이때부터 나는 하루 한 가지씩 버려야겠다고 스스로 다짐을 했다. 난을 통해 무소유無所有의 의미 같은 걸 터득하게 됐다고나 할까.

……

우리들의 소유 관념이 때로는 우리들의 눈을 멀게 한다. 그래서 자기의 분수까지도 돌볼 새 없이 들뜬다. 그러나 우리는 언젠가 한 번은 빈손으로 돌아갈 것이다. 내 이 육신마저 버리고 훌훌히 떠나갈 것이다. 하고 많은 물량일지라도 우리를 어떻게 하지 못할 것이다.

……

또한, 법정 스님의 생애를 들여다보면 빼놓을 수 없는 것 중 하나가 애절한 사연이 깃든 '길상사(吉祥寺)'이다. 길상사는 서울 성북구 성북동에 있는 사찰로, 법정스님이 처음 출가했던 전남 송광사의 옛 이름이기도 하다. 길상사가 자리 잡은 곳은 본래 '대원각'이라는 고급 요정이 있었는데, 그 요정의 주인이었던 김영한[1916~1999, 법명 길상화(吉祥華)]이 당시 가격으로 1천억 원이 넘는 대원각을 법정스님에게 시주하여 사찰이 된 것이다. 김영한은 「나와 나타샤와 흰 당나귀」의 시인 백석(白石)의 연인으로 알려져 있는, '김자야'라는 이름으로 불리기도 하는 인물이었다. 어려서 기생이 된 그녀는 스물두 살 무렵 백석 시인을 만나 사랑에 빠졌지만 집안의 반대로 결혼이 무산되자 백석은 만주로 떠나게 되었다고 한다.

남한에 정착한 김영한은 뛰어난 사업 수완을 통해 대원각을 고급 요정으로 꾸몄고, 내로라하는 정치가와 기업인들이 드나드는 명소로 키웠다. 이후 요정 사업을 그만둔 김영한은 미국으로 이민을 떠났는데, 1987년 즈음에 우연히 미국 LA에서 법정 스님의 설법을 듣고 '아무 것도 욕심내지 않고, 소유하지 않는 자유로운 삶'에 깊은 감명을 받았다고 한다. 그리하여 김영한은 대원각을 스님에게 시주하려고 했지만 무소유를 철칙으로 여기는 법정 스님은 김영한의 제안을 거절했고, 간청과 거절을 거의 10여년 넘게 반복하다가 결국 1995년에야 김영한의 뜻을 스님이 받아들여 '길상사'를 세웠고, 스님은 김영한에게는 '길상화'라는 법명을 지어주었다고 한다. 당시 김영한은 1천억 원이 넘는 경제적 가치를 가진 대원각을 법정 스님에게 시주하면서 "그깟 천억 원, 백석의 시 한 줄만도 못하다!"라는 말을 남겼다는 일화도 유명하다.

법정스님이 마지막으로 남긴 말, 그리고 '서 있는 사람들'을 위한 위로

"이 책이 아무리 무소유를 말해도 이 책만큼은 소유하고 싶다."

발간 25주년 기념 『무소유』 개정판 표지를 감싸고 있는 띠지에 새겨진 김수환 추기경의 추천사다. 여기에 덧붙여 윤구병 선생은 "무소유는 공동 소유의 다른 이름이다."라면서 "나무 한 그루 베어 내어 아깝지 않은 책"이라고 하여 찬사를 아끼지 않기도 했다. 무엇이 그토록 법정 스님의 글을 감동으로 이끌었던 것일까. 한마디로 그것은 '꾸밈없음' 그리하여 '욕심 또한 없음'이 물씬 풍기는 까닭이리라. 미사여구(美辭麗句)로써 넘치게 하지 않고, 모르는 것을 아는 체하지도 않으며, 이래라저래라 간섭하지 않는 차분한 문체건만, 다 읽고 나면 가슴 쓸어내리며 '나'를 돌아보게 만드는 힘! 그런 힘이 스님의 글 속, 책갈피마다 홍건하게 배어 있는 까닭이리라. 광신(狂信)과 맹신(盲信)이 도처에서 갈등을 불러일으키는 종교사회에서조차 스님의 글은 모든 영역을 초월하여 읽히는 것으로 보아 이 시대의 참스승이 전하는 경전(經典)과도 같은 '말씀'일 수도 있겠다.

하지만 이제 그 '말씀'을 직접 들을 수 있는 기회는 영영 사라지고 말았다. 책으로나마 오래도록 들여다보고 있으면 좋으련만, 이마저도 스님은 냉정하게(?) 거두어들였다. 2010년 3월 11일 길상사에서 입적한 법정스님은 "그 동안 풀어놓은 말빛을 다음 생에 가져가지 않으려 한다."는 유언을 남김으로써 끝내 '무소유'의 삶을 굳게 지켰다. 그런데 당신의 무소유 정신이 오히려 살아남은 자들의 소유욕을 자극한 것일까. 스님의 이름으로 발표한 모든 책을 절판해달라는 유언이 알려진 뒤 법정 스님의 책들은 '광풍'이라 할 수 있을 만큼 큰 인기를 누렸으니 말이다. 스님의 이름이 새겨진 모든 책들이 한동안 베스트셀러 목록을 뒤덮을 정도였으니…….

하지만 법정스님의 책을 출간한 출판사들은 유언을 따를 수도, 따르지 않을 수도 없는 묘한 상황에 처하고 말았다. 스님의 뜻을 따르는 게 당연한 도리이지만, 책을 찾는 사람들이 워낙 많았기 때문이다. 결국 법정스님 책의 저작권을 가지고 있는 '맑고 향기롭게'와 출판사들이 합의를 통해 2010년 12월까지만 도서를 판매하기로 결정하기에 이르렀다. 그 동안 법정스님의 책을 열렬히 읽어왔거나 앞으로 읽으려고 계획했던 독자들로서는 아쉬운 소식이 아닐 수 없었다.

어쨌든 스님이 입적하신 후에 공표된 유언(남기는 말)은 우선 당신이 남긴 모든 것을 거두겠다는 것으로 요약된다. 세상을 향한 스님의 '남기는 말'은 다음과 같다.

◇ 남기는 말

1. 모든 분들에게 깊이 감사드립니다. 어리석은 탓으로 제가 저지른 허물은 앞으로도 계속 참회하겠습니다.
2. 내 것이라고 하는 것이 남아있다면 모두 '사단법인 맑고 향기롭게'에 주어 맑고 향기로운 사회를 구현하는 활동에 사용토록 하여주시기 바랍니다. 그러나 그 동안 풀어놓은 말빚을 다음 생으로 가져가지 않으

려 하니, 부디 내 이름으로 출판한 모든 출판물을 더 이상 출간하지 말
아주십시오.

3. 감사합니다. 모두 성불하십시오.

2010년 2월 24일 법정 속명 박재철

평소 스님의 뜻을 받들어 '향기로운 사회'를 만들기 위해 노력해온 '사단법인 맑고향기롭게'가 저작재산권 상속인으로 지정된 것 또한 눈여겨볼 대목이다. "그 동안 풀어놓은 말빚을 다음 생으로 가져가지 않으려 하니, 부디 내 이름으로 출판한 모든 출판물을 더 이상 출간하지 말아주십시오"라고 유언하는 바람에, 이미 정식 출판계약을 통해 책을 내고 있던 상당수 출판사들로서는 일방적인 계약파기 상황에 직면했음에도 불구하고, 스님의 유지를 받들어야 한다는 여론 때문에 이러지도 저러지도 못하게 되고 만 터였다. 책을 보내달라는 서점과 독자들의 요구는 빗발치는데, 정작 스님은 가시면서 책을 풀지 말라고 하셨으니, 이런 사정을 누구에게 하소연해야 할지 막막했을 출판계로서는 그나마 '사단법인 맑고 향기롭게'를 상속인으로 지정해준 스님의 처사가 엎친 데 덮친 격을 피할 수 있는 방편이 되었던 것이다.

한편, 『서 있는 사람들』도 개정을 거쳐 여전히 독자들로부터 사랑을 받고 있었지만, 법정 스님의 책 중에서 가장 먼저 절판에 따른 품귀현상을 빚은 것은 『무소유』였다. 중대형서점은 물론이고 상당수 인터넷 중고서점에서도 한동안 책은 품절 상태를 빚었다. 심지어 개

인 사이에 중고물품 거래가 이뤄지는 한 사이트에서는 한때 정가 8천 원짜리 1999년 판 『무소유』가 정가의 네 배도 넘는 금액인 3만 7천500원에 거래되는 장면이 목격되기도 했다. 필자의 경험으로 미루어보건대, 해당 출판사와 특별한 인연이 있는 사람들이라면 아마 주변사람들로부터 법정 스님의 책을 구해줄 수 없느냐는, 매우 구체적인 청탁(?)을 받는 일이 많았을 것이다.

나아가 법정 스님 당신의 저서뿐 아니라 스님이 평소에 추천한 책들도 불티나게 팔리는 현상까지 있었다. 예컨대, 『법정스님의 내가 사랑한 책들』에 소개된 헨리 데이비드 소로의 『월든』, 말로 모건의 『무탄트 메시지』, 헬레나 노르베리 호지의 『오래된 미래』 등은 대형 서점에서 평소보다 판매량이 급등한 것으로 나타나기도 했다. 서점 관계자들 역시 이구동성으로 "법정스님 책이라면 어느 것 하나 안 나가는 것이 없다"며 "절판된 책들을 사러 왔다가 구하지 못한 손님들은 진열대에 나와 있는 다른 책이라도 구매해 간다"고 말할 정도였다.

이제 스님이 떠나신 지도 10여 년 세월이 훌쩍 지났다. '말빚'조차도 싫다 하시며 마지막 가시는 길에 자신의 책들을 절판시켜달라고 부탁했던 법정 스님. 이처럼 법정 스님이 삶 속에서 실천한 무소유의 향기는 시간이 지나도 사라지지 않고 있다. 2010년 가을 '맑고 향기롭게' 홈페이지 게시판에 올라왔던 김영한의 다음과 같은 글이 아직까지도 뇌리 속을 떠나지 않는다.

스승님, 청안하신지요. 한 번도 뵙지 못하고 올해 가을 보내려나 생각했는데 꿈길에서 뵙게 되니 조금은 위안이 되는 듯합니다. 이생에서는 늘 스승을 기다리며 그리워한 제자이지만 다음 생 우리 스승님을 다시 만나 뵐 때는 스승께서 저를 기다리며 그리워하시도록 차곡차곡 신앙생활 잘 이루어 나가겠습니다. 만나는 사람마다 더욱 사랑하겠습니다. 오늘이 마지막 그날처럼 살아가겠습니다. (법명 '길상화' 님의 글)

이 같은 법정스님의 그늘은 특정종교의 영역을 넘어 넓고 깊었다. 2010년 8월, 박석무 다산연구소 이사장 등 문화예술계에 종사하는 종교인 16명이 쓴 추모집 『맑고 아름다운 향기』가 출간된 것을 비롯하여 법정 스님을 기억하고 그 정신을 계승하려는 사람들의 노력은 지금도 계속 이루어지고 있다. 개신교계의 어느 성직자는 "한국 교회의 대형화와 세속화에 대한 비판은 어제오늘의 일이 아닌 시점에 '말빛마저 거두라'는 한마디로 상징되는 스님의 삶은 개신교계에 큰 부끄러움을 안겨줬고 스스로 반성하는 계기가 됐다"고 스님을 추모했는가 하면, 생전에 거리낌 없이 교분을 나누었던 김수환 추기경과의 친분이 말해주는 것처럼, "스님이 생전 이웃 종교인들과 격의 없이 대화를 나눠 가까운 목사나 신부, 수녀님이 많았으며, 가톨릭 내부에서도 그분의 삶에 공감하는 분이 적지 않았다"는 사실은 널리 알려져 있는 그대로다.

하지만 안타깝게도 김수환 추기경은 법정 스님보다 1년여 앞선 2009년 2월 16일 선종하고 말았으며, 그 뒤를 따라 법정 스님 또한 홀연히 먼 길을 떠났다. 우리 현대사의 질곡을 헤쳐 나오며 정신적 지도자로 솔선수범한 김수환 추기경과 법정 스님은 그렇게 앞서거니 뒤서거니 이승을 건너가셨다. 아니, 육신은 비록 떠났을망정 그 우렁우렁한 목소리 형형한 눈빛은 오롯이 남아 우리를 지켜보고 계시리라 믿는다. 무소유의 삶을 실천하면서 "크게 버리는 사람만이 크게 얻을 수 있다는 말이 있다. 물건으로 인해 마음을 상하고 있는 사람들에게는 한번쯤 생각해볼 말씀이다. 아무것도 갖지 않을 때 비로소 온 세상을 갖게 된다는 것은 무소유의 또 다른 의미이다."라고 했던 스님의 말씀이 오래도록 우리의 금과옥조(金科玉條)로 남을 것임을 믿는다. 끝으로, 『서 있는 사람들』 초판본 맨 마지막에 실려 있는 「중노릇이 어렵다」라는 글의 마무리 부분을 읽어본다. 그리고 아직도 '서 있는 사람들'에게 위로를 보내며, 다시 한 번 스님의 청아한 모습과 청빈한 삶을 기려 본다.

……

수행승의 본질적인 사명은 무명(無明)의 바다와 비리(非理)의 늪에서 시시각각 침몰해가고 있는 끝없는 이웃들을 건져내는 일이다. 그것은 공양(供養)의 대가로서 주어진 의무이기도 하다. 이런 의무를 등질 때 우리는 복전(福田)과 승보(僧寶) 대신 '놀고먹는 중놈들' 소리를 면할 길이 없다. 어디 한번 다 같이 자문(自問)해보자. 오늘 우리들은 이 시대와 사회를 위해 무슨 일을 어떻게 하고 있는가?

아아, 갈수록 중노릇이 어렵고 어렵네.

여덟 번째 이야기

"그물도 치지 않고 고기를 잡으려 헤매는 중생이여!"

만다라(曼陀羅)

김성동 장편소설 / 한국문학사 / 1979년 11월 10일 발행

長篇小說

만다라

曼陀羅

金聖東

韓國文學社

소설 한 편 때문에 승적을 박탈당한 비운의 승려 작가

국문학도로서 한창 개인적 번민과 더불어 시대적 암울함을 달랠 길 없어 습작과 독서에 매달렸던 1980년대 초반, 필자의 우울증을 단번에 몰아내며 작가적 소양에 관심을 갖게 해준 소설작품이 두 편 있었다. 하나는 기독교를 배경으로 이야기가 펼쳐지는 이문열(李文烈, 1948~)의 『사람의 아들』이었고, 또 하나는 불교를 배경으로 생각할 거리를 던져준 김성동(金聖東, 1947~)의 『만다라』였다. 두 작품 모두 1979년에 책으로 나왔지만, 당시에는 초판본에 대한 관심이 없었던 터라 뒤늦게 헌책방을 전전하다 아쉽게도 『만다라』 초판 1쇄본만 소장할 수 있었다.

어리다면 어린 나이 열아홉 살에 입산한 김성동은 여러 선방과 토굴을 전전하며 화두를 붙잡고 씨름하던 중 1974년 《주간종교》에서 주최한 종교소설 현상공모에 단편소설 「목탁조(木鐸鳥)」를 응모해 당선된다. 그러나 「목탁조」가 세상에 알려지자 "악의적으로 불교계를 비방하고 전체 승려를 모독했다"는 이유로 김성동은 승적을 박탈당하고 불교계에서 쫓겨난다. 어쩔 수 없이 세상으로 돌아온 김성동은 1978년 강릉 보현사 인근에 머물며 1주일 만에 중편소설을 탈고하는데, 그것이 바로 「만다라」였다. 이 작품으로 《한국문학》 신인상을 받음으로써 김성동은 정식으로 문단에 이름을 올리게 된다. 그리고 1979년에 장편으로 개작하여 한국문학사에서 발행함으로써 단숨에 베스트셀러가 된 책이 바로 『만다라』였다. 1981년에는 임권택 감독이 배우 전무송·안성기·방희 등을 주연삼아 영화로 만들어 1980년대 최고의 한국영화라는 찬사와 함께 그 작품성을 인정받음으로써 장차 임권택 감독을 세계적인 거장의 반열에 올리는 초석이 되기도 했다.

이중섭의 그림을 품은 책, 『만다라』

1979년 11월 10일 초판 1쇄본이 발행된 『만다라』는 가로 125mm, 세로 200mm 크기이며, 본문은 291쪽에서 끝난다. 표지는 붉은색 바탕에 연꽃 문양이 선명하여 탱화를 연상케 하는 느낌을 물씬 풍긴다. 거기에 세로글씨로 3행에 걸쳐 '長篇小說/만다라 曼陀羅/金聖東' 이라는 활자가(책 제목으로 쓰인 한글 '만다라'는 활자가 아니라 도안한 것일 수도 있겠다), 하단에는 가로글씨로 '韓國文學社'라는 활자가 배치되

『만다라』 앞표지와 뒤표지

어 있다.

표지를 넘기면 요즘 책과 달리 폭이 좁게 접혀 있는 날개가 나타나는데, 맨 위에는 젊은 시절 작가의 상반신 흑백사진이, 그 아래에는 작가의 말 대신에 넣은 듯 '수상소감 사족(蛇足)'이 실려 있다. 내용인즉슨 이렇다.

10년 세월을 타는 갈증으로 찾아 헤매었던 것의 정체는 무엇이었을까./그리고 다시 찾은 거리에서의 두 해 동안 나는 무엇을 했던가./이 척박한 시대의 척박한 땅에 태어나서 부당하게 배고프고 부당하게 고통받는 서러운 중생들에게 힘과 용기를 줄 수 있으며 나아가 잠든 영혼을 각성시켜줄 수 있는 종소리 같은 소설을 써보고 싶다. 미숙한 소설 한 편 썼다고 해서 세상사의 이치를 알았다고 할 수 없으며 따라서 무엇보다도 먼저 튼튼한 사내가 되고 볼 일이다."

이로써 《만다라》가 작가의 자전적 작품임이 더욱 분명해진 셈이다. 그 아래 이어서 '저자 약력'이 있고, 맨 아래 더욱 작게 박혀 있는 '表紙畵 白寅洙 扉畵 李仲燮'이라는 활자가 눈길을 끈다. 그러고 보면 표지를 장식한 그림이 1970년대 당시 동아일보 시사만화가로 이름을 날리고 있던 백인수(1932~2011) 화백의 그림이었던 것. 그런데 그 다음에 나오는 '비화(扉畵)'라는 낱말이 낯설다. 표지화는 표지에 그린 그림을 가리킨다는 건 알겠는데, '扉畵'라니! 더구나 그게 천하의 '이중섭(1916~1956)'이 그린 그림이란다. 이리저리 찾아보고 물어보아도 그 뜻을 정확히 알기가 어려워 한참을 고민했는데, 출판 및 미술 담당 기자로 오래 언론사에 몸담았던 손수호 교수와의 통화에서 실마리를 찾을 수 있었다. 그가 무심코 던진 '도비라'라는 낱말을 듣는 순간 예전 편집자 시절에 자주 썼던 한자가 바로 '비(扉)'였음을 떠올렸던 것이다. 이 글자는 출판 실무자들이 일본어로 흔히 '도비라'라고 했던, 즉 '속표지'를 뜻하는 말이었다. '扉畵'는 바로 '속표지 그림'을 뜻하는 말이었던 것.

아니나 다를까, 표지와 본문을 이어주는 면지(面紙)를 넘기자 보라색 바탕에 표지와 달리 모두 활자가 가로글씨로 배치된 속표지가 나타난다. 그리고 거기에 이중섭의 그림이 바탕색과 반전된 형태로 새

受賞所感 蛇足

10년 세월을 타는 갈증으로 찾아 헤매었던 것의 정체는 과연 무엇이었을까.

그리고 다시 찾은 거리에서의 두 해 동안 나는 무엇을 했던가.

이 척박한 시대의 척박한 땅에 태어나서 부당하게 배고프고 부당하게 고통받는 서러운 중생들에게 힘과 용기를 줄 수 있으며 나아가 잠든 영혼을 각성시켜줄 수 있는 종소리 같은 소설을 써보고 싶다. 미숙한 소설 한 편 썼다고 해서 세상사의 이치를 알았다고 할 수 없으며 따라서 무엇보다도 먼저 튼튼한 사내가 되고 볼 일이다.

著者 略歷

1947年 忠南 保寧 出生
學歷 別無
1966年 入山
1976年 還俗
1978年 中篇「만다라」로 韓國文學 百萬원 稿料 新人賞 受賞
1979年 一年동안 中篇「만다라」를 長篇으로 改作
受賞이후「엄마와 개구리」(韓國文學 '79 10월호)「[illegible]의 방」(文學思想 '79 11월호)를 발표하여 80年代의 作家로 크게 脚光을 받음.

『만다라』 표지 날개와 속표지

속표지 이중섭 그림(확대)

겨져 있었다. 속표지 맨 위에 한자로 '한국문학 백만원 신인상 수상작'이라고 적혀 있는 걸로 보아 표지 날개에 실려 있는 수상소감이 바로 한국문학사에서 수여한 신인상에 대한 것임을 짐작할 수 있다.

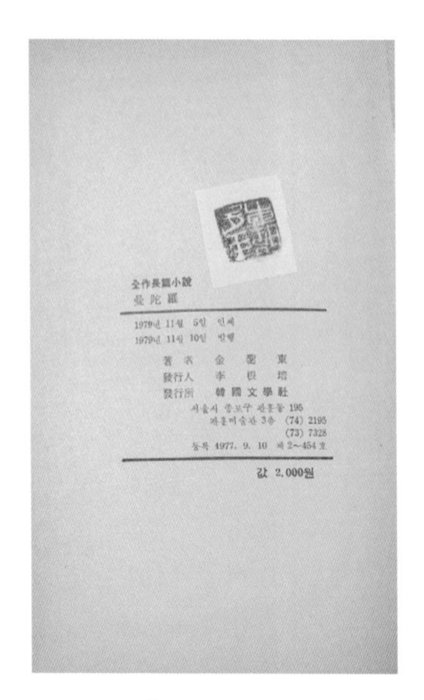

全作長篇小說
曼陀羅

1979년 11월 5일 인쇄
1979년 11월 10일 발행

著者 金聖東
發行人 李根培
發行所 韓國文學社
서울시 종로구 관훈동 195
관훈미술관 3층 (74) 2195
(73) 7328
등록 1977. 9. 10 제2~454호

값 2,000원

『만다라』 간기면

당시 웬만한 노동자의 연봉이 50만 원 내외였다니 백만 원이면 꽤 큰 돈이었을 법하다. 다만, 어떤 연유로 이중섭의 그림이 김성동의 장편소설 『만다라』 속표지에 실린 것인지는 확인할 길이 없었다. 아마도 이 책을 출판한 한국문학사의 대표가 이근배(李根培, 1940 ~) 시인인 것으로 보아 그가 소장하고 있었던 이중섭의 그림을 사용한 게 아닌가 싶다.

아울러 이 책의 또 다른 특징은 본문에서 어려운 말(특히 불교용어)이 나올 때마다 즉시 작은 활자로 주석(註釋)을 달고 있다는 점이다. 예컨대, "화두(話頭, 參禪할 때 정신을 통일하기 위하여 드는 題材. 公案이라고도 함)", "객승(客僧, 여러 곳으로 돌아다니며 修行하는 승려)", "바랑(鉢囊,

승려들이 길 갈 때에 지는 큰 주머니)" 하는 식이다. 이처럼 세로쓰기로 전개되는 본문을 모두 넘기고 나면 맨 마지막 장에 간기면이 나온다. 제일 먼저 눈에 들어온 것은 40년이 넘는 세월이 지났음에도 선명하게 붙어 있는 인지(印紙)였다. 희디흰 한지(韓紙) 바탕에 네모진 도장이 찍혀 있는데, 얼핏 글자가 눈에 들어오지 않아 이리저리 책을 돌려보니 인지가 거꾸로 붙어 있었다. 한자로 분명하게 '金聖東印'이라고 새겨져 있음을 볼 수 있다. 당시 책값은 2,000원, 1977년 9월에 출판등록을 했으니 출판사 설립 후 2년 만에 낸 책이 바로『만다라』였던 것. 이후 독자들의 뜨거운 사랑을 받아 수십만 부가 팔린 것으로 알려져 있으며, 덕분에 가난했던 작가와 출판사가 한숨 돌릴 수 있었다고 한다.

뒤표지는 앞표지와의 연장선에 있는 듯 백인수 화백의 그림이 바탕에 같은 색조로 깔려 있고, "만다라(曼陀羅)란? — 法界의 온갖 덕을 갖춘 것이라는 뜻으로 부처가 證驗한 것을 그림으로 나타내어, 숭배의 대상으로 삼은 것"이라는 설명이 가운데 백자(白字)로 새겨져 있다.

작가 김성동, 그리고 장편소설『만다라』에 담긴 의미

작가 김성동은 1947년 충남 보령군 청라면 장현리에서 태어났다. 그의 할아버지는 몰락한 유생이었고, 아버지는 독학으로 대학 과정을 마치고 한시(漢詩)를 지은 다음 다시 영역(英譯)까지 할 정도로 뛰어난 학식을 갖춘 농촌 지식인이었다. 그러나 6·25 때 아버지와 큰삼촌은 우익에게, 면장으로 있었던 외삼촌은 좌익에게 죽임을 당해 멸문지화(滅門之禍)의 지경에 이르고 만다. 김성동의 어머니는 당시 받은 충격 때문에 평생을 심한 가슴앓이 속에 지냈다고 한다. 아마도 이러한 가정사가 김성동의 작품세계에 많은 영향을 미쳤으리라 짐작되는바, 장편 『만다라』의 줄거리를 살펴보면 다음과 같다.

좌익인사였던 법운의 아버지는 한국전쟁 중 처형된다. 법운의 어머니는 남편이 처형되고 나자 그 충격을 견디지 못하고 가출한다. 어머니의 가출로 인해 종조모댁에 잠시 머물던 법운은 종조모댁 산장에 머물고 있던 '지암'이란 법명을 가진 스님을 만난다. 지암 스님의 설법을 듣고서 법운은 진정한 구도(求道)를 위해 머리를 깎는다. 전국을 떠돌며 방황을 거듭하던 법운은 우연히 들른 벽운사라는 절에서 파계승 '지산'을 만난다. 지산은 불교 계율에 전혀 관심 없다는 듯 술과 여자를 탐하며 지낸다. 지산은 원래 가난하고 힘없는 사람들을 위해 법관이 되고자 했지만 인간이 인간을 재판한다는 것에 회의를 느껴 입산한 인물로, 수행 중 석간수를 마시러 나왔다가 눈길이 마주친 여인 때문에 파계의 길을 걷게 된다.

이런 지산과 동행하며 자기도 모르게 그의 됨됨이에 이끌린 법운은 지산을 따라해 보려 하지만 지산처럼 과감한 파계에 이르지는 못한다. 이윽고 법운과 지산은 오대산에 있는 암자에 거처를 정한다. 그러던 어느 겨울날 지산은 암자 아래 술집에서 만취한 끝에 암자로 돌아오다가 산중에서 얼어 죽고 만다. 좌절한 법운은 자살을 생각하던 중 자신의 수행이 피안(彼岸)으로의 도피를 꿈꾼 것에 불과했음을, 그리고 진정한 구도는 피안이 아니라 불쌍한 중생을 구제하는 것에 있음을 깨닫는다. 그리하여 법운은 여자와 하룻밤을 보내고 난 다음 날 아침, 성큼 세상 속으로 들어간다.

결국 이 작품은 이러저러한 단서로 보아 작가 김성동의 자전적 소설임에 틀림없다. 동시에 진정한 구도는 계율과 피안에 있는 게 아니라 오히려 세속에 있다는 점을 은연중에 부각시킴으로써 허울과 형식에 얽매인 불교계의 현실을 풍자하고 있는지도 모르겠다. 또, 위에서 표지 날개에 나오는 수상소감과 같은 심정은 기실 작품 속에서 지산의 노트를 통해 좀더 명확하게 나타난다. 자신이 왜 구도의 길에서 방황하고 있는지 어머니에게 고백하는 형식으로 기록된 글에서 지산은 다음과 같이 말한다.

그렇게 몸서리를 치다가 한 생각을 얻었는데, 엉뚱하게도 문학이라는 것이었습니다. 그렇다. 나도 문학을 해보자. 잠들어 있는 중생들의 영혼을 각성시켜 줄 수 있는 저 새벽의 종소리 같은 소설을 써보자. 하지만 그것은 참으로 웃기는 얘기였어요. 생각해 보세요. 각성되지 못한 자가 쓴 소설이 어떻게 중생들의 영혼을 각성시켜 줄 수 있겠는가를. 대저 소설이란 각성된 자가 각성된 눈으로 바라본 인간들의 이야기를 쓰는 것일진대, 칼날처럼 명징(明澄)하고도 준열한 산문(散文)일 것입니다. 일 밀리의 감상이나 사기가 용납되지 않는 냉혹한 승부일 것입니다. 세상엔 자기의 성명 삼자 위에 작가니 시인이니 하는 관사(冠詞)를 붙이고 휴지 같은 쪼가리 글로 사기를 치는 자들도 있는 모양입니다만, 작가나 시인이라는 관사가 어찌 자랑이며 영광이 될 수 있겠습니까. 더구나 이 척박한 시대의 척박한 땅 위에서 말입니다. 그것은 고통이며 형벌일 것입니다.

그리고 작가와 다름없는 정체성을 가진 작중인물 법운은 얼어죽은 지산을 다비(茶毘)하면서 마침내 '병 속의 새'를 보게 된다. "순간, 나는 불더미 속으로부터 어떤 물체가 튀어나오는 것을 보았다. 그것은 한 마리의 조그만 새였다. 〈중략〉 아아. 그것은 언제나 날 줄 모르고 한군데 못박힌 듯 앉아서 끄윽끄윽 음산하고도 절망적인 울음을 울던 〈병 속의 새〉였다. 갑자기 벼락치는 소리가 났다. 나는 환상에서 깨어나 현실로 돌아왔다." 그리하여 법운의 깨달음은 피안의 세계가 아닌 속세에서의 삶에 있었음을 선언하고 있는 것이다.

부처는 왜 '백골 같은 허무'를 남겨주었을까?

풀리지 않는 화두(話頭)의 비밀을 바랑에 담아 지고 역마(驛馬)처럼 떠돌다 경기도 S군에 있는 벽운사(壁雲寺) 객실(客室)의 문을 열자, 독한 소주 냄새가 코를 찔렀다.

이처럼 작품의 첫 문장은 법운이 지산을 처음 만나는 장면으로 그려진다. 그리고 짧은 네 문장으로 구성된, 이 책의 마지막 문단은 이렇게 마무리된다.

도시는 부옇게 밝아오고 있었다. 아직 새벽이었는데도 길 위로는 많은 사람들이 바쁘게 오가고 있었다. 나는 정거장 쪽을 잠깐 바라보다가, 차표를 찢어 버렸다. 그리고 사람들 속으로 힘껏 달려갔다.

이렇게 끝난 『만다라』 초판본이 세상에 나온 날로부터 22년이 지난 2001년, 작가 김성동은 전격 개작한 『만다라』를 출간한다. 그리고 어느 블로거(홈대울山房)와의 인터뷰에서 개작 경위와 의미에 대해 다음과 같이 말하고 있다.

초판본에서는 법운이 반야행 차표를 찢으며 사람들 속으로 힘껏 달려가는 것으로 마무리했습니다. 이를 두고 독자와 평자들이 '하산(下山)'과 '하화중생(下化衆生)'의 의미로 해석했습니다. 나중 생각해보니 지산과 법운의 세납(歲納)과 법랍(法臘)이 무엇을 알기에는 너무 이르다는 판단이 들었습니다. 따라서 '나는 사람들 쪽을 잠깐 바라보다가, 차표를 들여다보았다. 피안이라고 찍혀 있었다. 입선(入禪)을 알리는 죽비소리가 들려오고 있었다. 부모미생지전(父母未生之前)에 시심마(是甚)오? 나는 정거장 쪽으로 힘껏 달려갔다.'로 고쳤습니다.

그러나 이 글을 마치려는 순간까지도 나의 뇌리에는 여전히 작품 속에서 출가 당시를 회상하며 지산이 읊조렸던 시 구절만 남아 떠돌고 있다. 아마도 염불보다는 잿밥에 더 마음이 가는 평범한 중생이라 그런 것이리라.

남은 것은 빛바랜 가사 한 장뿐이로다
그물도 치지 않고 고기를 잡으러 헤매는 중생이여
모든 곳으로 통한다는 길
그 길을 따라
피땀으로 헤매었네 십년 세월
길을 멀어라 아침이여
돌아보니 아아 나는
어느새 다시 출발점
이 저녁 나타난 부처는
백골 같은 허무로 나를
술마시게 하는구나
술마시게 하는구나

아홉 번째 이야기

'거문고를 타며 노는, 어린아이처럼 맑은 이'가 남긴 서정시편

금아시선(琴兒詩選)

피천득 시집 / 일조각 / 1980년 4월 10일 발행

詩集

琴兒詩選

皮千得著

一潮閣

시인으로, 수필가로, 번역가로
다채롭되 세속에 물들지 않은 글을 남긴 작가

금아(琴兒) 피천득(皮千得, 1910~2007) 선생을 기억하노라면 자연스레 떠오르는 작품이 있다. "그리워하는데도 한 번 만나고는 못 만나게 되기도 하고, 일생을 못 잊으면서도 아니 만나고 살기도 한다. 아사코와 나는 세 번 만났다. 세 번째는 아니 만났어야 좋았을 것이다. 오는 주말에는 춘천에 다녀오려 한다. 소양강 경치가 아름다울 것이다."로 마무리되는 '인연'이라는 제목의 수필이 그것이다. 국어 교과서에 실린 이 작품을 읽고 자란 세대라면 절대 못 잊을, 설렘과 안타까움을 동시에 간직한 첫사랑에 대한 절절한 표현을 담은 작품이다. 또, "수필은 청자(青瓷) 연적이다. 수필은 난(蘭)이요 학(鶴)이요 청초하고 몸맵시 날렵한 여인이다. 수필은 그 여인이 걸어가는 숲속으로 난 평탄하고 조용한 길이다."로 시작하는, 수필 형식으로 쓴 수필론이라고 할 수도 있는 「수필」이란 작품 또한 「인연」과 함께 피천득의 대표작으로 꼽힌다.

이처럼 피천득 선생은 일상의 평범한 소재를 서정적이고 섬세하면서도 간결한 문체로 풀어낸 우리 수필문학계의 대표작가로 알려져 있다. 하지만 수필가의 면모는 피천득 문학세계의 '빙산의 일각'일 뿐이다. 실제로 그가 문학세계에 처음 이름을 올린 것은 수필이 아니라 시를 통해서였다. 1930년 《신동아》에 시 「서정소곡(抒情小曲)」으로 등단한 뒤 잡지 《동광》에 시 「소곡(小曲)」(1932), 수필 「눈보라 치는 밤의 추억」(1933) 등을 발표했다. 1947년 첫 시집 『서정시집』을 출간한 그는 시간이 지나면서 오늘날 대다수 사람들에게 각인된 것처럼 우리나라 대표 수필가로서의 자리를 굳게 차지할 정도로 수필문학의 진가를 발휘했다.

그뿐 아니라 피천득 선생의 문학적 진가는 번역 분야에서도 탁월한 자취를 남겼다. 국어 교과서에 실린 작품 중에서 황순원 선생의 「소나기」, 그리고 피천득 자신의 「인연」만큼이나 독자들에게 강렬한 인상을 남긴 너대니얼 호손(Nathanier Hawthorne)의 명작 「큰 바위 얼굴」이 바로 피천득 선생의 번역작품이었다.

1910년 음력 4월에 서울에서 태어나 97세를 일기로 2007년 5월 세상을 떠난 피천득 선생은 구한말 거상(巨商)이었던 할아버지와 아버지 밑에서 유복하게 성장했다. 7세 때 유치원에 입학했지만 동시에 서당에서 한문 공부도 함께 했다고 한다. 서울고보 부속소학교를 마친 후 2년을 월반하여 1923년에 현재 경기고등학교의 전신 서울제일고등보통학교에 입학했다. 이때 나이가 13세였는데 그 무렵 일본인 영어교사를 통해 영시(英詩)를 처음 접하게 되었다고 한다.

하지만 부모님을 일찍 여의는 바람에 이러저러한 곡절 끝에 당시 동아일보 편집국장이었던 춘원 이광수의 집에 살게 되었다. '금아(琴兒)'라는 아호는 피천득 선생이 마치 "거문고를 타며 노는, 해맑은 아이를 닮았다"고 해서 춘원이 지어준 것이라고 한다. 한편, 집안 사정 때문에 고보를 졸업하지 못하고 춘원의 조언에 따라 당시 대부분의 지식인들이 유학길에 올랐던 일본이 아닌 중국으로 떠나 상하이(上海)에 있는 토마스 한베리 공립학교(Thomas Hanbury Public School)에 다녔다. 그런데 이 학교는 모든 과목을 오직 영어로만 가르쳤다고 한다. 이후 피천득 선생은 호강대학교(University of Shanghai) 영문과를 졸업하게 된다. 광복 직후에는 경성대 예과 교수를 거쳐 1974년까지 서울대 사범대학 교수로 재직했고, 1954년에는 미국 국무부 초청으로 하버드대에서 1년 간 영문학을 연구하기도 했다.

'거문고를 타며 노는, 어린아이처럼 맑은 이'가 남긴 서정시편

여기에서 소개할 『금아시선』은 초판 1쇄가 1980년 4월 10일 출판사 일조각(一潮閣)에서 발행된 시집으로, 피천득 선생의 새로운 작품들을 모은 것은 아니다. 다음과 같이 앞붙이로 달려 있는 '신판을 내면서'라는 짧은 글을 보면 짐작할 수 있는 일이다.

『산호와 진주』 속에 같이 들어 있던 시와 수필을 따로 내게 되었다. 집은 달라졌어도 이웃에서 살 것이다. // 나는 아름다움에서 오는 기쁨을 위하여 가끔 글을 써 왔다. 그리고 그 기쁨을 나누기 위하여 발표하였다. 시나 수필이나 다 나의 어쩌다 오는 복된 시간의 열매들이다.

1946년부터 서울대학교에서 영미시(英美詩)를 강의하기 시작한 피천득 선생은 또한 시집으로 『서정시집』(1947)과 『금아시문선』(1959)을 간행하는 한편, 1969년에 문집으로 『산호(珊瑚)와 진주(眞珠)』를 간행했다. 그의 작품세계는 "일체의 사상이나 관념을 배제한 순수한 서정을 기반으로 시정(詩情)이 넘치는 아름다운 정조와 생활을 노래했다."는 말로 요약할 수 있다. 특히 『산호와 진주』에는 그리움을 꿈으로 승화시킨 「꿈」이나 「편지」, 소박하면서도 전통적인 삶의 서정으로 노래한 「사랑」 및 순수한 동심과 자연을 기조로 한 작품(시와 수필)이 상당수 실려 있다. 그 중에서 수필은 『금아문선』으로, 시는 『금아시선』으로 각각 따로 묶어 1980년에 다시 펴낸 것이다.

먼저 이 시집의 판형은 가로 132mm, 세로 195mm 크기의 사륙판이며, 제책 형식은 우철(왼쪽에서 오른쪽으로 페이지를 넘기면서 책을 읽는 방식) 형식의 양장 표지(하드커버)에 재킷이 씌워져 있다. 좀더 자세히 보면 양장 표지에는 종이 재질로 겉면이 발라져 있고(일명 '싸바리'), 책등은 모서리가 각진 모등으로 마감되어 있다. 재킷 표지를 보면 주황색 문양을 바탕에 두고 상단에 '시집'이라는 가로글자가, 그리고 그 아래 나란히 '피천득 저' '금아시선'이라는 세로글자가, 맨 아래에

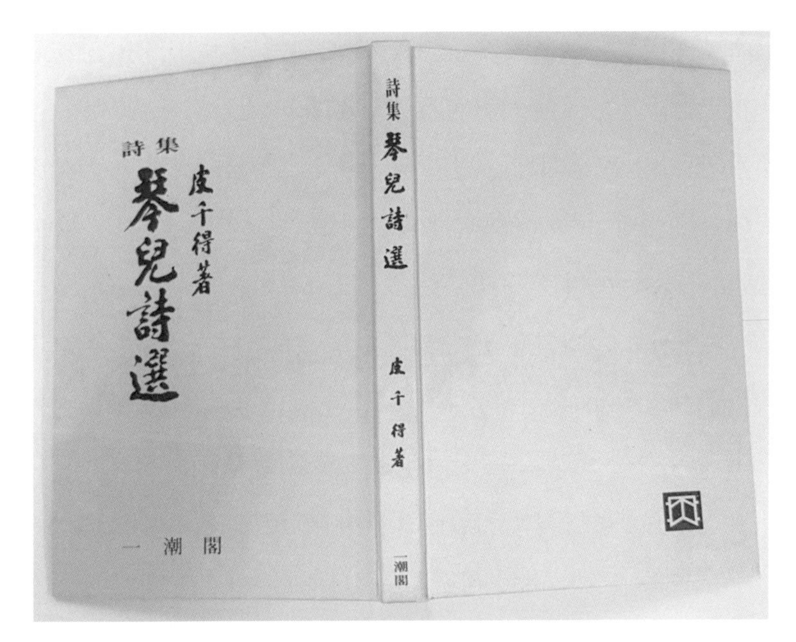

『금아시선』 제책형식

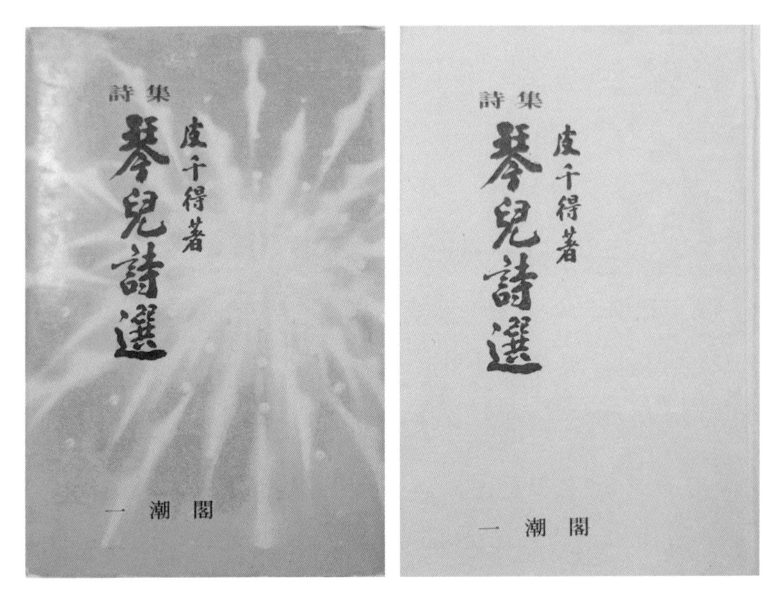

『금아시선』 재킷 표지와 양장 표지

'일조각'이라는 가로글자가 각각 한자(漢字)로 새겨져 있다. 재킷을 걷어내면 보이는 미색 바탕의 양장 표지도 마찬가지다. 여기서 '시집'과 '일조각'은 활자체인 반면 '피천득 저'와 '금아시선'은 서예체로 되어 있는데, 표지 재킷 날개 부분에 보면 '제자(題字) 원곡(原谷) 김기승(金基昇)'이라는 표기가 있는 것으로 보아 서예체는 바로 원곡 김기승 선생이 쓴 것임을 알 수 있다.

김기승(1909~2000) 선생은 그의 아호를 딴 '원곡체'로 유명한 서예가다. 원곡 선생은 최초로 『한국서예사』를 집필했으며, 서예가 대중과 함께 호흡하는 문화로 거듭나기 위해 묵영(墨映, 먹의 색을 다섯 단계로 나눠 표현하는 기법), 책의 제자(題字, 서적의 머리나 족자·비석 따위에 쓴 글자), 컴퓨터 서체(폰트) 등을 통해 서예의 새로운 경지를 모색하는 일에 앞장섰다. 실제로 그의 서체가 책표지, 비문, 현판, 간판 등에 가장 많이 쓰임으로써 생활 및 실용 서예 분야 발전에 큰 업적을 남긴 서예가로 평가되고 있다.

하드커버 표지를 넘기면 레자크 계열의 면지(面紙)가 표지와 본문을 연결해 주고 있으며, 면지를 넘기면 얇은 아트지로 만든 속표지가 나온다. 표지에 있었던 활자와 손글씨가 이번에는 고적한 호숫가를 표현한 수묵화를 밑에 놓고 모두 세로글자로 나란히 새겨져 있다.

속표지를 넘기면 비로소 본문이 시작되는데, 첫 페이지에는 헌사(獻詞)가 적혀 있다. 그것은… 단 세 글자…. '엄마께'……. 이 시집이 나온 1980년은 피천득 선생이 고희(古稀)를 맞은 해였다. 나이 70에 이른 노인이 '엄마께'라니……. 하지만(뒤에 서술하고 있듯이) 이는 피

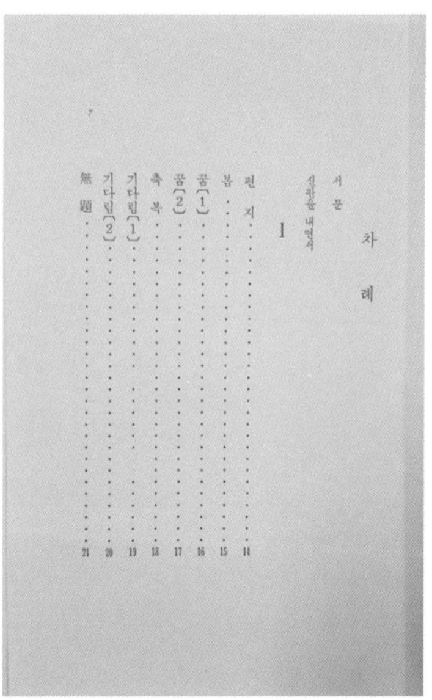
차례

서문
신판을 내면서

1

편지 14
봄 15
꿈(1) 16
꿈(2) 17
축복 18
기다림(1) 19
기다림(2) 20
無題 21

『금아시선』 속표지와 차례

천득 선생의 '엄마'에 대한 그리움을 이해한다면 그리 놀라운 일이 아니다.

그리고 그 뒷면에는 문집 『산호와 진주』의 제목이 나오게 된 출전을 짐작하게 하는 셰익스피어의 작품 속 문구 "깊고 넓은 바다 속에 / 너의 아빠 누워 있네 / 그의 뼈는 산호 되고 / 눈은 진주 되었네"가 인쇄되어 있다. 그 다음 쪽에는 '신판을 내면서'가, 그 다음 쪽에는 『산호와 진주』에 실렸던 '서문'이 2쪽에 걸쳐 실려 있다. 이윽고 서문을 넘기면 홀수 쪽부터 6쪽에 걸쳐 '차례'가 나온다. 다만, 차례를 보면 실제 구성과 달리 '서문' 다음에 '신판을 내면서'가 나오고 있어 살짝 아쉬웠다.

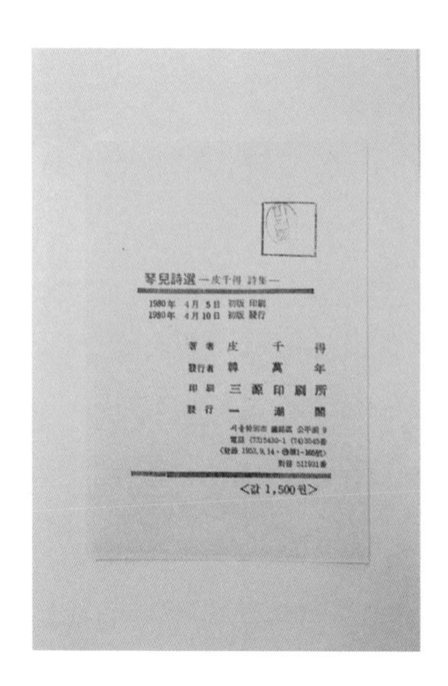

琴兒詩選 —皮千得 詩集—

1980年 4月 5日 初版 印刷
1980年 4月 10日 初版 發行

著者 皮千得
發行者 韓萬年
印刷 三源印刷所
發行 一潮閣

서울特別市 鍾路區 公平洞 9
電話 (73)5430-1 (74)3045番
(登錄 1953. 9. 14 · [illegible])
振替 511931番

<값 1,500원>

『금아시선』 간기면

본문은 모두 5부로 나뉘는데, 1부에 「편지」를 필두로 19편이, 2부에 「어린 벗에게」를 비롯하여 15편이, 3부에는 '금아연가(琴兒戀歌)'라는 부제가 붙은 「사랑」 연작시가, 4부에는 「생명」을 비롯한 20편이, 그리고 5부에는 「어떤 오후」 등 8편의 시가 각각 실려 있다.

이렇게 118쪽에 걸쳐 본문이 끝나고 나면 간기면(刊記面)이 등장하는데, 인지(印紙) 및 서지사항이 적힌 작은 별지(別紙)를 인쇄하여 붙여 놓았다. 인지에는 한글로 '피천득'이라는 이름 석 자가 새겨진 도장이 찍혀 있는 것을 볼 수 있다. 그리고 당시 책값은 '1,500원'이었으며, 발행인은 '한만년(韓萬年)', 인쇄소는 '삼원인쇄소'로 표기되어 있다.

끝끝내 엄마를 그리워한 아들,
그리고 딸 사랑이 한결같았던 딸바보

피천득 선생은 평생을 순진무구한 어린아이처럼 살았다. 춘원 이광수가 "거문고를 타며 노는, 때 묻지 않은 아이의 마음을 닮았다"고 하여 붙여준 아호 '금아(琴兒)'처럼 살다 간 것으로 유명하다. 실제로 그는 딸 '서영'이 어릴 때 갖고 놀던 인형을 목욕시키고 머리를 묶어주는 인형놀이를 좋아했으며, 평소 흠모했다는 작가 '바이런'과 '예이츠' 그리고 스스로 '마지막 애인'이라고 불렀다는 여배우 '잉그리드 버그먼'의 사진을 가까이 두는 등 천진난만한 모습을 노년에도 잃지 않았다.

나아가 피천득 선생의 딸에 대한 사랑 또한 특별했다(그의 슬하에는 아들도 둘이 있었다). 그의 수필 속에 딸의 이름이 자주 등장하는 건 물론이고, 아예 '서영이'라는 제목의 작품을 통해 다음과 같이 노골적으로(?) 딸바보임을 드러내고 있다.

> 서영이는 내 책상 위에 '아빠 몸조심'이라고 먹글씨로 예쁘게 써 붙였다. 하루는 밖에 나갔다 들어오니 '아빠 몸조심'이 '아빠 마음조심'으로 바뀌었다. 어떤 여인이 나를 사랑한다는 소문을 듣고 그랬다는 것이다. 〈중략〉 아무려나 서영이는 나의 방파제이다. 아무리 거센 파도가 밀려온다 하더라도 능히 막아낼 수 있으며, 나의 마음 속에 안정과 평화를 지킬 수 있다.
>
> ㅡ 수필 「서영이」 중에서

그뿐 아니라 시집 『금아시선』에도 실려 있는 문집 『산호와 진주』의 서문에서도 "나에게 글 쓰는 보람을 느끼게 하는 서영이에게 감사한다."라고 하여 어김없이 딸에 대한 사랑을 내비치고 있다.(딸 서영 씨는 미국에서 MIT 물리학 교수인 남편과 함께 살고 있으며, 슬하에 촉망받는 바이올리니스트 스테판 피 재키브Stefan Pi Jackiw를 두고 있다.)

아울러 평생에 걸친 피천득 선생의 어머니(엄마)에 대한 그리움 또한 절절하게 작품으로 승화되었다. '엄마'라는 제목의 수필 중에 나오는 다음과 같은 표현을 보면 그가 얼마나 어머니를 애틋하게 그리워했는지 잘 알 수 있다.

> 나는 엄마 같은 애인이 갖고 싶었다. 엄마 같은 아내를 얻고 싶었다. 이제 와서는 서영이나 아빠의 엄마 같은 여성이 되기를 바랄 뿐이다. 그리고 또 하나 나의 간절한 희망은 엄마의 아들로 다시 태어나는 것이다.

> 밤이면 엄마는 나를 데리고 마당에 내려가 별 많은 하늘을 쳐다보았다. 북두칠성을 찾아 북극성을 가르쳐주었다. 나는 그때 그것을 이해할 수가 없었다. 불행히 천문학자는 되지 못했지만, 나는 그 후부터 하늘을 쳐다보는 버릇이 생겼다.

> 엄마는 나에게 어린 왕자 이야기를 하여 주었다. 나는 왕자를 부러워하지 않았다. 전복을 입고 복건을 쓰고 다니던 내가 왕자 같다고 생각하여서가 아니라 왕자의 엄마인 황후보다 우리 엄마가 더 예쁘다고 믿었기

때문이었다. 그렇게 예쁜 엄마가 나를 두고 달아날까 봐 나는 가끔 걱정스러웠다. 어떤 때는 엄마가 나를 버리고 달아나면 어쩌느냐고 물어보았다. 그때 엄마는 세 번이나 고개를 흔들었다.

그렇게 영영 가버릴 것을 왜 세 번이나 고개를 흔들었는지 지금도 나는 알 수가 없다.

그래서일까. '엄마'라는 수필은 다음과 같이 '아가의 기쁨'이라는 시로 다시 표현된다.

엄마가 아가 버리고 달아나면 어쩌느냐고
시집가는 색시보다 더 고운 뺨을
젖 만지던 손으로 만져 봤어요

엄마는 아가 버리고 아무 데도 못가겠다고
종알대는 작은 입을 맞춰 주면서
세 번이나 고개를 흔들었어요

— 시 「아가의 기쁨」 전문

어쨌든 피천득 선생의 문학세계는, 그리고 문학을 생각하는 관점은 자신의 글에서 보여준 것과 같은 인생의 '아름다움'과 '따뜻한 세상을 만드는 인간 본연의 의지와 온정'에 대한 찬사였다. 이 같은 문학관을 몸소 실천한 듯 그의 삶은 그가 일구어 온 문체처럼 소탈하고 검소했다. 담배와 술은 평생 멀리했고, 틈나는 대로 산책과 클래식 음악을 즐겼으며, 이렇다 할 인테리어나 장식품 하나 갖추지 않은 자그마한 아파트에서 살았다. 그리고 그에게는 두 여인이 있었다. 아마도 그 여인들 때문에 선생은 지상에서와 마찬가지로 천상에서도 행복하게 미소 짓고 있을 것이다.

> 내 일생에는 두 여성이 있다. 하나는 나의 엄마고 하나는 서영이다. 서영이는 나의 엄마가 하느님께 부탁하여 내게 보내주신 귀한 선물이다. 서영이는 나의 딸이요, 나와 뜻이 맞는 친구다. 또 내가 가장 존경하는 여성이다.
>
> — 수필 「서영이」 중에서

열 번째 이야기

한 시대 한 사회의 상처이며 치부이자 바로 우리 이야기를 담은 소설

꼬방동네 사람들

이동철 장편소설 / 현암사 / 1981년 6월 30일 발행

이 동 철 / 作

꼬방동네 사람들

玄 岩 社

다종다양한 '어둠의 자식들'과 '꼬방동네 사람들'을 대변해 온 작가

1980년대 초반, 이른바 '어둠의 자식들' 혹은 '꼬방동네 사람들'로 불리는 인간 군상(群像)에 관한 글이 큰 반향을 불러일으켰다. 작품 속 주인공은 입만 열면 보통사람들이 알아들을 수 없는 '은어(隱語)'를 쏟아낸다. 매우 폭력적이고 선정적인 그 단어들은 책 속에서 친절한(?) 주석과 함께 활자화되어 독자들의 이목을 사로잡았다. 그 중심에 '이동철'이라는 인물이 있다.

'이동철'은 필명이다. 본명은 이철용(李喆鎔, 1948~). 여기에서 소개하는 장편소설 『꼬방동네 사람들』 이전에 작가 황석영(黃晳暎, 1943~)의 이름으로 발행돼 베스트셀러 반열에 오르며 유명해진 장편소설 『어둠의 자식들』(1980.07.01. 발행)의 주인공 이름이 바로 '이동철'이다. 자신의 이야기를 소설화한 작품이 성공하자 이번에는 아예 주인공 이름을 필명삼아 후속 작품을 써낸 것이다. 따라서 『꼬방동네 사

『어둠의 자식들』 표지

람들』을 온전하게 이해하려면 『어둠의 자식들』이라는 산을 넘어야 한다.

먼저 작가의 일생을 비교적 최근에 이루어진 작가 인터뷰 기사에서 인용하여 요약하면 다음과 같다.

> 1948년 서울 필동에서 태어났다. 생후 6개월 만에 아버지가 돌아가시고 돌이 되기 전 결핵성 관절염을 앓아 다리가 불편한 장애인이 됐다. 장애인을 차별하는 교사가 싫어 초등학교 때 학교를 뛰쳐나와 젊은 시절 밑바닥 인생을 경험했다. 1970년대 기독교에 귀의했고 빈민운동에 참여했다. 사주와 수지침은 독학으로 공부했다. 1980년 수배 중에 쓴 장편소

설 '어둠의 자식들'이 베스트셀러가 됐고, 1988년에는 평민당 소속으로 13대 국회의원에 당선됐다. 탈당 후 정계 복귀에 실패한 후 국무총리 공관 뒤쪽 골목에서 '통(通)'이라는 역술원을 운영하기도 했다. 지금은 아내와 아들 내외, 손주들과 함께 산다.

출처: 《매일경제》 김동은 기자, [Weekend Interview] 빈민운동가·베스트셀러 작가·국회의원·역술인·유랑가수…이철용의 '이것이 人生이다'(2017.12.23.)

그렇다면 작가가 되기 이전의 '이동철'은 어떤 인물이었을까. 『어둠의 자식들』 표지 날개에 나와 있는 소개글을 보면 "기지촌에서 자란 이동철은 서울로 올라와 창녀촌과 시장바닥 뒷골목을 배회하며 펨푸, 펙치기, 시라이를 거치는 동안 아동보호소, 소년원, 유치장, 감방을 전전하며 뚜룩질, 탕치기, 기둥서방, 소문난 찐드기로 성장한다."고 되어 있다. 그런 인물과 그 주변 이야기를 엮은 소설이 바로 『어둠의 자식들』이라는 것이다. 한편, 『어둠의 자식들』의 저자로 표기되어 있는 작가 황석영은 1980년 판 '작가의 말'에서 작품 출간 배경에 대해 다음과 같이 서술하고 있다.

이것은 빈민들의 삶에 관한 기록이다. 이 글은 이동철 형이 구술하는 것을 다섯 사람이 제각기의 입장에 따라 기록하였고, 숱한 일화와 사건들을 두 사람이 정리하였으며 최종적으로 필자가 검토하여 앞뒤 순서를 정하고 들어내기도 하고 첨가하기도 하였다. 따라서 이 글은 필자 개인의 감성이나 재간에 의하여 이루어졌다기보다는 여러 사람의 공동적인 노력으로 씌어진 것이다. 공동적인 노력이 가능했던 것은 무엇보다도 이형의 피눈물나는 반평생이 끊임없이 우리들에게 감명을 주었던 까닭이다.

출처: 『어둠의 자식들』(1980.09.30. 개정판), 현암사, 4쪽.

그리고 다음 해에 나온 『꼬방동네 사람들』의 발문에서는 "이동철형이 구술하고 내가 정리했던 〈어둠의 자식들〉이 책으로 나온 지도 벌써 한 해가 지나갔다. 그 기록은 책의 서문에서 밝혔듯이 거의 전부가 그의 것이고, 저작권마저도 나와는 아무런 관계가 없으며 모두 그의 노력과 재능에 의한 것이었다. 따라서 그 책은 자서전의 형식을 갖추고 있었다."고 적고 있다. 요컨대, 『어둠의 자식들』은 '이동철' 곧 '이철용'이 구술하는 내용을 작가 '황석영'이 받아 적어 완성시킨 작품이라는 것이다. 그런데 최근 언론과의 인터뷰에서 작가 '이동철'은 사뭇 다른 어조로 『어둠의 자식들』과 『꼬방동네 사람들』의 출간 배경을 술회하고 있다.

1978년 3월 '여의도 부활절 예배 사건'으로 지명수배돼 도주 중일 때다. 잡혀 죽으면 자식들한테 남겨줄 것이 하나도 없겠더라. 그래서 어려서부터 겪었던 나와 이웃 이야기를 버무려 대학노트에 편지 형식으로 써 내려갔다. 아버지가 왜 이렇게 살게 됐는지 알려주고 싶었다. 창경원에서 키우는 사자가 병에 걸리면 신문에 보도되지만 가난한 사람은 아무리 많이 굶어 죽어도 관심 갖지 않던 시절이다. 병역법으로 도주 중이던 대학생들을 숨겨준 일이 있었는데 그 친구들이 내 노트를 정리해 출판사로 보냈고 얼마 뒤 '어둠의 자식들'이란 제목으로 출간됐다. 처음엔 소설가 황석영 씨 이름으로 나갔다. 내가 수배 중이라 내 이름으로 책이 출간되는 게 가능하지도 않았다. 근데 이 책이 예상외로 많이 팔린 거다. 그러니 출판사에서 돈을 들고 와서 "한 권 더 써달라"고 요청하더라. 그래서 또 썼다. 그렇게 쓴 게 '꼬방동네 사람들'이다.

출처: 《매일경제》 김동은 기자, [Weekend Interview] 빈민운동가·베스트셀러 작가·국회의원·역술인·유랑가수…이철용의 '이것이 人生이다'(2017.12.23.)

작가 황석영은 이동철의 구술을 받아 적은 다음 정리한 것이라고 하는데, 정작 작가 이동철은 대학노트에 편지 형식으로 써내려간 것이라는, 서로 다른 진술을 하고 있어 당시의 진실이 무엇인지 궁금해진다. 어쨌든 두 책 모두 작가 이동철의 삶에 기반을 둔 자전적 소설이라는 데에는 이견이 없는 듯하다. 다만, 『어둠의 자식들』과 『꼬방동네 사람들』 그 어디에도 작품 출간에 따른 작가의 소감이랄까, 작가의 직접적인 육성이 제대로 나타나 있지 않은데, 『꼬방동네 사람들』의 발문에 황석영 선생이 직접 인용 형식으로 기술한 내용을 보면 작가의 심정을 조금이나마 이해할 수도 있겠다.

글을 쓰기 위해 습작 연습을 따로 한 게 아니기 때문에 여러 가지 어려움도 많았다. 열심히 살아가는 사람들의 이야기를 솔직하게 들려주어야겠는데, 어떤 방식으로 들려주어야 할지 암담하기만 했다. 여러 가지로 고민하다가 에라 모르겠다, 꼭 소설 쓰는 식, 수필 쓰는 식, 논문 쓰는 식 등의 격식도 모르니 솔직하게만 전달할 수 있다면 그만 아니겠는가라는 겁 없는 생각으로 휘갈겨 봤다. 다만 숨쉬며 살아가는 가난한 사람들도 땅을 딛고 먹고 자면서 한마디쯤은 말할 수 있는 것을 보여주자는 것이다.

출처: 『꼬방동네 사람들』(1981.06.30. 초판 1쇄), 현암사, 372~373쪽.

피카레스크 형식을 띤 현장소설, 『꼬방동네 사람들』

이 책은 표지 날개의 소개글에 따르면 "『어둠의 자식들』 그 후의 이야기를 이동철 자신이 직접 피카레스크[55] 형식으로 기록한 현장소설"이다. 나아가 "서울 동대문 밖 청계천 뚝방을 낀 옛 기동찻길 주변의 판자촌 동네의 특이한 생활풍토와 그 주민들—행상, 품팔잇군, 윤락녀, 기둥서방, 포주, 밀주장수, 앵벌이, 무당, 소매치기, 돌팔이의사, 호모, 불구자, 여자깡패, 사기꾼, 건달 등 소위 '막차 탄 인생', '종착역 인생'들—의 천태만상으로 살아가는 절박하고 기이한 이야기

---

55 피카레스크(프랑스어 Picaresque, 스페인어 Picaresca, 스페인어로 '악당'을 뜻하는 단어인 '피카로Pícaro'에서 유래) 형식은 단순 구성이나 복합 구성처럼 통일성 있게 짜여 있는 형식이 아니라 각각의 독립된 이야기들이 연속해서 전개되는 형식인데, 이때의 이야기 하나하나는 독립적이면서 전후 맥락이 있어야 한다. 이는 16세기 중엽에서 17세기에 걸쳐 유럽에서 유행했던 '악한소설(惡漢小說)'에서 유래한 것으로, 이는 보카치오의 『데카메론』 같은 작품에서 찾아볼 수 있다. 또 조세희의 『난장이가 쏘아올린 작은 공』과 같은 연작소설이나 홍명희의 대하소설 『임꺽정』의 구성도 피카레스크 형식을 띠고 있다. '오픈사전' 참조.

『꼬방동네 사람들』 앞표지와 뒤표지

가 읽는 사람들에의 정련(精練)[56]되기를 기다리는 원광석(原鑛石)처럼 꾸밈없이 감동적으로 점철되어" 있는 작품들로 채워져 있다. '이 땅의 사람들'을 필두로 '이 풍진 세상을'에 이르기까지 모두 25편의 이야기를 담고 있는 이 책은 "1960년대 말에서 1970년대 초에 걸쳐, 헐리고 쫓기고 다시 짓고 이합집산하던 꼬방동네! 그것은 한 시대 한 사회의 상처이며 치부(恥部)이고 축도(縮圖)이며, 아무도 외면할

56 원문에는 '精練'으로 표기되어 있으나 이는 "섬유를 순수하고 깨끗한 것으로 만들기 위하여 불순물을 없애고 그 특성을 발휘시켜 표백 및 염색을 하는 일"을 뜻하는 말로, "광석이나 기타의 원료에 들어 있는 금속을 빼내어 정제함"을 뜻하는 '정련(精鍊)'을 잘못 표기한 것으로 보인다.

作者
이 동 철

發行／1981년 6월 30일

發行處／玄 岩 社
登錄／1951. 12. 24 1-218
서울마포구공덕동 105의 90
714-5142・5143・5144
對替口座／509877

發行人／趙 相 元

編輯・校正

製作

裝幀

Printed in Korea
＊破本은 바꾸어 드립니다.

『꼬방동네 사람들』 간기면

수 없는 우리들 자신의 이야기"가 된다.

전형적인 가로 152mm, 세로 225mm 크기의 A5(국판) 판형으로, 무선철 방식의 제본에 373쪽에 걸쳐 본문이 인쇄되어 있다. 앞표지를 보면 『어둠의 자식들』과 마찬가지로 작가 이름(이동철/作)과 출판사 이름(玄岩社)은 활자로, 책제목(꼬방동네 사람들)은 손글씨로 표현되어 있고, 제호 아래 추상적인 의미를 담은 삽화가 배치되어 있다. 표지 그림을 보고 있노라면 문득 삽화를 누가 그렸을까 궁금해진다. 『어둠의 자식들』 표지에도 비슷한 느낌의 삽화가 들어가 있기 때문이다.

다음으로, 본문 용지와는 다른 백색 아트지 계열의 속표제지 뒷면에 자리 잡고 있는 간기면(刊記面)을 보면 또 다른 특이점을 찾아볼 수 있다. 우선 단행본 출판의 관행에 비추어 볼 때 당시로서는 매우 파격적인 간기면 형식을 띠고 있어 주목하게 된다. 일반적으로 저작자 이름과 발행인 이름 이외에는 표기하지 않는 것이 관행이었던 당시에 현암사 단행본 간기면에는 편집 및 제작에 참여한 사람들의 이름이 고스란하다는 점이 이채롭다. 아마도 발행인의 특별한 출판 철학이 그 배경에 있지 않을까 싶었는데, 아니나 다를까, 검색해 보니 다음과 같은 발행인 조상원(趙相元) 선생에 대한 백과사전의 소개에서 그 단서를 찾을 수 있었다.

1945년 조상원(1913~2000)이 건국공론사를 설립하였고 1951년 현암사로 개명하였으며 2002년 지금의 상호((주)현암사)로 변경하였다. 가죽신을 만드는 갖바치에서 따온 책바치로 자신의 삶을 정의한 창업자 조상원의 열정을 바탕으로 50여 년을 이어오면서 한국 출판계의 흐름을 선도하였다. 1959년 한국 최초의 법령집인《법전》을 펴낸 것을 시작으로 대표적인 법률서적 출판사로 자리 잡았으며, 법률문화의 대중화에 기여하였다. 1965년에는 박경리의 장편소설『시장과 전장』을 당시로서는 획기적인 전작 형태로 출판하였고, 1966년《한국문학》을 창간하여 계간 문예지 시대를 열었다. 1969년『한국의 명저』를 간행하여 한국학 단행본 붐을 일으켰으며, **1970년에는 국내 최초로 출판제작자 실명제를 도입하여 편집·교정·장정·제작 등 책을 만드는 데 참여한 사람들의 이름을 저작권 표시란에 넣었다.** (후략)

출처: [네이버 지식백과] (주)현암사[玄岩社] (두산백과)

그러니까 현암사에서는 1970년부터 이미 '출판제작자 실명제'를 실시하여 편집은 물론 교정 및 장정, 그리고 제작 등 책 만드는 일에 참여한 사람들의 이름을 간기면에 새겼던 것이다.

또 하나, 이처럼 『어둠의 자식들』과 『꼬방동네 사람들』이 비슷한 표지 구성 및 디자인 양상을 띠는 이유는 간기면을 자세히 보면 짐작할 수 있다. 두 책 모두 장정(裝幀)을 맡은 사람이 같다는 점이다. 바로 양문길(梁文吉, 1941~2003) 선생인데, 그는 편집자라는 직업 이외에도 1966년 동아일보 신춘문예에 단편 「부두주변」으로 등단한 이후 "타락한 현대사회의 영향을 받아 인격을 상실하는 현대인의 몰락과 추락의 서사를 설득력 있게 형상화한 작가"로 알려져 있다. 신춘문예 당선 이전에 그는 고등학교 졸업을 앞두고 조선일보 신춘문예에 「이류항」이라는 작품이 당선작 없는 가작으로 입선한 바 있다. 1963년 입대를 하고 1965년 전역과 함께 현암사 편집부에 입사한다. 그리고 1971년 31세의 나이로 현암사 편집 주간이 되며 1978년 퇴사한다. 따라서 1980년과 1981년에 발행된 『어둠의 자식들』과 『꼬방동네 사람들』은 그가 퇴사한 후 장정만을 맡아 제작한 책이 되는 셈이다. 그런 점에서 표지에 쓰인 제목 글씨와 그림이 모두 그의 작품이 아닐까 짐작해 본다.

다음으로, 네모반듯한 한지(韓紙)에 도장을 찍어 정갈하게 붙여 놓은 인지(印紙)도 인상적이다. 그런데 여기서 인줏빛 선연한 '正國'이라는 이름이 누구를 가리키는지는 알 길이 없다. 다만, 『어둠의 자식들』의 서문에서 작가 황석영이 "이 글을 그(이동철)의 아들 정민이와 내 아들 호준에게 주고 싶다."고 한 데 이어 헌사에서 "이 책을 호준이와 정민이에게 준다."라고 한 것으로 보아 '정국'은 작가 이동철의 또 다른 자녀 이름이 아닐까 싶다.

파란만장한 생의 주인공 '이철용'으로 다시 태어난 작가

이동철은 이후 '이철용'이라는 본명을 되찾는다. 『어둠의 자식들』과 『꼬방동네 사람들』이 당시 얼마나 흥행몰이를 했는지, 어떻게 그의 운명을 바꾸어 놓았는지, 그의 육성을 통해 들어보면 다음과 같다.

> 1970년대 말 〈어둠의 자식들〉, 〈꼬방동네 사람들〉 등이 세상에 나왔고 문단과 사회에 큰 반향을 불러일으켰다. 편지 한 장 제대로 써본 적이 없는 초등학교 졸업자가 쓴 〈어둠의 자식들〉이 100만 부나 팔리고, 후속작 〈꼬방동네 사람들〉도 베스트셀러가 되자 언론은 나를 주목했다. 게다가 이장호 감독이 제작한 영화 '어둠의 자식들'도 관객 20만 명이라는 당시로서는 초특급 대박을 터트렸다.
>
> 그러던 어느 날 배창호 조감독이 〈꼬방동네 사람들〉 책을 사들고 나를 찾아와 "〈꼬방동네 사람들〉을 내게 달라"고 했다. 나의 첫 소설 〈어둠의 자식들〉을 제작한 영화 스승 이장호 감독 아래에서 조감독을 했던 배창호가 독립하려는 것이었다. (중략)

배창호 감독과 함께 하월곡동의 산동네를 다니면서 시나리오 작업을 했고, 안성기와 김보연 그리고 김희라를 주연 배우로 추천하기도 했다. '병신춤'의 명인 공옥진도 합류시키자고 해 당시 안성기와 같은 출연료 250만 원을 지급했다. 배창호 감독은 1982년 '꼬방동네 사람들'로 꿈에도 그리던 감독 '입봉'을 했다. 영화는 20만 명의 관객몰이를 했고, 배창호는 대종상 신인감독상을, 김보연은 여우주연상을 받았다. (후략)

출처: 정책주간지 공감, 이철용, [내 인생의 한 컷] '꼬방동네 사람들'(2018.07.09.)

그리고 『어둠의 자식들』과 『꼬방동네 사람들』이 세상에 나온 지 10년도 되지 않아 이철용은 국회의원이 된다. 말 그대로 국민으로서의 '빈민의 대표'가 되어 의정활동에까지 나서게 된 것이다. 물론 『어둠의 자식들』과 『꼬방동네 사람들』이 없었더라면 어림없는 일이었을 터이다. 이후 재차 총선에서 낙선하면서 독실한 기독교인임에도 주위의 눈초리에 아랑곳없이 사주(四柱) 풀이를 해주는 이른바 '역술인'의 삶을 살기도 했다. 하지만 지금도 출판사를 바꾸어 서점에 나와 있는 『어둠의 자식들』과 『꼬방동네 사람들』 표지에는 초판에 새겨졌던 '황석영' 또는 '이동철'이라는 이름이 아닌 '이철용'이라는 이름이 오롯이 박혀 있다.

작가 이철용 최초의 작품 『어둠의 자식들』 첫 소절 "나는 소설이나 책에 관해서는 ×× 모르는 사람이다."는 당시 독자들에게 참으로 강렬한 인상을 남겼다. 후속작 『꼬방동네 사람들』은 "청계천변으로 흐르는 썩은 오물, 똥물, 악취 나는 시궁창을 코 앞에 둔 채 즐비하게 늘어선 판자촌 동네."로 시작한다. 여전히 『어둠의 자식들』과 『꼬방동네 사람들』로 기억되고 있는 한 '이철용'은 한 시대를 풍미한 우리의 대표작가 중 한 사람임에 틀림없다.

이제 이 글을 마무리하려고 보니 시나브로 사라질 위기에 처해 있는 부산 보수동 헌책방 골목에서 『어둠의 자식들』 개정판(1980.09.30. 발행)과 『꼬방동네 사람들』 초판본이 함께 모여 있는 것을 발견했을 때의 기쁨이 다시 피어오른다. 내 기억에서 잊혔던 작가 '이철용'이 『꼬방동네 사람들』 뒤표지에 실려 있던 작가의 초상 사진 속 형형한 눈빛과 함께 부활하는 순간이기도 했다.

이제 작가의 근황을 알지는 못하지만, 다음의 글에서처럼 작가 스스로 밝힌 '희망 전도사'로서 앞으로도 건강 건필하기를 기원한다.

첫 작품 『어둠의 자식들』이 도시 룸펜들의 이야기라면, 『꼬방동네 사람들』은 룸펜이 되지 않으려는 '하꼬방' 달동네 사람들의 몸부림의 기록이다. 1980년대 초 한국 경제는 성장했지만 분배 문제로 양극화가 심화될 때 『꼬방동네 사람들』은 우리 사회의 '나눔'과 '분배'라는 말을 처음으로 떠올리게 했다.

이후 나는 빈민운동에 투신한 뒤 은성학원(야학) 원장, 기독교 도시빈민선교협의회 위원장, 평민당 도시서민문제특위 위원장 등을 지냈다. 1988년 13대 국회의원 선거에 평민당 도봉 지역에서 출마해 당선, 국내 헌정사상 첫 장애인 국회의원으로 활동했다. 이후 정계를 떠나 인생 상담소 '통'을 열어 개개인의 정체된 사주를 풀어주다 1996년 사단법인 장애인문화예술진흥개발원을 설립했다.

장애인들에게는 '사회복지'도 필요하지만 스스로 문화예술을 향유할 권리, 다시 말해 '문화복지'도 필요하다. 소설 『꼬방동네 사람들』에서 가졌던 약자에 대한 작은 생각이 장애인문화예술진흥개발원을 통해 '건강한 기적'을 만들어가는 과정을 지켜보면서 수많은 사회적 약자들에게 꿈을 주는 '희망 전도사'로 남고 싶다.

출처: 정책주간지 공감, 이철용, [내 인생의 한 컷] '꼬방동네 사람들'(2018.07.09.)

열한 번째 이야기

'타는 목마름으로' 민주주의를 갈구했던 간절한 외침

타는 목마름으로

김지하 시선집 / 창작과비평사 / 1982년 6월 5일 발행

김지하
詩選集
타는
목마름으로
創作과批評社
創批詩選
33

필명은 '지하'일망정 행동만큼은
지상 최고의 민주화 운동가였던 시인

김지하(金芝河) 시인이 얼마 전 81세를 일기로 세상을 떠났다. 시인의 본명은 김영일(金英一), 주로 지하에서 활동한다는 뜻을 담아 필명을 '지하'로 지었다고 한다. 필명에 걸맞게 시인은 1970년대 독재정권에 맹렬하게 저항한 지식인이었다. 1941년 2월 전남 목포에서 태어났으며, 1954년 강원도 원주로 이주하면서 원주중학교에 편입했다. 1959년 서울대 미학과에 입학한 이듬해 4·19혁명에 참여했다. 당시 민족통일전국학생연맹 남쪽 대표로 활동했으며, 1964년 한일국교 정상화에 반대한 '서울대 6·3 한일 굴욕회담 반대 학생총연합회' 소속으로 활동하다 체포돼 4개월간 감옥살이를 하기도 했다. 한때 수배를 피해 항만 인부나 광부로 일하며 도피생활을 이어갔다.

1969년 11월 문예지《시인》에「황톳길」,「비」,「녹두꽃」등의 시를 발표하며 공식 등단했다. 당시 저항시인으로 유명했던 김지하 시인은 유신독재에 저항하는 민주화의 상징이자 민족문학 진영의 대표 문인으로 알려졌다. 특히 1970년 월간지 《사상계》에 「오적(五賊)」을 발표해 구속된 일은 유명한 일화가 됐다. "시를 쓰되 좀스럽게 쓰지 말고 똑 이렇게 쓰랏다. / 내 어쩌다 붓끝이 험한 죄로 칠전에 끌려가 / 볼기를 맞은 지도 하도 오래라 삭신이 근질근질 / 방정맞은 조동아리 손목댕이 오물오물 수물수물 / 뭐든 자꾸 쓰고 싶어 견딜 수가 없으니, 에라 모르것다." 이렇게 시작하는 「오적」은 300행 정도의 풍자시로 독재 치하에서 부정하게 부(富)를 축적한 '재벌, 국회의원, 고급공무원, 장성, 장·차관'을 일제에 나라를 팔아먹은 을사오적에 빗댔는데, 이 작품으로 인해 김지하 시인을 비롯해 사상계 대표와 편집장이 반공법 위반 혐의로 구속됐던 것. 김지하는 같은 해 희곡 「나폴레옹 꼬냑」, 「구리 이순신」을 집필했고, 대표적인 평론인 「풍자냐 자살이냐」를 발표했다. 그해 12월에는 첫 시집 『황토』를 펴냈다. 1972년 4월 권력의 횡포와 민심의 향방을 그린 담시(譚詩) 「비어(蜚語)」를 발표해서 다시 반공법 위반으로 입건되기도 했다. 이어 1974년에는 민청학련 사건[57]을 배후조종한 혐의로 잡혀 들어가 사형선고를 받

57 1974년 4월 박정희 정권이 전국민주청년학생총연맹(全國民主靑年學生總聯盟) 관련자들을 정부 전복기도 혐의로 구속·기소한 학생운동권 탄압사건. 유신독재 철폐를 위해 서울대를 비롯한 여러 대학의 운동권 학생들이 1974년 4월 3일에 전국 각지에서 반독재 시위를 추진하였다. 박정희 군사정권은 반정부투쟁의 확산을 막기 위해 민청학련 관련자(1,024명)들을 정부 전복을 기도한 공산주의 추종세력으로 몰아 그 중 180명을 구속하였다. 이 중 인혁당(人革黨) 사건과 관련된 8명은 사형되었고, 나머지는 징역형에 처해졌다. [출처: 한국민족문화대백과사전(전국민주청년학생총연맹사건)]

았으나 무기징역으로 감형됐다가 1980년 형 집행정지로 석방됐다. 2013년 민청학련 사건 재심에서 39년 만에 무죄를 선고받았으며, 이어 2014년 법원은 김지하 시인이 민청학련 사건으로 억울하게 옥살이를 했다며 15억 원의 국가배상 판결을 내렸다.

김지하 시인은 또한 인권운동가이자 문인으로도 국내외에서 큰 명성을 얻었다. 1975년 아시아·아프리카 작가회의[58] 로터스(Lotus) 특별상, 1981년 국제시인회 위대한 시인상, 브루노 크라이스키[59] 인권상, 2002년 제14회 정지용문학상, 제10회 대산문학상, 제17회 만해문학상, 2003년 제11회 공초문학상, 2005년 제10회 시와시학상 작품상, 2006년 제10회 만해대상, 2011년 제2회 민세상(民世賞)[60] 등을 수상했으며, 노벨문학상·노벨평화상 후보에도 올랐다.

이처럼 국내외에서 주목받은 시인의 대표작은 대표시집의 표제작이기도 한 「타는 목마름으로」라는 제목의 저항시가 아닐까 싶다.

---

58 제3세계 문학운동의 중추적 역할을 담당해온 아시아·아프리카 작가회의는 1956년 인도 뉴델리의 아시아 작가회의에서 발족한 이래 1958년 타시켄트에서 제1차 아시아·아프리카 작가대회가 열림으로써 결성되었다. "문학적 탈식민주의, 즉 제3세계 자체의 역사와 문화를 부정하는 제국주의적 허위개념에 대항하여 역사적 현실과 도덕적 가치를 복원하는 데" 그 목표를 두고 활동해 온 이 회의는 1969년에는 이런 목표에 부응하는 문학을 지지·장려한다는 취지 아래 로터스(LOTUS) 상을 제정, 매년 시·산문·극·비평 분야에 탁월한 역량을 보인 작가 3인을 선정하여 시상하고 있다. 이 상은 제3세계 노벨상으로 불린다.

59 브루노 크라이스키(Bruno Kreisky, 1911~1990)는 오스트리아의 정치가로 1959년부터 1966년까지 외무장관을, 1970년부터 1983년까지 총리를 역임했다. 1977년 브루노 크라이스키 인권상을 제정하여 남아공 넬슨 만델라에게 첫 상을 수여했다.

60 민세안재홍기념사업회가 민족운동가 안재홍(安在鴻, 1891~1965) 선생의 정신을 기리기 위해 2010년 제정했다. 사회통합과 학술연구(한국학) 2개 부문으로 나눠 공로가 큰 인사를 1명씩 선발하고 상금 2천만 원을 수여한다.

1980년대를 대학가에서 보낸 사람이라면 한 번쯤은 읊조렸을 법한 시 작품이자, 민주화를 향한 열망이 끓어 넘쳤던 시위 현장 어디서든 한목소리로 목청껏 부르곤 했던 민중가요의 가사이기도 했다. 초판 1쇄본에 실린 시를 그대로 옮겨보면 다음과 같다.

신새벽 뒷골목에
네 이름을 쓴다 민주주의여
내 머리는 너를 잊은 지 오래
내 발길은 너를 잊은 지 너무도 너무도 오래
오직 한 가닥 있어
타는 가슴 속 목마름의 기억이
네 이름을 남 몰래 쓴다 민주주의여

아직 동 트지 않은 뒷골목의 어딘가
발자욱소리 호르락소리 문 두드리는 소리
외마디 길고 긴 누군가의 비명소리
신음소리 통곡소리 탄식소리 그 속에 내 가슴팍 속에
깊이깊이 새겨지는 네 이름 위에
네 이름의 외로운 눈부심 위에
살아오는 삶의 아픔
살아오는 저푸르른 자유의 추억
되살아오는 끌려가던 벗들의 피묻은 얼굴

떨리는 손 떨리는 가슴
떨리는 치떨리는 노여움으로 나무판자에
백묵으로 서툰 솜씨로
쓴다.

숨죽여 흐느끼며
네 이름을 남 몰래 쓴다.
타는 목마름으로
타는 목마름으로
민주주의여 만세

기실 민주화 시위 현장에서 널리 불리며 입에서 입으로 전해진 민중가요로서의 '타는 목마름으로'는 김지하의 시 「타는 목마름으로」를 원작으로 1980년대 초·중반 당시 연세대 학생이던 '이성연'이 작곡했는데, 대학가를 중심으로 널리 퍼지면서 민중가요로 자리를 잡았다. 유신독재 정권의 긴급조치 시대를 맞아 저항의 뜻으로 썼던 원작시를 바탕으로 "오직 한 가닥 타는 가슴속 목마름의 기억이"의 중반부와 '타는 목마름으로'로 이어지는 후반의 고음 절정부 등 구절구절을 잘 살리는 선율 덕분에 수용자 대중들에게 큰 인기를 얻었다. 원래 김지하 시인의 원작시는 1970년대 후반 내내 출간조차 되지 못한 채 필사의 형태로만 전파되다가, 1982년 창작과비평사에서 출간되자마자 판매금지 조치를 당하는 등 오랫동안 금지된 반독재 투쟁의 상징 같은 시였다. 그런 시를 가사로 삼아 가장 절절한 구절을 소리 높여 통곡하듯 부르도록 작곡되어 있었던 것이 수용자들의 큰 반향을 얻은 요인이 되었다.[61]

독재정권에 맹렬히 저항한 시인의 초기 시선집 『타는 목마름으로』

1982년 6월 5일 창작과비평사에서 '창비시선' 33번째로 초판 1쇄가 발행된 『타는 목마름으로』는 김지하 시인의 시선집(詩選集)이다. 그냥 '시집'이 아니고 '시선집'이라고 한 까닭은 뒤표지에 실린 다음과 같은 편집자의 글에서 찾아볼 수 있다.

> 이 책은 우리 시대가 낳은 세계적인 시인 김지하의 서정시 모음이다. 1961년에 씌어진 〈산정리 일기(山亭里 日記)〉를 비롯한 12편의 초기시에서부터 시집 《황토(黃土)》에서 가려 뽑은 20편, 70년대 중반의 〈빈산〉 〈1974년 1월〉 〈불귀(不歸)〉 〈타는 목마름으로〉 등 24편의 역작들을 망라한 이번 시집을 통해 비로소 우리는 빼어난 서정시인으로서의 지하의 참모습을 볼 수 있게 되었다. 안주할 수 없는 한 청춘의 몸부림과 갈등으로부터 시작하여, 민중의 아픔 속에 자신의 전부를 던져 싸워야 했던 지식

61 출처: 한국민족문화대백과사전(타는 목마름으로), 집필 이영미(2013).

『타는 목마름으로』 앞표지와 뒤표지

인의 고뇌와 결의, 그리고 이 모든 것을 포용하여 사랑과 기쁨과 역동화(力動化)된 한(恨)의 시세계를 창조해낸 한 시인의 감동어린 탄생의 드라마가 여기에 펼쳐져 있다.

이 시집에 담긴 작품들은 처음으로 시인 자신의 손을 거쳐 정리된 정본(定本)을 제시한다는 점에서도 뜻깊은 일이며, '제4부'에서는 〈풍자(諷刺)냐 자살(自殺)이냐〉, 〈민족(民族)의 노래 민중(民衆)의 노래〉 등 시인의 산문 5편을 실어 그의 시(詩)와 시학(詩學)에 대한 이해를 돕고자 했다.

그런데 위의 글에서 자못 어울리지 않는 표현을 보게 되는데, 그건 바로 『타는 목마름으로』를 가리켜 '김지하의 서정시 모음'이라고 한다거나 "이번 시집을 통해 비로소 우리는 빼어난 서정시인으로서의 지하의 참모습을 볼 수 있게 되었다"고 한 부분이다. 물론 이 시선집에 실린 시 가운데 서정적인 표현을 주로 담은 작품이 없는 것은 아니겠지만, 나아가 사회 현실에 대한 풍자와 비판을 서정적으로 표현한 것도 사실이지만, 대부분의 시들은 당대의 독재정권에 말문과 기본권을 잃은 민중들의 애환을 다룬 저항시로 분류해야 마땅한 것들이라는 점에서 그렇다. 아마도 당시의 엄혹했던 검열을 의식하여 표지 글을 통해 서정시집인 것으로 위장(?)하여 판매금지 조치 등을 미연에 방지해 보고자 한 출판사의 처연한 몸부림이 아니었을까. 아니면 이 시선집에 실린 시들의 표현 형식이 당시로서는 다분히 서정적인 풍자와 비판이라고 여긴 까닭일지도 모르겠다.

어쨌든 『타는 목마름으로』는 모두 4부로 구성되어 있는데, '제1부 황토 이후'에서는 1970년 12월 출간된 김지하의 첫 시집 『황토』 이후에 창작된 「타는 목마름으로」를 비롯해 24편의 시를 싣고 있으며, '제2부 황토'에서는 「황톳길」 등 20편을, '제3부 황토 이전'에서는 「산정리 일기」 등 12편을, 그리고 '제4부 산문'에서는 「명륜동 일기」 등 산문 5편을 싣고 있다. 이처럼 이 시선집은 출간 당시까지 씌어진 김지하의 시 작품을 모두 담고 있는데, 특히 시인 자신의 감옥생활 등 남다른 고통의 기록을 바탕으로 탄생한 것들이 대부분이다. 다음과 같이 시집 말미에 있는 '후기(後記)'를 보면 이 같은 시인의 심정이 고스란히 드러난다.

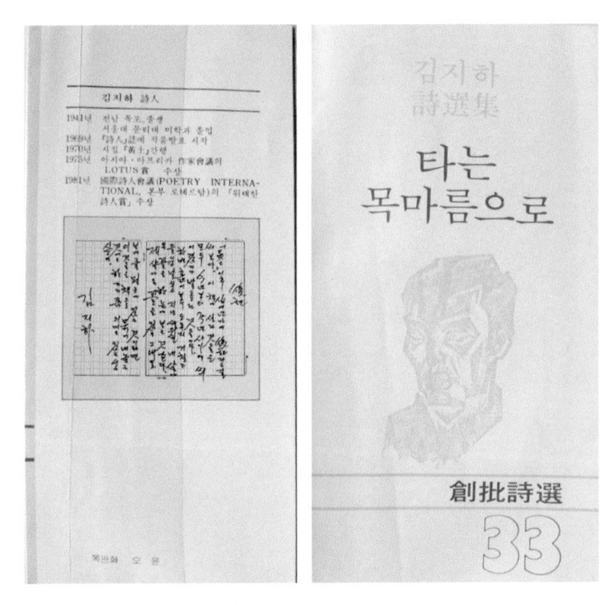

『타는 목마름으로』 앞날개와 속표지

《황토》 이후 십여년 만에 후기라는 걸 써본다. 이 책에 실린 것들은 모두 61년부터 75년 사이에 씌어졌거나 발표된 것들이다. 한번 훑어보니 도무지 거칠고 들쑹날쑹, 지난 세월 내 살아온 꼴을 한눈에 보는 것 같다. 제 살아온 꼴을 있는 그대로 보여줄 필요가 있는 것이라면 이것들을 책으로 묶어 내놓는 것에도 한 가지쯤 의미가 있을 성싶다.

어떤 것들은 시상(詩想) 메모가 그대로 작품이라고 발표된 것들도 있다. 그런 것들은 손을 댔다. 대봤자 별로지만.

마당에 붓꽃이 새싹을 내밀었다. 새싹에서 많은 것을 배운다. 그 배움이 앞으로의 작품이다.

어려운 때 어려운 일을 떠맡은 창비에 큰절 한 번 올린다.

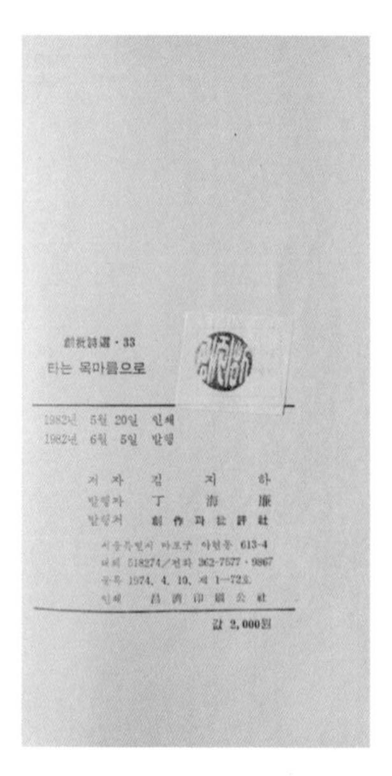

創批詩選·33
타는 목마름으로

1982년 5월 20일 인쇄
1982년 6월 5일 발행

저 자 김 지 하
발행자 丁 海 廉
발행처 創作과批評社

서울특별시 마포구 아현동 613-4
대체 518274/전화 362-7577·9867
등록 1974. 4. 10. 제 1-72호
인쇄 昌 潤 印 刷 公 社

값 2,000원

『타는 목마름으로』 간기면

한편, 시집의 전형적 판형인 가로 121mm, 세로 210mm 크기로 만들어진 이 시선집의 앞표지를 보면 시인의 육필 원고 형상을 바탕 무늬 삼아 하단에 판화 기법으로 시인의 초상을 배치한 디자인 위에 제호 등을 나타낸 활자가 배치되어 있다. 표지 전체가 비닐 재킷으로 싸여 있으며, 앞표지 날개는 김지하 시인의 약력과 함께 이 시선집의 '후기' 자필원고 모습을 그대로 축소하여 싣고 있으며, 하단에 '목판화 오윤'이라고 표기되어 있다. 면지를 넘기면 나오는 속표지에는 앞표지 하단에 작게 자리 잡았던 시인의 초상을 표현한 판화가 좀더 크게 중앙에 자리하고 있으며, 그 위와 아래에 제호 등 활자를 배치하고 있다. 여기서 시인의 초상을 표현한 판화가 오윤(吳潤, 1946~1986)

은 1980년대 신군부 정권 시절 민중 미술의 대표적인 작가였다. 소설가 오영수(吳永壽, 1909~1979)의 장남으로 태어난 그는 1965년 서울대학교 미술대학 조소과에 입학했다. 1969년 미술대학 선·후배들과 함께 '현실동인'을 결성하여 리얼리즘 미술운동을 제창하고, 김지하 등과 함께 '현실동인 제1 선언문'을 발표했다.[62]

간기면을 보면 발행된 지 40년이 지났음에도 여전히 선명하게 붙어 있는 인지(印紙) 속의 '김지하'라는 이름 석 자가 눈길을 끈다. 아울러 당시 창작과비평사의 대표가 정해렴(丁海廉) 선생이었다는 것도 이채롭다. 그는 1939년 경기도 파주 출생으로 성균관대학교 문과대 국어국문학과를 졸업했다. 1964년부터 교학도서·신구문화사·을유문화사 편집부에서 근무했고, 1976년부터 1996년까지 창작과비평사 편집부장·대표·고문을 역임했으며, 1997년부터 출판사 현대실학사를 차려 현재도 그 운영에 전념하고 있다. 출판계에 입문한 이후 1천여 종의 책을 편집·교정함으로써 출판사 대표라기보다는 편집자로서 평생을 살아온 분이다.

---

62 '현실동인'은 오윤, 임세택, 오경환, 강명희 네 사람의 청년작가와 이론가로는 서울대 미학과 출신의 시인 김지하와 미술평론가 김윤수가 참여한 그룹이었다.

김지하 시인, 그는 과연 변절한 것일까 새로운 사상으로 나아간 것일까?

1991년 당시 명지대 재학생이었던 강경대 씨가 경찰에 맞아 숨지고 이에 항의하는 분신자살이 잇따르자 김지하 시인은 조선일보에 "죽음의 굿판을 걷어치우라"는 제목의 칼럼을 기고해 논란을 자초했다. "민중을 지도하겠다는 사람들이 목숨을 경박하게 버리는 반민중적 행위를 서슴지 않고 있으며 자기 스스로도 확신하지 못하는 (미래에 대한) 환상으로 민중을 선동하려 한다"고 비판하는 내용이었다. 이를 두고 진보 진영에서는 '변절자'라는 비판을 내놓기도 했다. 심지어 김지하 시인이 민청학련 사건으로 사형을 선고받았을 때 그의 구명운동을 계기로 만들어진 자유실천문인협의회(현재의 '한국작가회의')에서 제명되는 수모를 당하기도 했다. 그로부터 10년의 세월이 흐르고 나서 문예지《실천문학》여름호 대담에서 이 칼럼에 대해 해명하고 사과의 뜻을 표시했다.

하지만 그의 이전 행적을 보면 갑자기 행보를 바꾼 것은 아닌 걸로 보인다. 김지하는 1980년대 이후 이른바 '생명사상'에 몰두했다. 옥중 생활을 하는 동안 수많은 서적을 탐독하면서 '생명사상'을 깨쳤다고 한다. 언론 인터뷰 내용을 종합해 보면 "처음에는 생태학을 파고들었는데 그것만 가지고서는 세계와 삶의 진화를 이해하기에 인간은 너무나도 복잡하고 심오했다"면서 "선(禪)과 불교에 관한 깊은 내면적 지식과 무의식적 지혜를 갈구하게 됐다"는 것이다. 1990년대에는 절제의 분위기가 배어나는 내면의 시 세계를 보여줬다. 『중심의 괴로움』(1994), 『비단길』(2006), 『새벽강』(2006), 『못난 시들』(2009), 『시김새』(2012) 등 시집을 꾸준히 펴냈다. 2018년 시집 『흰 그늘』과 산문집 『우주생명학』을 끝으로 절필을 선언했다.

한편, 김지하는 1973년 소설가 박경리(朴景利, 1926~2008) 선생의 딸 김영주와 결혼했으며, 부인은 2019년 먼저 세상을 떠났다. 김지하 시인이 박경리 선생의 사위가 된 사연도 흥미롭다. 1970년 「오적」을《사상계》에 발표한 김지하는 사법당국의 감시를 받고 있었다. 1972년 '10월 유신' 선포 후 피신을 위해 서울 정릉 인근의 박경리 선생 집을 찾아가 숨겨 달라고 청했지만 박경리 선생은 그의 부탁을 일언지하에 거절했단다. 외동딸 김영주를 보호하기 위해서였다. 이후 김지하는 원주로 피신했고, 얼마 지나지 않아 김지하 시인이 숨어 있던 원주 집에 박경리 선생과 김영주가 찾아와 그때 일을 사과했다고 한다. 이렇게 처음 만났을 때부터 마음이 통한 김지하와 김영주는 1973년 4월 서울 명동대성당 반지하 묘역에서 김수환 추기경의 주례로 결혼식을 올렸다. 김 추기경은 부부간의 예절과 함께 김 시인의 앞길을 예감한 듯 비상한 결심과 각오를 강조했단다. 결혼 이듬해 김지하 시인이 민청학련 사건으로 수감되자 박경리 선생은 직접 면회를 오가며 옥바라지에 나섰다. 6·25전쟁 때 부역자로 몰린 남편이 서대문형무소에 수감되자 추위가 매서운 겨울날 옷 보따리를 들고 흑석동 집에서 서대문까지 걸어 면회를 다녔다는 박경리 선생이 사위의 옥바라지까지 하게 된 것이다. 당시 사형을 선고받은 사위를 살리기 위해 정권을 자극하지 않는 방법을 찾아 조용히 백방으로 뛰었고, 그 덕분인지 김지하는 감형을 받아 목숨을 부지할 수 있었다. 장모뿐만 아니라 아내 김영주 또한 김지하가 감옥살이 후유증으로 20년간 수도 없이 병원 입·퇴원을 반복하는 동안 두 아들 양육부터 집안 살림, 간호까지 모든 것을 책임졌다. 역사의 소용돌이에 맞서 홀로 딸을 키운 어머니의 삶을 딸로서, 그리고 한 남자의 아내로서 고스란히 이어받았던 것이다.

지난 2022년 5월 8일 눈을 감은 김지하 시인은 이제 원주 흥업면 선영에서 먼저 그의 곁을 떠났던 부인과 함께 영면에 들었다. 글을 마무리하면서 판화가 오윤 등과 함께 '현실동인'을 꾸려 '제1선언'을 천명했던 당시의 '김지하'야말로 가장 순수한 시인이 아니었을까 싶어 그 전문(全文)을 여기 실어둔다. 숱한 소용돌이와 굴곡으로 점철된 삶을 벗어난 만큼 오해와 미움 속에 곁을 떠났던 그들을 만나 하늘에서나마 화해하고 두 손 맞잡기를 바란다. 문득 노무현 전 대통령이 당선되고 나서 지지자들과 함께 '타는 목마름으로'를 목청껏 불렀던 장면이 떠올라 나도 모르게 눈시울이 붉어진다. 더 이상 '타는 목마름으로' 무언가를 갈망하는 일이 없기를 바랄 뿐이다.

현실동인 제1선언: 통일적 민족미술론[63]

참된 예술은 생동하는 현실의 구체적인 반영태로서 결실되고, 모순에 찬 현실의 도전을 맞받아 대결하는 탄력성 있는 응전능력에 의해서만 수확되는 열매다. 경험은 일상적 감각의 타성 아래 때가 묻은 정식화한 대상의 수동적 재현이나 그 주관화는 물론 거대한 정신적 공간 공포에 밀려 현실로부터 떨어져 나간 공허한 형식열의 그 어떤 표현 앞에도 내디딜 미래가 없음을 명백히 가르쳐주었다. 우리는 이제 미술사 발전의 필연적 방향과 현실의 줄기찬 요청에 따라 새롭고 힘찬 현실주의의 깃발을 올린다. 우리는 미학적 불모와 현실에 대한 무기력, 외래 신형식에의 몰지각한 맹종과 조형 질서의 무정부상태, 그리고 순수의 미신이 지배하는 이 척박한 조형 풍토에 그것들의 극복을 위해 마땅히 도래해야 할 치열한 현실주의 바람의 필연성과 그 정당성을 확신한다.

우리의 테제는 현실로부터 소외된 조형의 사회적 효력성을 회복하는 일이다. 최저선에 걸린 색채의 일반적인 연상대마저 박탈한 형식주의 아류들의 조국 없는 조형 언어와 현실 부재의 정적주의와 낡은 화법에 속박된 무풍주의의 정체성을 반대하는 일이며, 새로운 역학과 알찬 현실적 조형 언어로 충전된 강력한 미학을 출산시키는 일이다. 표현의 구체성과 형상의 생동성을 확보하고, 형상들의 날카로운 표현을 통해서 모순의 전형적인 압축에

---

63 출처: 김지하 전집(2002), 3권 『미학사상』, 실천문학사. 이 글은 1969년 10월 25일 무렵 판화가 오윤 등과 전람회를 개최하려다가 서울대학교 미술대학, 중앙정보부 등의 방해로 무산되었을 당시 발표한 글이다.

도달하는 일이다.

모든 현실주의 미술사의 풍부한 자산을 연료로 하고, 건전한 공간탐색 속에 관통하고 있는 진보적인 조형정신의 보편적 지평을 탄두로 하는 통일개념에 굳건히 의거하여, 우리 미술의 전통 속에 숨겨진 특유한 가치, 특히 일정한 실사적 지향을 계승. 발전시키는 주체적 방향에 따라 현실인식과 그 표현에서의 주관성과 객관성의 통일, 직접적 소여와 그것을 넘어서는 창조적인 주동의 통일, 전형성과 개별성, 연속성과 차단, 1운동계열과 타운동계열, 세부와 총체 사이의 전 갈등의 탁월한 통일을 내용으로 하는 강령을 실천하는 일이며, 그리하여 대립을 통해 통일에 이르고 통일 속에서 대립을 추구하는 역동적인 현실주의 미학의 심오한 회랑에 도달하는 일이다.

아직 우리의 조형은 난폭하고, 아직 우리의 사상의 연륜은 일천하다. 그러나 모든 위대한 예술의 역사적 유년시대의 특징은 난폭하였다. 난폭성이야말로 공간으로부터 사라진 생생한 현실의 구체적 감동을 불러들이는 초혼곡이며, 난폭성이야말로 새로 태어나는 예술의 청정한 미래를 약속하는 줄기찬 에네르기이다.

오직 생생하게 반영하고 날카롭게 도전하고 강력하게 조직하는 공간의 끝없는 현실 가담만이 현대 조형의 숙명적 한계를 돌파할 것이다. 오직 공간 공포와 정치주의를 넘어서서 들끓는 현실에 맞서고 나아가 그것에 조적 효력을 가함으로써만이 이 참담한 생의 조건으로부터의 진정한 자유에 대한 밝은 희망에 도달할 수 있음을 우리는 확신한다. 정직하고 능동적인 현실 파악과 인식 없이는, 모순에 찬 현실의 과감한 표현 없이는, 개척자적인 용기와 주체적인 조형전통 확립에의 강한 의지 없이는, 떠나온 곳도 도착할

곳도 알 수 없는 이 밑 모를 생의 혼돈과 공간의 무질서로부터 그것을 뚫고 참된 의식의 자유와 참된 예술의 저 광활한 대지로 가는 그 어떠한 길도 차단되어 있음을 우리는 확신한다.

예술의 역사는 길고 그 흐름은 굴곡으로 이루어졌으나, 예술은 변함 없이 현실의 반영이며 또한 변함 없이 현실로부터 나와 현실로 돌아가는 끝없는 운동 그 자체인 것이다.

열두 번째 이야기

“자 떠나자 동해 바다로 신화처럼 숨을 쉬는 고래 잡으러”

고래사냥

최인호 장편소설 / 동화출판공사 / 1983년 7월 25일 발행

고래사냥

崔仁浩
長篇小說

同和出版公社

청춘이라면 누구나 가슴 속에 키우는 고래 한 마리를 찾아서

참으로 오랜만에 떠오른 독서의 기억 덕분에 기분 좋게 소개할 책을 고를 수 있었다. 이번에 소개하는 『고래사냥』은 작가 최인호의 장편소설로, 출간과 동시에 베스트셀러가 되면서 그 인기에 힘입어 곧바로 영화화와 TV드라마화에 이어 뮤지컬화까지 된 작품이다. 원래 이 작품은 1982년 여성지 《엘레강스》에 연재된 뒤 1983년에 단행본으로 출간되었다.(필자가 대학에 입학해서 세상과의 불화를 몸소 경험할 무렵이었다!) 1970년대를 거쳐 1980년대에 접어든, 군부독재와 함께 급격한 산업화로 요약되는 암울한 시대를 살아가던 젊은이들의 울분과 고뇌 그리고 체념의 자화상이 고스란히 녹아 있는 작품이다.

이 작품 속 주인공 '병태'는 소심하기 짝이 없는 대학생이다. 스스로의 표현에 따르면 "패기는 눈꼽만큼도 없으며, 도전의식은 찾아볼 수 없으며, 용기도 없는 나는 인간의 탈을 쓴 허수아비다." 평소 짝사랑하던 같은 과 여학생 '미란'(목사님 딸이지만 노동운동에 적극적인 여학생이다.)에게 사랑을 고백하려 하지만 실패하고, 자신의 소심함에 절망한다. 그리고 2학기 등록을 앞둔 여름방학 끄트머리에서 "껍질이 깨어지는 아픔이 없이는 나비가 되어 날지" 못하는 애벌레 같은 자기를 깨기 위해, '신화처럼 숨쉬는 고래'를 잡겠다는 각오로 가출을 감행한다. 소주 두 잔에 취한 채 짝사랑하는 '미란'을 찾아가 '떠남'을 알리는 용기를 발휘한 병태는 하루 종일 거리를 배회하다가 통금단속에 걸려 들어간 유치장에서 '민우'라는 거렁뱅이를 만나게 된다. 그런 인연을 이어서 함께 윤락가를 찾았다가 벙어리 처녀 '춘자'를 만나 하룻밤을 보내면서 병태는 그녀가 원래 벙어리였던 것이 아니라 어떤 이유 때문에 말을 하지 못하게 되었다는 사실을 알게 된다. 그리고…… 병태와 민우가 춘자를 고향까지 데려다 주는 과정에서 벌어지는 이러저러한 좌충우돌 에피소드가 펼쳐진다. 결국 병태는 미란에게 가졌던 감정이 사실은 자신도 모르는 무의미한 것이었을 뿐이고, 자기가 찾던 '고래'의 진짜 의미는 자신과 함께 살아가는 주변의 이웃들에게 사랑을 베푸는 것임을 깨닫게 된다.

그런데 병태가 빈 강의실에서 등록금 고지서에 붙어 있는 영수증의 인적사항을 작성하다 분연히 어디론가 떠날 것을 결심하는 대목에서 두 편의 낯익은 노래가사가 등장한다.

> 병태의 머리 속에 오래 전에 들었던 노래의 가사가 떠올랐다.
>
> '술 마시고 노래하고 춤을 춰봐도 / 가슴에는 하나 가득 슬픔뿐이네.

무엇을 할 것인가 둘러보아도 / 보이는 것은 모두다 돌아앉았네.

자! / 떠나자, 고래 잡으러. 삼등삼등 완행열차, / 기차를 타고

간밤에 꾸었던 꿈의 세계는 / 아침에 일어나면 잊혀지지만

모두들 가슴 속에 뚜렷이 있다. / 한 마리 예쁜 고래 하나가.

자! / 떠나자! 고래 잡으러. 신화(神話)처럼 숨쉬는 고래 잡으러.'

그래. / 병태는 일어섰다. 그는 칠판에 씌어진 낙서를 지우개로 지웠다.

그는 몽당분필을 들고 다음과 같이 칠판에 썼다.

'젊은 나이를 눈물로만 보낼 수가 있는가. 나두야 간다.'

그는 그 구절 앞에 다음과 같이 썼다.

'고래를 잡기 전에 돌아오지 않겠다.'

그리고 병태는 "등록금 신청용지와 수강 신청용지를 찢어서" 버리고는 길을 나선다. 병태는 이미 아버지에게서 등록금 '42만 3천 6백 원'에 거짓 용처를 보태서 50만 원을 타낸 터였다. 눈 밝은 독자라면 알아봤을 테지만, 위 대목을 읽노라면 가수 송창식의 노래 '고래사냥'과 함께 김수철이 부른 '나도야 간다'를 연상하게 만든다.

영화 '고래사냥'의 주제가는 '고래사냥'이 아니다?

최인호의 장편소설 『고래사냥』이 독자들로부터 큰 사랑을 받으면서 배창호 감독에 의해 영화로 만들어진다. 주인공 병태 역을 맡은

이는 당시 노래 '못다 핀 꽃 한 송이'로 가수로서 엄청난 인기몰이를 하고 있던 '김수철'이었다. 그리고 배우 이미숙과 안성기가 조연으로 나와서 영화의 감칠맛을 높여주었다. 그 결과 서울 피카디리 극장에서 개봉한 영화는 서울에서만 40만 관객을 끌어모으며 1984년에 가장 많은 사람이 관람한 영화로 기록되었다. 그런데 많은 사람들이 이 영화의 주제가로 송창식이 부른 '고래사냥'을 떠올리는 이유는 아마도 제목이 같기 때문일 것이다.

술 마시고 노래하고 춤을 춰봐도 / 가슴에는 하나 가득 슬픔뿐이네
무엇을 할 것인가 둘러보아도 / 보이는 건 모두가 돌아 앉았네
자 떠나자 동해 바다로 삼등삼등 완행열차 / 기차를 타고

간밤에 꾸었던 꿈의 세계는 / 아침에 일어나면 잊혀지지만
그래도 생각나는 내 꿈 하나는 / 조그만 예쁜 고래 한 마리
자 떠나자 동해 바다로 신화처럼 숨을 쉬는 / 고래 잡으러

우리들 사랑이 깨진다 해도 / 모든 것을 한꺼번에 잃는다 해도
우리들 가슴 속에는 뚜렷이 있다 / 한 마리 예쁜 고래 하나가
자 떠나자 동해 바다로 신화처럼 숨을 쉬는 / 고래 잡으러
자 떠나자 동해 바다로 신화처럼 숨을 쉬는 / 고래 잡으러

위와 같은 가사로 이루어진 노래 '고래사냥'은 가수 송창식이

1975년에 발표한 2집 앨범에 수록된 여름 노래인데, 작사가가 바로 작가 최인호였다. 그런 연유로 최인호는 자기 소설 속에 거리낌 없이 노래가사의 한 대목을 가져다 썼던 것이다. 하지만 이 노래는 영화 '고래사냥'이 아닌 하길종 감독이 만든 영화 '바보들의 행진'[64] 주제가로 먼저 쓰였다. 최인호의 신문연재소설이었던 「바보들의 행진」을 하길종 감독이 1975년에 영화로 제작했던 것이다.[65] 정작 영화 '고래사냥'의 주제가는 김수철이 노래한 '나도야 간다'였다. 1984년에 나온 김수철의 첫 번째 앨범 '젊은 그대'에 실린 곡이었다.

---

64 Y대 철학과를 다니는 병태(윤문섭)와 영철(하재영)은 군입대 신체검사를 받고 각각 합격과 탈락 통지를 받는다. 병태는 단체 미팅에서 H대 불문과 영자(이영옥)를 만나 데이트를 즐긴다. 얼마 후 영자는 병태가 돈도 없고 철학과는 전망도 없다는 이유로 절교를 선언한다. 또 부잣집 외아들 영철은 적성에 맞지 않는 대학생활을 하며, 순자(김영숙)를 좋아하고 있다. 하지만 순자는 말도 더듬고 신체검사에서도 탈락한 영철을 거부한다. 술만 마시면 동해로 예쁜 고래를 잡으러 가겠다던 영철은, 실연 후 동해의 바닷가 절벽에서 몸을 던진다. 병태는 무기한으로 휴교한 빈 교정을 서성이며 괴로워하다 입대한다. 입대하던 날, 역으로 배웅 나온 영자는 입영열차 차창에 매달려 병태와 입을 맞춘다.

65 영화 '바보들의 행진'은 대학가를 중심으로 유신체제로 인해 경직된 사회상과 젊은이들의 방황과 우울함을 그린 '별들의 고향'(이장호, 1974), '영자의 전성시대'(김호선, 1975)와 함께 1970년대 청년영화의 대표작이다. 장발 단속, 막걸리마시기 대회, 단체 미팅 같은 청바지와 포크송으로 대표되는 청년문화가 해학과 자조를 띠면서 그려진다. 술집에서 병태가 일본인과 싸우는 장면, 경찰서에 들어간 두 주인공이 여자의 옷을 벗기는 장면, 데모 장면 등 30분 분량이 사전검열에서 삭제된 채로 개봉되었으나 흥행에는 성공했다. 영철이 송창식의 '고래사냥'이 울려 퍼지는 가운데 자전거를 타고 동해바다 절벽 위로 파란물을 가르며 떨어지는 장면과, 영자가 입영열차 창문에 매달려 키스하는 장면은 당시 청년문화의 아이콘이 되었다. 삽입곡인 송창식의 '고래사냥'과 '왜 불러'가 시위현장에서 자주 불려 금지곡이 되기도 했다. 인기에 힘입어 속편으로 〈병태와 영자〉(하길종, 1979), 〈병태와 영자(속)〉(이강윤, 1980)이 제작되었다. [출처: 한국민족문화대백과사전(바보들의 행진)]

봄이 오는 캠퍼스 잔디밭에 / 팔벼개를 하고 누워 편지를 쓰네
노랑나비 한 마리 꽃잎에 앉아 / 잡으려고 손 내미니 날아가 버렸네
떠난 사랑 꽃잎 위에 못다 쓴 사랑 / 종이비행기 만들어 날려버렸네
나도야 간다 나도야 간다 / 젊은 나이를 눈물로 보낼 수 있나
나도야 간다 나도야 간다 / 님 찾아 꿈 찾아 나도야 간다

이 가사는 기실 용아(龍兒) 박용철(朴龍喆, 1904~1938)의 시 '떠나가는 배'를 차용한 것이다. 첫 연에서는 "나 두 야 간다 / 나의 이 젊은 나이를 / 눈물로야 보낼 거냐 / 나 두 야 가련다", 마지막 연에서는 "나 두 야 가련다 / 나의 이 젊은 나이를 / 눈물로야 보낼 거냐 / 나 두 야 간다'로 기막히게 노래한 바로 그 시다. 박용철 시인의 나이 26세 때인 1930년에 김영랑과 함께 발간한《시문학》창간호에 발표된 작품이다. 일제강점기라는 암울한 현실에서 젊은이가 겪어야 했던 갈등, 어디론가 떠날 수밖에 없는 유랑민의 처지를 '떠나가는 배'로 표현했다. 비장할 수밖에 없었던 우리 민족의 처연한 의식이 1980년대 우리 청년들의 울분으로 승화된 것이다.

한편, 『고래사냥』에서 주제어처럼 쓰이곤 하는 '한 마리 예쁜 고래'는 최인호의 이전 작품인 『바보들의 행진』에서도 반복적으로 쓰인 바 있다. 이런 일련의 작품 속 '고래' 이미지에 대해 어떤 연구자는 다음과 같이 서술하고 있다.

1972년의 유신과 1975년의 긴급조치 9호의 강화된 검열의 시선은 문

화 예술의 자율성을 통제함으로써, 예술 전반의 질적 하락이라는 결과를 낳는다. 이런 상황에서 문학 작품을 원작으로 한 영화들의 생산은 꺼져가는 한국영화의 예술성을 사수하는 마지막 보루와 같았다. 특히 최인호의 소설이 담지하고 있는 대중성과 시대 의식은 영화의 소재로 적당했을 뿐 아니라 감독의 사회 비판적 시선이 침투할 여지를 마련하고 있었다. 이 작품들 중 『바보들의 행진』과 『고래사냥』은 '고래'라는 모티프를 공유한다. 최인호의 '고래'는 허먼 멜빌(Herman Melville)의 소설 『모비딕』의 상징성과 유사하다. 『모비딕』에서 고래를 향한 시선에 따라 '에이허브'와 '스타벅'이 각각 이상주의자와 현실주의자의 전형이 되었듯이, 『바보들의 행진』과 『고래사냥』에도 상반되는 시선을 가진 두 명의 젊은이들이 등장하는 것이다. 이 두 작품에서 거대한 기성의 가치와 권력에 저항하는 젊은이들의 이상은 '고래사냥'이라는 상징으로 표상되고 있다. '고래'가 상징하는 '저항'의 기표는 『바보들의 행진』의 경우 영화로 각색되면서 강화된다. 그러나 이 영화의 발랄한 전복성은 권력기관의 사전 검열로 인해 손상되고 '고래 사냥'의 의미는 모호해진다. 또한 영화 '고래사냥'에서는 상업성과 사전검열을 의식한 작가의 자기검열이 각색 과정에 간여하면서 '고래'의 상징성이 약화되는 양상을 보이게 된다.[66]

66 강숙영(2018), 「최인호 원작 영화에 나타난 고래의 의미와 검열 양상」, 《비평문학》 제70호, 한국비평문학회, pp.7~8.

『고래사냥』 초판본에 스며든 이야기

1963년 모 신문사 신춘문예 응모작품 중에 「벽구멍으로」라는 제목의 단편소설이 있었다. 신선하고 독특한 문학세계를 담은 이 작품은 '당선작 없는 가작'으로 신춘문예에 입선한다. 시상식이 열리는 날, 심사위원들은 깜짝 놀라고 만다. 교복 차림의 고등학교(서울고) 2학년 학생이 자기가 투고한 작품이라며 상을 받으러 왔기 때문이다. 이처럼 작가 최인호는 최연소 신춘문예 입선을 비롯해 최연소 신문연재소설 작가, 소설책(『별들의 고향』, 1973) 표지에 얼굴이 실린 최초의 작가이자 작품이 가장 많이 영화로 만들어진 작가 등 우리 문단에서 이색 기록을 가장 많이 보유하고 있는 작가다.

1983년 7월 25일 동화출판공사에서 초판 1쇄가 발행된 『고래사냥』의 표지를 보면 동해바다를 연상하게 만드는 푸른색 바탕에 한글 제목 '고래사냥'이 위쪽에 표기되어 있고 그 아래에 2행에 걸쳐 한자로 '崔仁浩 / 長篇小說'이란 글자가. 맨 아래에는 출판사 이름이 자리잡고 있다. 특이한 것은 표지의 오른쪽에 치우쳐서 절반 가량만 보이는 작가의 얼굴 그림이다. 하지만 이내 표지 날개를 젖혀보면 작가의 얼굴이 표지와 날개에 걸쳐 인쇄된 것임을 알 수 있다.

표지 날개 하단에 '裝幀: 朴昇雨'라고 되어 있으나 '박승우'가 실제 어떤 인물인지는 알 길이 없다. 아마도 작가 얼굴 그림 또한 그의 솜씨인 듯하다. 뒤표지를 보면 "우리들의 용감한 고래 사냥꾼 병태, 민우 그리고 춘자! / 이들이 펼치는 현대판 청춘 서유기!"라는 홍보문

『고래사냥』 펼침 표지

구 아래 책 속에서 병태가 떠올렸던 노래 '고래사냥'의 가사가 새겨져 있다.

간기면은 본문 용지에 인쇄되어 있는 것이 아니라 면지(面紙)[67]에 별도로 간기(刊記) 사항을 기록하여 인쇄한 용지를 붙여 놓았다. 초판 1쇄 발행 후 40년 가까운 세월이 흘렀음에도 여전히 선연하게 빛나고 있는 인지(印紙)의 붉은빛이 매우 인상 깊었다. 발행인으로 표기되어 있는 임인규 대표는 동화출판공사를 설립하여 한국사상전집 등 수백 종의 문학전집과 단행본을 출간했으며, 대한출판문화협회

67 책의 처음과 끝에 들어가는 용지이며 주로 색지를 사용한다. 본문을 보호하는 역할을 하며, 양장제책(하드커버)의 경우 표지와 본문용지를 연결하여 떨어지지 않게 해준다.

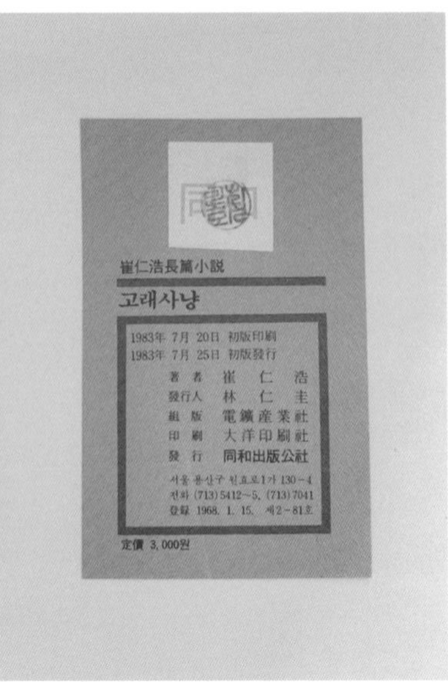

崔仁浩長篇小說

고래사냥

1983年 7月 20日 初版印刷
1983年 7月 25日 初版發行

著者 崔仁浩
發行人 林仁圭
組版 電鑛産業社
印刷 大洋印刷社
發行 同和出版公社

서울 용산구 원효로1가 130-4
전화 (713) 5412~5, (713) 7041
登録 1968. 1. 15. 제2-81호

定價 3,000원

『고래사냥』 뒤표지와 간기면

회장과 제13대 국회의원을 지내기도 한 우리 출판계의 대표적 인물로 2015년 76세에 타계했다.

이제 작가 최인호 선생과 『고래사냥』에 관한 이야기를 마무리하려고 보니 아무리 뛰어난 묘사로도 그 도저한 흔적을 정리하기가 쉽지 않음을 깨닫게 되었다. 어떻게 할까 고심하다가 오랜 세월 작가를 지켜본 언론인, 그중에서도 문학전문기자로 필명이 높은 최재봉 기자의 글을 빌리기로 했다. 고인의 명복을 빈다.

대중과 문학을 넘나든 '영원한 청년 작가'

25일 침샘암 투병 끝에 별세한 소설가 최인호 씨는 1960~70년대 한국 모더니즘 문학의 기수로 평가받는다. 고교 2학년이던 1963년 단편 「벽 구멍으로」가 《한국일보》 신춘문예에 가작 입선한 그는 군 복무 중이던 1967년 단편 「견습환자」로 《조선일보》 신춘문예에 당선하면서 정식으로 문단에 나왔다.

「타인의 방」, 「처세술 개론」, 「술꾼」 등 등단 직후 그가 쏟아낸 단편들은 참신한 문장과 날카로운 세계 인식으로 호평을 받았다. 급격한 산업화와 도시화 속에서 현대인이 겪는 고독과 소외, 비인간화 같은 부작용들이 그의 붓끝에서 인상적인 표현을 얻었다. 1960년대 벽두 '감수성의 혁명'이라는 상찬을 들었던 김승옥의 뒤를 최인호가 이을 것이라는 기대가 팽배했다. 그러나 최인호는 문단의 기대와는 '다른' 방식으로 김승옥을 계승했다. 세는 나이로 약관 스물여덟이던 1972년 《조선일보》에 소설 「별들의 고향」을 연재한 것이 분기점이었다. 호스티스로 불린 유흥가 여성 경아를 주인공 삼은 이 소설은 상·하권 합쳐 100만부가 넘게 팔림은 물론 작가 자신의 각색을 거쳐 영화로도 만들어져 역시 큰 인기를 끌었다. 1970년대를 풍미한 '청년문화'의 기수로 일약 발돋움한 그는 그 뒤로도 「내 마음의 풍차」, 「바보들의 행진」, 「도시의 사냥꾼」, 「적도의 꽃」, 「겨울 나그네」 같은 감각적인 '청춘물'을 부지런히 신문에 연재하면서 대중의 인기를 끌었지만, 그에게 큰 기대를 걸었던 문단 쪽에는 큰 아쉬움을 남겼다.

'문학' 대신 '대중'을 택한 셈이었는데, 1994년판 『별들의 고향』에 붙인

장문의 '작가의 말'에서 그는 자신이 대중문학으로 방향을 틀게 된 배경을 솔직하게 설명해 놓고 있다. 당시 참여적 사실주의 문학 진영의 지지를 받았던 황석영에 대한 '대항마'로 최인호를 염두에 두었던 문학과지성사 등 자유주의 문학 진영이 최인호에게 대중이냐 문학이냐 택일하라는 요구를 했고 그에 반발이라도 하듯 최인호는 각종 영화의 시나리오를 쓰고 '걷지 말고 뛰어라'라는 영화로 직접 감독 데뷔까지 하는 등 제 갈 길을 갔다는 것이었다. 소설을 아주 버린 것은 아니었지만, 자신이 지닌 재능의 상당량을 영화 쪽에 쏟았다는 점에서 그는 선배 작가 김승옥의 뒤를 이은 셈이다.

장년기에 접어든 1980~90년대에 그는 역사와 종교 쪽으로 눈을 돌려 「잃어버린 왕국」, 「왕도의 비밀」, 「길 없는 길」, 「해신」, 「상도」, 「유림」 등의 소설을 역시 신문 연재를 거쳐 단행본으로 내놓았으며 이 작품들은 청년기의 현대물들 못지않은 베스트셀러가 되었다.

1982년에 중편 「깊고 푸른 밤」으로 이상문학상을 수상했고 2001년엔 이 작품이 포함된 소설집 『달콤한 인생』을 펴내는 등 최인호는 본격문학과의 끈을 완전히 끊지는 않는 듯한 면모를 보였다. 그러나 그나마 「깊고 푸른 밤」을 제하면 이 책에 수록된 다른 작품들은 소설이라기보다는 콩트나 우화에 가까운 것들이어서 작가의 오랜 '외도'가 남긴 깊은 흔적을 짐작하게 했다.

한편 최인호는 월간 교양지 《샘터》 1975년 9월호부터 2009년 10월호까지 자신의 가족과 주변 사람들 이야기를 일기나 에세이처럼 쓴 소설 「가족」을 연재했다. 2008년 발병한 침샘암 때문에 부득이 연재를 중단하게 된 그는 2009년 10월호《샘터》에 실은「가족」마지막 402회 '참말로 다시 일어나고 싶다'에서 "갈 수만 있다면 가난이 릴케의 시처럼 위대한 장미꽃이 되는 불쌍한 가난뱅이의 젊은 시절로 돌아가고 싶다.(…)그리고 참말로 다시 일·어·나·고·싶·다"는 바람을 밝히기도 했다.

암 투병으로 힘든 상황에서도 그는 2011년 5월 회심의 장편『낯익은 타인들의 도시』를 내놓으며 '재기'를 선언했다. 제목에서부터 초기 대표 단편「타인의 방」을 연상시키는 이 작품은 '대중 작가' 최인호가 자신의 출발점이었던 본격문학으로 돌아가고자 하는 의지를 상징적으로 그린 것처럼 읽혔다. 둘로 분열되었던 주인공 케이(K)가 실존의 고투를 겪으며 하나로 재통합되는 장면에서는 아닌 게 아니라 '두 최인호'의 통합을 향한 의지가 보이기도 했다.

그렇게 우여곡절이 깊었던 자신의 지난 문학을 재통합하고자 몸부림쳤던 작가 최인호는 등단 50주년에 맞춘 듯 숨을 멈추었다.

최재봉 기자(《한겨레신문》, 2013.09.26.)

열세 번째 이야기

생사의 기로에서도 국가와 민족을
먼저 걱정했던 정치 거목의 처연한 기록

김대중 옥중서신_민족의 한을 안고

김대중 지음 / 청사 / 1984년 8월 15일 발행

김대중옥중서신

민족의 한을 안고

靑 史

대한민국 민주화를 위해 온몸을 던진 사형수가 옥중에서 보낸 편지

1970년와 1980년대를 거치면서 박정희 유신정권과 전두환 신군부의 권력 찬탈이 본격화하면서 민주화 인사들에 대한 탄압이 노골적으로 자행되던 시기에 누구보다도 큰 시련을 겪은 정치인을 꼽으라면 단연 김대중 전 대통령이 아닐까 싶다. 인터넷 백과사전(위키백과)에 소개된 다음과 같은 그의 이력을 보면 인생 전체가 짐작조차 힘든 역경의 세월이었음을 알 수 있다.

김대중(金大中, 1924년 1월 6일~2009년 8월 18일)은 대한민국의 제15대 대통령이다. 군부정권의 위협으로 여러 번 죽을 고비를 넘기면서 김영삼과 함께 오랫동안 민주 진영의 지도자로 활동하며 군사 정권에 항거하였다. 이후 대통령에 당선되며 직선제 및 민간정부 출범 이후 최초의 평화적인 정권교체를 이루었다.

전라남도 신안군 하의도에서 태어났고, 제6~8·13·14대 국회의원을 지냈으며, 15대 대통령으로 선출되었고, 대통령 재임 중 노벨 평화상을 받았다. 김대중은 군부정권으로부터 납치와 가택연금, 투옥 등의 여러 탄압을 받았다. 1987년 6월 민주항쟁 이후에는 통일민주당의 상임고문으로 활동하며 민주화추진협의회를 구성해 이른바 민주진영을 구축하였다. 인권향상과 남북관계의 진전에 기여한 공로로 2000년 임기 중에 한국인 역사상 최초로 노벨 평화상을 수상하였다. 2000년 노르웨이 라프토(Rafto) 인권상, 1998년 무궁화 대훈장, 1998년 국제인권연맹 인권상, 1999년 미국 필라델피아 자유의 메달, 북미주 한국인권연합 인권상, 미국 조지 미니(George Meany) 인권상, 브루노 크라이스키(Bruno Kreisky) 인권상을 수상하였다. 연설에 능하였으며, 국회에서 가장 오래 연설한 기록으로 기네스북 증서를 받았다. 추운 겨울에도 온갖 풍상(風霜)을 참고 이겨내는 인동초(忍冬草)로 비유되어 불리기도 하였다.

1979년 10·26 사건으로 박정희 대통령이 시해된 후 12·12 군사반란으로 권력을 장악한 신군부는 집권 시나리오에 따라 1980년 5월 17일 비상계엄을 전국으로 확대하면서 정치활동 금지를 주요내용으로 담은 포고령 10호를 발표함과 동시에 김대중을 비롯한 재야인사 20여 명을 사회혼란 및 학생·노조 배후조종 혐의로 전격 연행했다. 그리고 신군부는 김대중을 조작한 내란음모사건의 주모자로 군사재판에 넘겨 사형을 선고했다. 당시 김대중은 “이 땅의 민주주의가 회복되면 먼저 죽어간 나를 위해서 정치보복이 다시는 일어나지 않도록 해달라"는 법정 최후 진술을 남겼다. 그리고 이 같은 사실이 국제사회에 알려지면서 큰 반향을 불러일으켜 지미 카터 전 미국 대통령, 도널드 그레그 전 주한대사를 비롯한 레이건 행정부, 세계 각국 지도자와 인권단체들이 구명운동에 나서게 된다.

돌이켜보면, 1964년 당시 야당 초선의원이었던 김대중은 본회의 연설에서 인상적인 필리버스터를 통해 국민들에게 각인되었다. 당시 야당이었던 자유민주당 김준연 의원이 국회 본회의에서 "공화당 정권이 한일협정 협상 과정에서 1억 3,000만 달러를 들여와 정치자금으로 사용했다"고 폭로하는 바람에 정국이 발칵 뒤집혔다. 그리고 여당이었던 공화당 출신 국회의장은 회기 마지막 날인 4월 20일 김 의원 구속동의안을 전격 상정했다. 이때 김대중이 의사진행 발언에 나섰다. 원고도 없이 진행된 김대중의 의사진행 발언은 회기 마감인 오후 6시를 넘겨 5시간 19분이나 이어졌다. 그는 한·일 국교 수립 과정의 잘못된 점, 김준연 의원 구속의 부당성 등을 조목조목 지적했고, 결국 구속동의안 처리는 무산됐다. 당시 의사진행 지연 발언(필리버스터)은 세계 최장의 기록이 인정되어 기네스 증서를 받았다.

또한, 1971년 제7대 대통령 선거에서 40대에 이미 신민당 대통령 후보가 되어 당시 서슬이 퍼렇던 박정희 대통령의 간담을 서늘하게 만들었던, 그리하여 박정희로 하여금 종신독재를 위한 유신헌법을 구상하게 했던 김대중의 저력은 어디에서 나온 것일까. 대통령 선거 유세 때마다 그곳이 어디든(한강 백사장, 장충단공원 등등) 김대중의 사자후(獅子吼)를 들으려는 유권자들이 구름떼같이 몰려들어 그야말로

■ 기본약력사항

성명	**김대중**(金大中) Kim Dae-jung
본관	김해(金海)
출생-서거	1926. 1. 6 ~ 2009. 8. 18
출생지	전라남도 신안
호	후광(後廣)
가족사항	영부인 : 이희호, 자녀 : 3남
취미	영화감상, 연극관람, 독서
종교	천주교
재임기간	1998. 2 ~ 2003. 2

대통령기록관 홈페이지에 있는 김대중 대통령의 기본약력사항

장관을 이루곤 했는데, 그렇게 연설을 잘할 수 있었던 비결은 또 무엇일까. 그 단서를 찾아 들어간 정부 대통령기록관 홈페이지 기본약력사항에서 취미 중 눈에 띈 단어는 바로 '독서'였다. 여가시간에는 한시도 손에서 책을 놓지 않을 정도로 독서광이자 장서가였다는 김대중의 면모를 확인하는 순간이었다.

그리고 『김대중 옥중서신_민족의 한을 안고』를 통해 그의 모든 내공은 '독서'에서 나왔음을 확실히 알게 되었다. 이 책에 담긴 내용은 제목 그대로 그가 옥중에서 보낸 편지들로 구성되어 있다. 그 시기는 바로 1980년 5월 신군부에 의해 연행되어 내란음모 혐의로 사형을 선고받고 복역하던 때였다. 1973년 8월에는 당시 중앙정보부 요원들에게 일본 동경에서 납치되어 죽을 고비를 넘겼던 그가 1980년에는 졸지에 사형수가 되어 죽을 날만 기다리는 신세가 되었던 것이다. 신군부가 조작한 김대중 내란음모사건은 그러나 전 세계적인 김대중 구명운동에 힘입어 막을 내리게 되고, 김대중은 신병치료를 위해 미국으로 건너가게 된다.

세 가지 판본의 『김대중 옥중서신』을 엿보다

1984년 8월 15일에 '도서출판 청사(靑史)'에서 초판 1쇄가 발행된 『김대중 옥중서신_민족의 한을 안고』 이전에 1983년 12월 1일에 미국 뉴욕 소재 '갈릴리문고'에서 초판이 발행된 『獄中書信_民族의 限을 안고』가 있었다.[68] 헌책방에서 우연히 두 종의 다른 듯 같은 책을 동시에 발견하고 구입한 것은 확실한데, 그 시기와 장소는 분명하지가 않다. 어쨌든 두 판본의 내용은 거의 유사하지만 미국 판에는 국내 판에 없는 '서문'이 붙어 있다. 이 서문에 다음과 같이 옥중서신을 쓰게 된 배경과 이 책의 발행 동기가 소상하게 나와 있다.

> 나의 일생은 우리 민족에의 경애와 고난받는 민중에의 헌신 속에 살고저 몸부리쳐 온 한의 일생이었다. 나는 내가 생명보다도 더 소중히 생각한 우리 민중들의 자유와 정의와 인간의 존엄성이 보장되는 민주사회

68 도서출판 청사 판본 이후에 여러 출판사에서 개정판이 발행되었다.

『김대중 옥중서신_민족의 한을 안고』 앞표지와 뒤표지

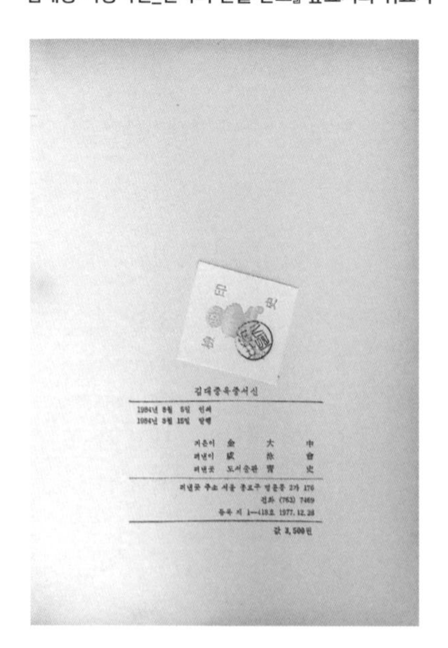
김대중옥중서신

1984년 8월 5일 인쇄
1984년 8월 15일 발행

지은이 金 大 中
펴낸이 [illegible]
펴낸곳 도서출판 靑 史

펴낸곳 주소 서울 종로구 명륜동 2가 176
전화 (763) 7469
등록 제 1—418호 1977. 12. 28

값 3,500원

『김대중 옥중서신_민족의 한을 안고』 간기면

의 토대를 세우고 통일에의 길만이라도 열고자 열망해 왔다. 그러나 운명은 나에게 무엇 하나 이루도록 허용함이 없이 모진 수난만 겪도록 한 것이다. 나는 본시 순교자가 되고자 한 것이 아니라 현실 정치에서 성공하여 국민을 위해 실제적 기여를 하고자 갈망했었다. 그러나 되풀이된 반민중적 정권 아래서 독재와 저항하여 민중의 편에 충실히 서고자 애쓰다 보니 순교자 같은 생활을 하지 않을 수 없게 됐다. 네 번이나 되는 죽음의 고비를 넘어야 했고, 십년에 걸쳐 감옥과 연금생활을 하게 됐다. 그 중에서도 80년 5월 17일 전두환 장군의 쿠데타에 의해서 구속된 이래 2년 7개월의 치욕과 고난에 찬 나날을 어찌 잊을 것인가! 군사독재자들은 나를 온갖 거짓말로 중상하고 사형으로 위협했다. 그러나 다른 한편으로는 자기네와 협력하면 목숨을 부지하는 것은 물론 모든 부귀영화도 아울러 보장하겠다고 유혹했던 것이다. 그 때 나는 일견 죽음과 삶, 파멸과 영화의 갈림길에 선 것 같이 보였다. 이러한 인간 실존의 한계 상황 속에서 나를 지탱시키고 끝내 시련을 극복하게 한 것은 무엇이었던가. 그것은 나의 신앙의 힘이요, 역사에의 신념이요, 우리 민족에의 경애와 믿음이었다. 이러한 믿음이 없었던들 나는 좌절했을지 모르는 일이며 마음의 평화와 건강을 유지할 수 없었을 것이다. 나를 지탱해 준 것들에 대한 사색과 침잠(沈潛), 나의 마음의 행로를 한 달에 한 번씩 가족에만 허용되는 편지를 통하여 엮은 것이 오늘 이 책으로 나오게 된 것이다.

— 미국 판 '서문_민중이 주인이 되는 시대' 중에서(9~10쪽)

이어지는 글에서 그는 "나는 특히 아버지로 인하여 온갖 고난과

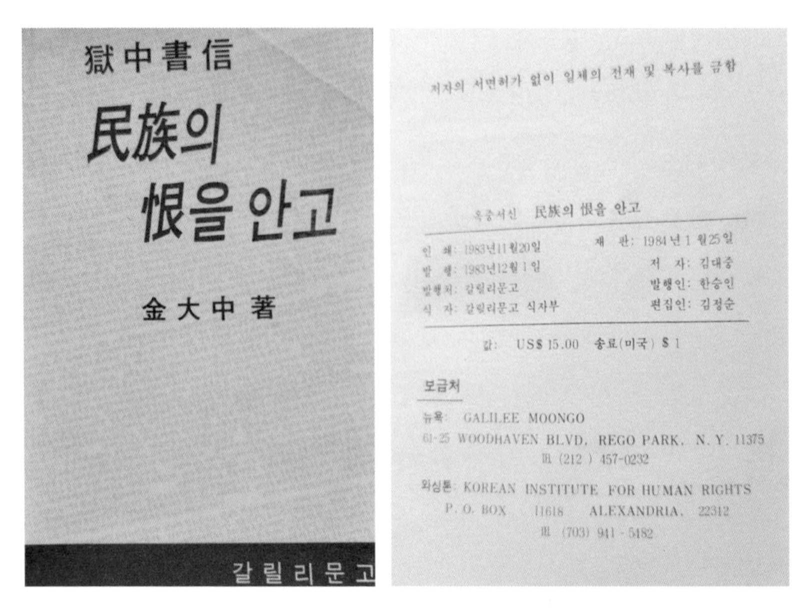

저자의 서면허가 없이 일체의 전재 및 복사를 금함

옥중서신 民族의 恨을 안고

인 쇄: 1983년11월20일 재 판: 1984년 1 월25일
발 행: 1983년12월 1 일 저 자: 김대중
발행처: 갈릴리문고 발행인: 한승인
식 자: 갈릴리문고 식자부 편집인: 김정순

값: US$ 15.00 송료(미국) $ 1

보급처

뉴욕: GALILEE MOONGO
61-25 WOODHAVEN BLVD, REGO PARK, N. Y. 11375
℡ (212) 457-0232

와싱톤: KOREAN INSTITUTE FOR HUMAN RIGHTS
P. O. BOX 11618 ALEXANDRIA, 22312
℡ (703) 941 - 5482

『김대중 옥중서신_민족의 한을 안고』 미국판 앞표지와 간기면

시련을 겪지 않으면 안 되는 자식들을 위하여 무엇인가 그들에게 얻는 바가 있게 하고자 이 편지의 내용을 엮어 나갔다. 교도소 당국이 봉함엽서 한 장밖에 허용치 않기 때문에 깨알 같은 글씨로 적어야 했다. 일본의 어떤 신문이 표현한 대로 쌀알의 반 토막 크기의 글씨로 1만8천 자까지 적어 넣었다 한다. 소요시간은 열두서너 시간까지 걸렸었다."고 고백한다. 실제로 미국 판과 국내 판 모두 표지를 보면 김대중이 봉함엽서에 깨알같이 적어 내려간 편지글이 바탕에 깔려 있다. 독자들의 이해를 돕기 위해 미국 판 뒤표지에는 "이 표지 바닥에 연하게 깔린 작은 글씨는 김대중 선생의 옥중서신의 실물 크기이다.", 국내 판 뒤표지에는 "이 표지 바닥에 깔린 작은 글씨는 저자가

옥중에서 봉함엽서에 쓴 글씨의 실제 크기이다."라고 인쇄해 놓았다. 편지를 쓴 사람도 그렇지만 편지를 받아 읽은 사람도 그 노고가 이만저만이 아니었을 듯하다.

한편, 미국 판본은 당시 미국 현지에서의 한글판 출판이 여의치 않았던 듯 편집 상태가 좋지 못하다. 우선 활자 인쇄 상태가 고르지 못한 것이 완연해 보이고, 표지 또한 앞과 뒤에만 봉함엽서를 바탕에 두고 활자로 제목 및 저자명 등이 인쇄되어 있을 뿐 표지 날개라든가 표2, 표3의 구성 없이 백면 그대로 드러나 있다. 간기면(刊記面)에 따르면 '갈릴리문고'에서 발행했으며, '갈리리문고 식자부'에서 식자(植字)[69]를 했다고 표기된 것으로 보아 출판사 자체에 활자 조판소를 구비하고 있었던 듯하다. 반면에 국내 판 표지는 앞표지에 저자의 고뇌에 찬 얼굴 실루엣 이미지가 실려 있고, 앞뒤에 모두 날개를 두고 거기에 책 내용의 일부를 발췌해서 실었다.

본문 내용의 구성에도 차이를 보이는데, 우선 미국 판본은 속표지에 이어 4쪽에 걸쳐 흑백화보가 실려 있고, '차례'에 이어 '서문'으로 시작해서 〈부록〉으로 끝난다. 〈부록〉은 '부록1_옥중단시'와 '부록2_한 양심수의 보고 및 권고'로 이루어져 있는데, '부록2'는 1983년 6월 10일 미국 조지아 주 애틀랜타(Atlanta)에서 있었던 '국제사면위원회 미국총회'에서의 연설 전문(全文)을 담은 것이었다. 반면에 국내 판본은 면지와 속표지 사이에 본문과는 다른 재질의 종이에 앞표지에

69 문선공(文選工)이 뽑아 놓은 활자로 원고에 맞추어 판(版)을 짜는 일.

주여! 국민의 행복을 위해서, 국가의 안정을 위해서 진정한 민주주의가 이 나라에 확고하게 이루어지도록 은혜를 베푸소서.

백성은 나라의 주인이며 역사의 주체입니다. 그러나 민중은 언제나 소외되고 그 권리는 무시되어 왔읍니다. 그러나 민중의 자기권리의 회복은 스스로의 각성과 노력과 희생에 의해서만 이루어질 수 있으며 그것 만이 정도입니다. 주여 우리겨레가 주님의 뜻에 따라 폭력과 파괴를 배제하되 그러나 끈질긴 노력과 전진으로 주님이 주신 천부의 권리를 완전히 누릴 수 있도록 그들을 깨우치고 일으켜 주소서.

——본문 제29신 기도문에서

국내판 간지

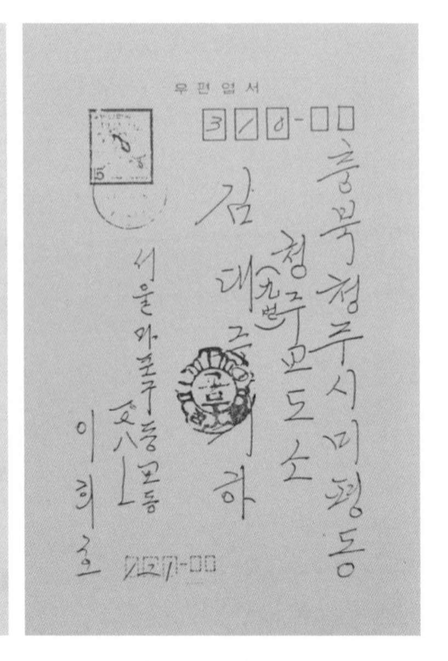

봉합엽서_김대중_겉면

존경하고 사랑하는 당신에게 (그리고 사랑하는 자식들에게)

[illegible]

봉합엽서_김대중_내용

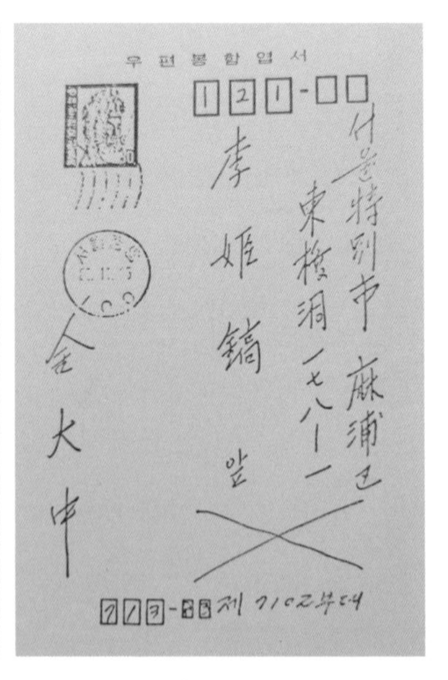

봉합엽서_이희호_겉면

실린 실루엣의 원판으로 보이는 저자의 얼굴사진과 함께 본문의 내용 중 일부가 인쇄되어 있고, 그 뒤에 속표지가 나오고, 이어서 저자가 부인 이희호 여사 앞으로 보낸 봉함엽서 앞면 이미지가, 그 뒤쪽에는 봉함엽서 안쪽의 육필사연 이미지가 인쇄되어 있다. 그리고 미국 판본에서는 부록으로 실려 있던 '옥중단시'가 나온 다음 차례를 배치했고, 이하 내용은 서로 같다. 본문을 살펴보면 모두 29번에 걸쳐 김대중 전 대통령이 감옥에서 쓴 편지글과 함께 말미에는 부인 이희호 여사가 1980년 11월과 12월에 걸쳐 보낸 편지글 5편, 그리고 큰아들 '홍일', 둘째아들 '홍업', 막내아들 '홍걸'이 아버지에게 쓴 편지글이 한 편씩 실려 있다.

구체적으로 본문을 살펴보면, 김대중의 편지글은 각각 '제1신'부터 '제29신'까지 내용에 따라 제목을 붙여놓았는데, 특히 제1신부터 제5신까지는 사형 언도에 대한 감형 조치가 있기 전의 것이어서인지 제목과 내용이 매우 비장하다.

1980년 11월 21일에 쓴 '제1신'은 부인 이희호 여사에게 보낸 것으로 제목은 '결단의 신앙과 죽음의 임박'이다. '존경하며 사랑하는 당신에게'로 시작되는 이 편지에서 김대중은 "지난 5월 17일 이래 우리 집안이 겪어 온 엄청난 시련의 연속은 우리가 일생을 두고 겪은 모든 것을 합친다 해도 이에 미치지 못할 것입니다."라면서도 "하느님의 사랑 그리고 당신의 힘이 없었던들 우리가 어떻게 이 반년을 지탱해 올 수 있었겠습니까."라고 하여 천주교 신자로서의 믿음과 함께 부인에 대한 사랑을 잃지 않고 있다. 하지만 은연중에 사형수로서의 절망감도 감출 수 없었던 듯 "나는 지금까지 나 자신이 어느 정도의 신앙을 가지고 있다고 믿었습니다. 그러나 막상 이제 죽음을 내다보는 한계상황 속에서의 자기실존(自己實存)이라는 것이 얼마나 허약한 믿음 속의 그것인가 하는 것을 매일같이 체험하고 있습니다."라고 토로하고 있다. 또한, 편지 내용의 상당부분을 예수 부활에 관한 자기 생각과 함께 가족 및 주변 사람들에 대한 미안함으로 채우고 있다.

1980년 11월 24일에 쓴 '제2신'의 제목은 '진정한 사랑의 힘은'이며, '사랑하는 아들 홍업에게'로 시작한다. 김대중의 둘째아들인 '홍업'은 1980년 5월 17이후 전국적인 지명수배를 받았으며, 그해 8월 30일에 체포되어 구속당했다가 11월 6일에 석방된 후 미국에 체류 중이었다. 이 편지는 "나는 너를 생각할 때마다 언제나 죄책감에 가까운 무거운 부담을 느낀다."로 시작하여 "용서와 사랑은 진실로 너그러운 강자만이 할 수 있다. 꾸준히 노력하며 하느님께 자기가 원수를 용서하고 사랑하는 힘까지 가질 수 있도록 도와주시기를 언제나 기구하자. 그리하여 너나 내가 다 같이 사랑의 승자가 되자."라는 말로 맺고 있다. 내용은 대부분 사랑과 용서의 중요성에 관한 것으로, 당시 김대중의 초연한 심정을 잘 표현하고 있다.

그밖에 1980년 12월 7일에 쓴 '제3신'의 제목은 '누구를 단죄할 수 있겠는가'로, 막내아들 '홍걸'에게 보낸 것이며, 1980년 12월 19일에 쓴 '제4신'의 제목은 '무리는 말고 쉬지도 말자'로, 당시 수감 중이던 큰아들 '홍일'의 부인, 즉 큰며느리에게 보낸 것이다. 그리고 1981년 1월 17일에 쓴 '제5신'은 '부활에의 확신'이란 제목이 붙어 있으며,

『김대중 옥중서신_민족의 한을 안고』 영문판 앞표지와 뒤표지

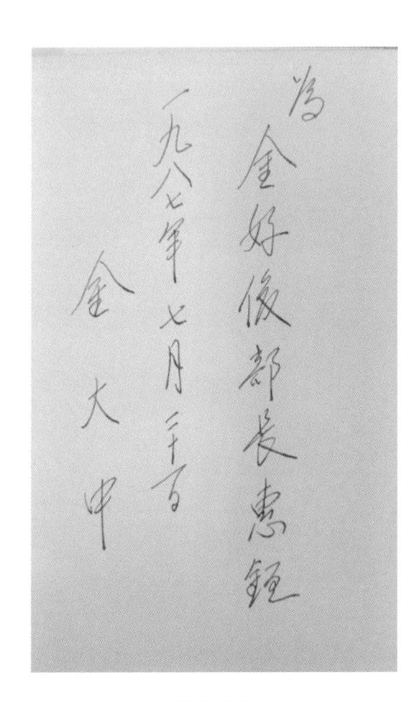

증정 서명

다시 부인 이희호 여사에게 보낸 편지로 '나의 경애하는 당신에게'로 시작한다. 특히, 세 아들의 품성 중에서도 장점을 일일이 들어 칭찬하는 대목을 보면 제대로 아버지 노릇을 못한 회한이 얼마나 큰지 짐작할 수 있다. 1981년 1월 29일, 마침내 '제6신'에 이르면 '고난에 찬 새로운 삶의 출발'이란 제목으로 자식들과 며느리에게 보내는 편지에서 "하느님의 무한하신 사랑으로 목숨을 다시 보존하게 된 것을 생각하면 특히 일생에 네 번이나 목숨을 건져주신 하느님의 은총을 생각하면 한없는 감사와 기쁨을 느낄 뿐이다."라는 표현으로 새로운 '희망'을 말하기 시작한다.

자, 이쯤에서 다른 얘기를 해보려고 한다. 몇 년 전 어느 날, 낯선 번호로 전화가 걸려 왔다. 경희대학교 대학원 은사님이자 박사학위 논문 지도교수 '이광재' 선생님 소개로 전화를 했다는 그분은 뜻밖에도 원로 언론인 '김호준(金好俊)' 선생이었다. 전화내용인즉슨, 새 집으로 이사하기 위해 오래 된 자택의 서재를 정리하고 있는데, 혹시 당신의 장서를 가져갈 수 있겠느냐는 것이었다. 좌고우면(左顧右眄)할 까닭이 없었다. 그렇게 해서 몇 차례에 걸쳐 김호준 선생의 장서를 연구실로 옮겼다. 그리고 그 속에서 1987년 미국 캘리포니아대학 출판부에서 발행한 '김대중 옥중서신' 영문판(《prison writings》)을 발견했다. 게다가 그 책은 당시 김대중 통일민주당 상임고문이 당시 서울신문 정치부장을 맡고 있던 김호준 선생에게 친필 서명을 담아 건넨 증정본이었다. 유려한 필체가 만년필을 통해 여전히 선명한 잉크색으로 남아 있는 영문판 서명본을 보며, 한 시대를 풍미했던 정치거목의 흔적을 느끼는 감회가 새로웠다. 이렇게 해서 한글판 미국 판본과 국내 판본, 그리고 영문판까지 '김대중 옥중서신' 3종 세트를 모두 갖추게 되었다.

정치인 이전에 장서가이자 독서광이었던 김대중의 참모습을 보는 즐거움

서양에서는 일찍이 서구 근대 사상사(思想史)에 큰 영향을 미친 안토니오 그람시(Antonio Gramsci, 1891~1937)의 『옥중수고』(獄中手稿)[70]가 있었다면, 우리나라에서는 다산(茶山) 정약용(丁若鏞, 1762~1836) 선생의 『유배지에서 보낸 편지』[71]와 신영복(申榮福, 1941~2016) 선생의 『감옥으로부터의 사색』[72], 그리고 황대권(黃大權, 1955~) 선생의

70 우리나라에 번역 발행되어 있는 『옥중수고』 I·II의 원제목은 『옥중수고 선집』이다. 그람시는 감옥에 갇혀 있던 1926년에서 1935년까지 대학노트 32권에 2800쪽이 넘는 방대한 초고를 남겨 놓았다. 이 초고들 가운데 마르크스주의에 새로운 영감과 통찰을 안겨준 수고들을 선별해 편집한 저작이 『옥중수고 선집』이다. 이 책은 〈역사와 문화의 문제〉, 〈정치에 대한 노트〉, 〈실천 철학〉으로 나누어져 있다. 〈역사와 문화의 문제〉는 '지식인', '교육에 관하여', '이탈리아 역사에 대한 수고'로 구성돼 있고, 〈정치에 대한 노트〉는 '현대의 군주', '국가와 시민사회', '미국주의와 포드주의'로, 〈실천 철학〉은 '철학 연구', '마르크스주의의 여러 문제'로 구성돼 있다.

71 정약용의 편지글을 모아 다산학 연구자 박석무(朴錫武)가 편역한 책.

72 통혁당 사건으로 20년 20일 동안 무기수가 되어 감옥에 갇혀 지내야 했던 저자가 가족들에게 보낸 편지를 모아 엮은 책.

『야생초 편지』[73] 같은 저술이 독자들에게 널리 알려져 있다. 모두 저자가 감옥에 갇혀 있는 동안 저술된 것이라는 공통점뿐만 아니라, 자유롭지 못한 시간과 공간 속에서 어떻게 그토록 훌륭한 저술을 남길 수 있었을까 싶을 정도로 경이로운 저작들이다. 다산이 척박한 유배지에서도 걸출한 저서들을 여럿 써내려가는 한편 가족들에게 보낸 편지를 통해 통해 자상한 아버지로서의 면모와 함께 대학자로서의 모습을 보여준다면, 신영복 선생은 1968년부터 무려 20년 20일 동안 감옥에 있으면서도 지성인의 면모를 꼿꼿이 지켜냈으며, 황대권 선생은 누구나 하찮게 여길 법한 야생초와 더불어 모진 세월을 견디며 새로운 생명사상을 일구어 냈다.

그렇다면 김대중 전 대통령은 어떠했는가. 앞서 살핀 것처럼 한 달에 한 번씩 가족에게만 허용되었던 봉함엽서 하나에 "쌀알의 반 토막 크기의 글씨로 1만8천 자까지 적어 넣었다"는 김대중의 편지글이란 게 대체 어떤 것이었을까. 누구든 읽어보면 짐작하겠지만, 감옥에 도서관이 있었던 것도 아니고, 요즘처럼 인터넷 검색을 할 수 있었던 것도 아닐 텐데, 어쩌면 내용이 그토록 도저할 수 있을까 경탄스러웠다. 그 박학다식함의 근원은 무엇일까 싶었는데, 아니나 다를까, 편지글 속에 여기저기 단서가 들어 있었다. 예컨대, '죽음의 고비 뒤에 오는 고독'이란 제목으로 실린 '제7신'(1981년 2월 21일)의 말미에 보

73 학원간첩단 조작사건에 연루, 13년 2개월간 수감되었던 저자가 감옥에서 유일한 벗으로 삼았던 야생풀들에 대한 편지글들을 모아 엮은 책.

면 부인에게 [다음 책을 넣어 주시오. 1) 칸트 실천이성비판, 2) 갈브레이드의 "불확실성의 시대"와 "경제학과 공공목적", 3) 쏠제니친의 "암병동(영문)" 집에 있소, 4) 기타 신앙관계 체험 서적(특히 공산권에서)]라고 적고 있다. 사형수에서 겨우 감형을 받았지만 여전히 목숨이 위태로운 감옥에 있는 처지에 '책'이라니. 그것도 자유로운 일반인들조차 읽기 힘든 고전(古典)들만 찾고 있다니. 게다가 집에 두고 온 책까지 기억해서 소환하다니. 그리고 이것은 매우 미미한 시작에 불과했다. '제8신'부터는 적게는 10권에서 많게는 수십 권에 이르기까지 요청하는 도서의 양과 질이 엄청나게 늘어난다. 국내 도서와 번역서, 문학과 교양, 사회과학과 자연과학 등 분야를 넘나들며 종횡무진하는 김대중의 독서력은 가히 광적인 수준이다.

이처럼 다양하고도 고도한 독서력을 바탕으로 그는 편지를 통해 자기 생각과 신념을 논리정연하게 밝힘으로써 섭렵한 지식을 모두 소화시켰음을 보여준다. 그리하여 가족에게 보내는 편지에서 '한국경제의 구조'를 반성하는가 하면, 플라톤을 비롯한 아리스토텔레스와 루소 등 '철학자들의 정치관'을 비판하는 경지에 이른다. 아마도 이 같은 지식에의 욕구와 독서력을 지렛대삼아 훗날 'IMF 구제금융'의 여파를 극복하는 지도력을 발휘하고, 남북관계의 긴장완화를 이끌어 냄으로써 노벨 평화상을 수상했으며, '책 읽는 대통령'의 이미지를 성공적으로 완성함으로써 문화강국으로서의 대한민국을 설계했으리라.

결국 『김대중 옥중서신_민족의 한을 안고』는 정치인 김대중의 사상서로 읽힌다. 그것도 감옥에서 일군 사상의 완결판으로 그의 탁월한 균형감각이 잘 반영되어 있다. 이제 그는 이 세상 소풍을 마치고 떠나갔지만, 이 책 말고도 수많은 사연과 저술을 남겼지만, 아마도 가장 혹독했던 절망의 나락에서 핏빛 잉크로 써내려간 그때의 '옥중서신'에 녹아 있는 '김대중'이야말로 우리가 알고 있는 그 '김대중'의 진면목이 아닐까. 끝으로, 마지막 편지 '제29신'은 '사색의 단편'이란 제목 아래 모두 아홉 개의 짧은 생각들로 마무리하고 있다. 그 중 다섯 번째 생각에 머물러 본다. 함께 생각해 볼 일이다.

만리장성은 진시황이 만들었다. 석굴암은 김대성이 만들었으며, 경복궁은 대원군이 건축했다고 역사는 기록한다. 이것은 누구도 의심하지 않지만 잘 생각하면 터무니없는 허구다. 진실한 건설자는 그들이 아니라 이름도 없는 석수, 목수, 화공 등 백성의 무리들이었다. 우리는 이 사실을 정확히 깨달을 때 이름없는 백성들에 대한 외경심과 역사의 참된 주인에 대한 자각을 새로이 하게 된다.

열네 번째 이야기

아내의 영전에 바친 못다 한 말들이 모여 밀리언셀러 시집이 되다

접시꽃 당신

도종환 시집 / 실천문학사 / 1986년 12월 10일 발행

도종환 서정시집

실천문학의 시집 37

접시꽃 당신

참여문학과 순수문학의 경계를 넘나들며 시문학의 극치를 보여준 시인

1980년대는 한마디로 격동의 시대였다. 예술계 그중에서도 특히 문학계는 '참여' 혹은 '순수' 논쟁으로 들끓었던 시절이었다. 그렇다 보니 서정시는 차마 고개를 내밀기 어렵던 그때, 충북 청주 출생의 지역 국립대 국어교육과 출신 교사가 출간한 두 번째 시집이 말 그대로 대박을 터뜨렸다. 시집으로서는 상상하기 힘든 밀리언셀러……. 세간의 평가는 엇갈렸다. 그도 그럴 것이 당시 창작과비평사에서 발행한 시인의 첫 번째 시집 『고두미 마을에서』는 민족·민중문학의 이념을 충실히 구현하고 있어서 참여문학 계열로 구분하는 데 별 어려움이 없는 반면, 1년여 만에 펴낸 『접시꽃 당신』은 지극히 서정적이고 대중적인 작품성을 구현함으로써 상반된 형식적 전환을 보여주고 있었기 때문이다. 굳이 평론가적인 안목이 아니더라도 첫 시집과 두 번째 시집은 심각한 괴리를 보여준다. 그럼에도 첫 시집에서는 보이지 않았던 시인의 존재감이 두 번째 시집에서 두각을 나타낸 이유는 무엇일까. 표제작 「접시꽃 당신」은 다음과 같이 비극적인 상황에서의 가슴 절절한 사랑을 노래한다.

옥수수 잎에 빗방울이 나립니다
오늘도 또 하루를 살았습니다
낙엽이 지고 찬바람이 부는 때까지
우리에게 남아 있는 날들은
참으로 짧습니다
아침이면 머리맡에 흔적 없이 빠진 머리칼이 쌓이듯
생명은 당신의 몸을 우수수 빠져나갑니다.
(중략)
처음엔 접시꽃 같은 당신을 생각하며
무너지는 담벼락을 껴안은 듯
주체할 수 없는 신열로 떨려왔습니다
그러나 이것이 우리에게 최선의 삶을
살아온 날처럼, 부끄럼 없이 살아가야 한다는
마지막 말씀으로 받아들여야 함을 압니다
(중략)
보다 큰 아픔을 껴안고 죽어가는 사람들이
우리 주위엔 언제나 많은데
나 하나 육신의 절망과 질병으로 쓰러져야 하는 것이

가슴 아픈 일임을 생각해야 합니다

(중략)

옥수수잎을 때리는 빗소리가 굵어집니다.

이제 또 한 번의 저무는 밤을 어둠 속에서 지우지만

이 어둠이 다하고 새로 새벽이 오는 순간까지

나는 당신의 손을 잡고 당신 곁에 영원히 있습니다

1년 앞서 발행한 첫 번째 시집의 표제작으로 '단재(丹齋) 신채호(申采浩) 선생(先生) 사당을 다녀오며'라는 부제가 달린 「고두미 마을에서」라는 작품에서 "뉘 알았으랴 쪽발이 발에 채이기 싫어 / 내 자란 집 구들장 밑 오그려 누워 지냈더니 / 오십 년 지난 물소리 비켜 돌아갈 줄을. / 눈녹이물에 뿌리 적신 진달래 창꽃들이 / 앞산에 붉게 돌아 이 나라 내려볼 때 / 이 땅에 누가 남아 내 살 네 살 썩 비어 / 고우나고운 핏덩어릴 줄줄줄 흘리련가."라고 읊었던 시인이라고 짐작이나 할 수 있을까 싶다.

하지만 속표제지 다음 면에 나오는 헌사를 보면 이 시집이 왜, 어떻게 쓰였는지 짐작하고도 남음이 있다. "앞서 간 / 아내 구수경의 영전에 / 못다한 이 말들을 바칩니다". 이런 헌사로도 안 되겠다 싶었던지 시인은 시집 말미의 '책 뒤에'라는 글에서 "오랫동안 참 여러 이웃께 미안합니다. / 제 개인의 가슴아픈 넋두리를 이제 무슨 여럿이서 할 소리라고 시집으로 엮는가 하는 생각을 하면 낯이 뜨거워집니다. / 어떤 한 사내가 앞서 간 제 아낙에게 한 혼잣말이라고 보아주시고 너

그러이 넘겨주시기 바랍니다."라고 적고 있다. 실제로 도종환 시인은 훗날 「접시꽃 당신」을 쓰게 된 배경을 다음과 같이 회상하고 있다.

아내가 고통스러워하는 모습을 보며 어떻게든 사람을 살려야겠다고 백방으로 뛰어다녔습니다. 암을 이긴 이들이 썼다는 약 이야기를 들으면 전국 어디든 찾아갔습니다. 그러면서 정작 당사자에겐 병명을 정확히 말하지 못하고 있었습니다. 의사는 본인에게 병명을 알려주라고 하였습니다. 그런데 차마 입에서 말이 떨어지지 않아 말을 하지 못하고 자꾸 미루기만 하고 있었습니다. 그러다 더 미룰 수 없게 된 날 어떤 방식으로 말을 해 주어야 할 것인가를 고민하며 밤을 새우다시피 했습니다. 옥수수잎에 빗방울이 투두둑 떨어지는 밤이었습니다. 아침에 시내버스를 타고 학교로 출근을 하는 동안에도 내내 그 생각을 했습니다. 그러다 청주시를 빠져나온 버스가 청원군 부용면 어디쯤을 지날 때였습니다. 시골집 담벼락에 줄지어 핀 하얀 접시꽃이 눈에 들어왔습니다. 몸에서 계속 피가 빠져나가며 창백해져 있는 아내의 얼굴이 그 꽃과 겹쳐 보였습니다. 빈 도서실로 올라가 종이에 아내에게 해 줄 말을 쓰기 시작했습니다. "옥수수잎에 빗방울이 나립니다 / 오늘도 또 하루를 살았습니다 / 낙엽이 지고 찬바람이 부는 때까지 / 우리에게 남아 있는 날들은 / 참으로 짧습니다" 이렇게 시작하는 시를 울면서 썼습니다. 내가 울면서 쓰지 않은 시는 남들도 울면서 읽어주지 않는다는 것을 나중에 알게 되었습니다.

출처: 《한겨레신문》(2010.10.09.), "서른둘 젊디젊은 날에 '접시꽃 당신'은 떠났습니다", 도종환의 나의 삶 나의 시 15(http://www.hani.co.kr/arti/culture/book/442944.html)

결혼한 지 2년여, 신혼의 단꿈에 젖어 있어야 할 시기에 돌연 찾아온 병마에 시달리다 결국 유명을 달리한 아내를 향한 젊은 시인의 사부곡(思婦曲)은 이렇게 세상에 나와 많은 사람들의 심금을 울렸다. 그리고 이 시집을 바탕으로 1988년에는 박철수 감독이 배우 이덕화와 이보희를 주인공으로 내세운 영화 '접시꽃 당신'을 개봉하여 제24회 백상예술대상에서 감독상을 비롯한 4관왕을 거머쥐게 된다.

그렇게 시간이 흘러 시대가 바뀌면서 도종환 시인은 국회의원, 문화체육관광부 장관에 이어 문재인 정부의 말기에 들어서는 여당의 비상대책위원장까지 맡음으로써 정치인으로서의 면모까지 갖추게 된다. 이 또한 시집 『접시꽃 당신』의 덕을 본 것이라고 하지 않을 수 없겠다.

시집 최초의 밀리언셀러,
초판 1쇄본에만 보이는 흠결을 찾아서

우리나라 최초의 밀리언셀러 시집 『접시꽃 당신』은 모두 4부로 구성되어 있다. 1부 '접시꽃 당신', 2부 '인차리', 3부 '적하리의 봄'까지는 아내의 투병과 죽음, 먼저 세상을 떠난 아내에 대한 사랑과 그리움을 담은 시들로 채워져 있고, 그 밖의 작품들은 4부에 모여 있다. 그중에서 제3부의 세 번째 작품으로 실려 있는 「아홉 가지 기도」를 살펴보면 이상한 점을 발견하게 된다. 눈 밝은 독자라면 이 시를 왜 살펴보라고 하는지 금세 알 수 있으리라. 초판 1쇄본 『접시꽃 당신』에 실려 있는 시 「아홉 가지 기도」는 다음과 같다.

> 나는 지금 나의 아픔 때문에 기도합니다
> 그러나 오직 나의 아픔만으로 기도하지 않게 하소서
> 나는 지금 나의 절망으로 기도합니다
> 그러나 오직 나의 절망만으로 기도하지 않게 하소서
> 나는 지금 연약한 눈물을 뿌리며 기도합니다
> 그러나 진정으로 남을 위해 우는 자 되게 하소서
> 나는 지금 죄와 허물 때문에 기도합니다
> 그러나 또다시 죄와 허물로 기도하지 않게 하소서
> 나는 지금 내 마음의 평화를 위해 기도합니다
> 그러나 모든 내 이웃의 평화를 위해서도 늘 기도하게 하소서
> 나는 지금 영원한 안식을 위해 기도합니다
> 그러나 불행한 모든 영혼을 위해 항상 기도하게 하소서
> 나는 지금 용서받기 위해 기도합니다
> 그러나 모든 이들을 더욱 사랑할 수 있는 자 되게 하소서
> 나는 지금 굳셈과 용기를 주십사고 기도합니다
> 그러나 그것을 더욱 바르게 행할 수 있는 자 되게 하소서

이 시집이 발행된 이듬해인 1987년 상반기 베스트셀러 목록을 살펴보면 도종환의 『접시꽃 당신』과 서정윤의 『홀로서기』가 1위와 2위

를 기록하고 있으며, 이해인 수녀의 『오늘은 내가 반달로 떠도』와 『민들레의 영토』 등 서정시가 강세를 보이고 있다. 당시 소설작품으로는 『사람의 아들』, 『레테의 연가』, 『황제를 위하여』 등 이문열의 작품이 큰 인기를 끌고 있을 때였다. 교보문고 판매량으로만 보더라도 도종환의 『접시꽃 당신』 등 시집 9종이 종합 50위 안에 들며 서정시의 전성기를 구가하고 있었다.

서정윤의 시집 『홀로서기』는 『접시꽃 당신』이 독자들을 사로잡고 있을 무렵이었던 1987년 3월 청하출판사에서 나왔는데, 이 시집 또한 표제작의 인기에 힘입어 1년여 만에 밀리언셀러가 됐다. "둘이 만나 서는 게 아니라 홀로 선 둘이가 만나는 것이다"로 시작하는 시 「홀로서기」는 1981년 서정윤 시인이 대구 영남대 재학시절 교지에 발표한 시로, 시집 출간 이전부터 중·고교생과 대학생 사이에서 입에서 입으로 널리 알려져 있었다. 심지어 학교 앞 문구점에서 팔던 학용품은 물론 대학가 선술집 벽에도 「홀로서기」가 적혀 있었고, 라디오에서도 모든 프로그램에서 날마다 이 시를 낭송해 줄 정도였다. 이렇게 소문에 소문을 타고 시 「홀로서기」는 계속 번져 갔다. 급기야 '~하기'라는 명사형으로 끝나는 모방 시들이 우후죽순처럼 생겨나기도 했다. 그러다 얼굴 없는 시인의 정체와 함께 시집이 발행되자 순식간에 베스트셀러가 되었던 것이다. 그러니까 시집 『홀로서기』가 청소년과 대학생 등 젊은이들 사이에서 폭발적 인기를 누렸다면, 도종환의 시집 『접시꽃 당신』은 중·장년층을 중심으로 인기를 누렸던 셈이다.

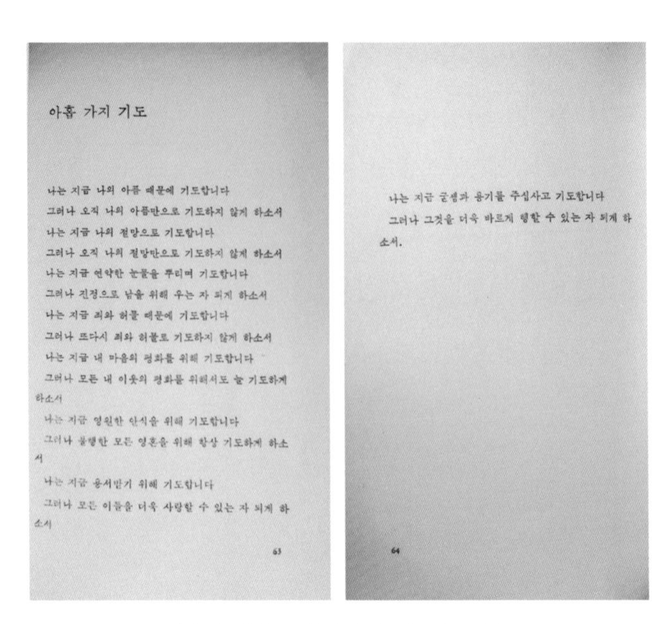

아홉 가지 기도

나는 지금 나의 아픔 때문에 기도합니다
그러나 오직 나의 아픔만으로 기도하지 않게 하소서
나는 지금 나의 절망으로 기도합니다
그러나 오직 나의 절망만으로 기도하지 않게 하소서
나는 지금 연약한 눈물을 뿌리며 기도합니다
그러나 진정으로 남을 위해 우는 자 되게 하소서
나는 지금 죄와 허물 때문에 기도합니다
그러나 뜨다시 죄와 허물로 기도하지 않게 하소서
나는 지금 내 마음의 평화를 위해 기도합니다
그러나 모든 내 이웃의 평화를 위해서도 늘 기도하게
하소서
나는 지금 영원한 안식을 위해 기도합니다
그러나 불행한 모든 영혼을 위해 항상 기도하게 하소
서
나는 지금 용서받기 위해 기도합니다
그러나 모든 이들을 더욱 사랑할 수 있는 자 되게 하
소서

63

나는 지금 굳셈과 용기를 주십사고 기도합니다
그러나 그것을 더욱 바르게 행할 수 있는 자 되게 하
소서.

64

『접시꽃 당신』 초판 1쇄 본문_아홉 가지 기도

그렇다면 앞서 살펴보자고 했던 시 「아홉 가지 기도」에서 보이는 '이상한 점'은 무엇일까. 그것은 바로 제목이 '아홉 가지 기도'이건만 시 본문 중에 나오는 기도는 아무리 세어보아도 '여덟 가지'밖에 없다는 점이다. 아픔, 절망, 눈물, 죄와 허물, 마음의 평화, 영원한 안식, 용서, 굳셈과 용기 등 모두 여덟 가지를 위한 기도만 들어 있음에도 굳이 제목을 '아홉 가지 기도'라고 한 까닭은 무엇일까. 그 해답은 초판 1쇄 이후의 판본을 보면 금방 확인할 수 있다. 곧 당시 교정 과정에서 기도 하나가 빠진 채 조판(組版)된 것을 발견하지 못했던 것이다. 1980년대 당시에 책을 만들려면 먼저 활자(活字)를 구비하고 있는 조판소를 통해 교정쇄를 받아 편집부에서 교정 및 교열 과정을 거쳤는데, 그때 원고와의 대조를 제대로 하지 못해 발생한 실수였던 셈이다. 그렇게 시집 『접시꽃 당신』 초판 1쇄본에 실린 시 「아홉 가지 기도」에서 빠진 부분은 세 번째 기도로 다음과 같다.

나는 지금 깊은 허무에 빠져 기도합니다
그러나 허무 옆에 바로 당신이 계심을 알게 하소서

빠진 시 구절처럼 허무한 일이 아닐 수 없다. 그런데 이런 실수 아닌 실수가 사실은 '초판 1쇄본'이 품은 매력이라고 할 수 있으니 굳이 시인이나 편집자를 탓할 생각은 추호도 없다.

출판사와 시인,
그리고 구설수를 넘어

'실천문학의 시집' 37번째로 발행된 『접시꽃 당신』의 표지를 보면 '도종환 서정시집 접시꽃 당신'이라는 표제와 함께 물동이인 듯한 그 무엇을 머리에 인 여인의 모습을 담은 흑백의 판화가 바탕을 장식하고 있다.(다만 안타깝게도 누구의 작품인지 단서가 없다.) 그리고 앞표지 날개에는 별다른 이미지나 장식 없이 하단에 활자로 시인을 소개하는 문구가 넉 줄 있을 뿐이다.

뒤표지를 보면 당시 30대 초반이었던 도종환 시인의 우수에 찬 초

『접시꽃 당신』 앞표지와 뒤표지

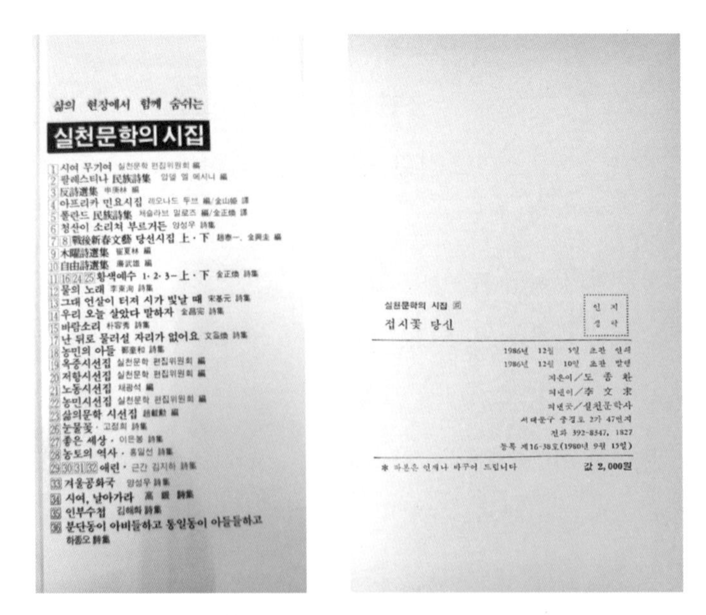

삶의 현장에서 함께 숨쉬는

실천문학의 시집

1 시여 무기여 실천문학 편집위원회 編
2 팔레스티나 民族詩集 압델 엠 엘시니 編
3 反詩選集 申庚林 編
4 아프리카 민요시집 레오나드 두브 編/金山峰 譯
5 폴란드 民族詩集 체슬라브 밀로즈 編/金正煥 譯
6 청산이 소리쳐 부르거든 양성우 詩集
7 8 戰後新春文藝 당선시집 上·下 趙泰一, 金興圭 編
9 木曜詩選集 崔夏林 編
10 自由詩選集 廉武雄 編
11 16 24 25 황색예수 1·2·3–上·下 金正煥 詩集
12 물의 노래 李東洵 詩集
13 그대 언살이 터져 시가 빛날 때 宋基元 詩集
14 우리 오늘 살았다 말하자 金昌完 詩集
15 바람소리 朴容秀 詩集
17 난 뒤로 물러설 자리가 없어요 文益煥 詩集
18 농민의 아들 鄭喜和 詩集
19 옥중시선집 실천문학 편집위원회 編
20 저항시선집 실천문학 편집위원회 編
21 노동시선집 채광석 編
22 농민시선집 실천문학 편집위원회 編
23 삶의문학 시선집 趙載勳 編
26 눈물꽃 · 고정희 詩集
27 좋은 세상 · 이은봉 詩集
28 농토의 역사 · 홍일선 詩集
29 30 31 32 애린 · 근간 김지하 詩集
33 겨울공화국 양성우 詩集
34 시여, 날아가라 高 銀 詩集
35 인부수첩 김해화 詩集
36 분단동이 아비들하고 통일동이 아들들하고 하종오 詩集

실천문학의 시집 37

접시꽃 당신

인지 생략

1986년 12월 5일 초판 인쇄
1986년 12월 10일 초판 발행
지은이/도 종 환
펴낸이/李 文 求
펴낸곳/실천문학사
서대문구 충정로 2가 47번지
전화 392-8547, 1827
등록 제16-38호(1980년 9월 15일)

＊ 파본은 언제나 바꾸어 드립니다　　값 2,000원

『접시꽃 당신』 뒷날개와 간기면

상을 가운데에 두고 위에는 표제가, 아래에는 표제시가 아닌 「당신의 무덤가에」라는 시의 전문(全文)이 실려 있다. 아울러 뒤표지 날개에는 그때까지 발행된 '실천문학의 시집' 1번부터 36번까지의 목록이 실려 있는데, '창비시선'이나 '문학과지성 시인선'과 달리 국내 시인의 창작시뿐만 아니라 다양한 유형의 시집들을 출간하고 있음을 보여준다.

한편, 간기면을 보면 '펴낸이' 곧 발행인의 이름이 예사롭지 않게 다가온다. '이문구(李文求, 1941~2003)', 그 또한 작가로서 연작소설 『관촌수필』, 『우리 동네』 등 불후의 명작을 남긴 우리 문단의 거목이 아니던가. 그렇다면 작가 이문구 선생이 실천문학사 대표를 맡게 된 연유는 무엇일까.

먼저 1980년 3월로 거슬러 올라가 보자. 당시 군사독재 치하에서 대부분의 문예지가 강제로 폐간되거나 정간(停刊)을 당함으로써 모든 문예활동이 봉쇄되는 암울한 시기를 맞게 되었을 때 이문구, 고은, 박태순, 송기원, 이시영 등을 주축으로 한 양심적 문인, 화가, 건축가, 영화감독 등이 각자의 주머니를 털어 문예지를 창간하게 되는데, 그게 바로 《실천문학》이었다. 창간호 표지에 보면 '역사에 던지는 목소리'라는 부제와 함께 '민중의 최전선에서 새 시대의 문학운동을 실천하는 부정기간행물(MOOK)'이라고 표기해 놓은 것처럼 그 이름은 곧 "진실을 가리는 모든 부당함에 굴종하지 않는 문학의 존엄을 상징하는 것"과도 같았다. 시집 『접시꽃 당신』을 발행한 실천문학사는 바로 그 정신을 이어받아 만들어진 출판사로, 현재의 인터넷 홈페이지 소개에 따르면 다음과 같은 역사성을 보여준다.

> 1980년대와 1990년대 초반, 출판사가 걸어온 길은 숱한 고난과 탄압의 역사로 얼룩져 있다고 해도 과언이 아니다. 1980년 자유실천문인협의회가 주체가 되어 발행한 무크지《실천문학》은 첫호부터 계엄사의 검열로 인해 무수히 삭제된 채 발행되었고, 1985년 이른바《민중교육》지 사건으로 인해 주간 송기원, 시인 윤재철·김진경이 구속당하고《실천문학》은 강제 폐간의 비운을 겪기도 했다. 이후 오봉옥의 장시집《붉은 산 검은 피》출간에 따른 송기원 전 발행인의 구속과 오봉옥 시인의 국가보안법 위반 구속, 지금은 고인이 된 이문구 전 발행인의 불구속기소와 정지아의 소설《빨치산의 딸》출간에 따른 이석표 대표의 구속, 엄청난 세무사찰로 인해《노동문학》의 자진 정간과 사옥 손실 등 헤아릴 수 없는 가시밭길 속에서 출범의 정신만은 잃지 않은 채 올곧은 자세를 견지해 왔고, 이러한 일련의 사건들이 오히려 '사상, 표현, 출판의 자유'를 지키고자 하는 민예총을 비롯한 전 문인들의 목소리를 울려퍼지게 하였다.

그러면서 이어 적고 있거니와 "1986년 간행한 시집『접시꽃 당신』성공으로 사옥까지 마련했다"고 한다. 원래 화가를 꿈꾸었던 도종환 시인은 대학에 진학할 형편이 되지 못해 국가에서 등록금 전액을 대주는 국립사범대를 선택했으며, 돈이 적게 들어갈 것 같은 학과를 골랐단다. 이후 사범대학을 졸업하고는 충북 옥천군 청산면의 한 고등학교로 발령받았으나 당시 시국 문제에 앞장서던 천주교 신부와 친하게 지내다 시골 학교로 좌천당한다. 군 전역 후인 1980년대 초반, 정기간행물이 모두 폐간돼 글을 발표할 매체가 없던 시절에 친구들과 함께 '분단시대'라는 모임을 만들고 작품활동을 시작한다. 이런 배경과 함께 당시 민예총 활동을 열심히 하고 있었던 도종환 시인과 실천문학사의 인연은 곧 도종환 시인과 작가 이문구 선생의 인연과 맞닿아 있었던 것이다.

그런데 시집 『접시꽃 당신』의 출간에 결정적 동기가 되었던 아내와의 사별 6년여 만에 도종환 시인은 두 번째 결혼을 하게 된다. 언론매체를 통해 도종환 시인의 재혼 소식이 알려지면서 부부의 애틋한 순정을 대변하던 시집 『접시꽃 당신』이 헌책방에 쏟아져 나왔으며, 동시에 실망한 사람들로부터 온갖 비난의 말을 들어야 했다. 하지만 시간의 흐름에 따라 시대가 변하는 것처럼 사람도 변하게 마련이고, 작가의 작품세계 또한 변할 수밖에 없는 것이 순리임에야 애초의 『접시꽃 당신』 창작 동기까지 부정하는 것은 옳지 않다고 생각한다. 그때 품었던 마음은 그 자체로서 순정에서 비롯된 순수한 그것이었음을 믿기 때문이다. 다만, 세상을 향한 시인의 마음만큼은 변하지 않기를 바란다. 특히나 시집 『접시꽃 당신』을 회상하며 남긴 그의 다음과 같은 회한을 앞으로 보다 나은 세상 만들기를 위한 에너지로 승화시키기를 바란다.

아내를 청원군 가덕면 인차리 가덕공원묘지 옥수수밭 옆에 묻은 날은 칠석날이었습니다. 그해 여름에는 비가 많이 내렸습니다. 한 남자로서 한 여자에게 너무 잘못했다는 생각이 많이 들었습니다. 가난한 사람끼리 만나서 가난하게 살았지만 아내가 결혼반지를 빼서 대학원 등록금을 마련해 주는 동안, 저는 옷 한 벌 해주지 못했습니다. 속이 아파 잘 먹지 못하는 걸 보고 매일 우유 하나씩 사들고 오는 게 전부였습니다. 병상에 누워 그동안 당신의 뒷모습만 보면서, 그 뒷모습을 용서하면서 살았다고 말을 한 적이 있었습니다. 아침이면 학교로 가는 뒷모습, 돌아오면 책상에 앉아 있는 뒷모습, 시를 쓴다는 이유로, 공부를 한다는 이유로 그냥 지켜보아야 하는 뒷모습. 뒷모습만 보고 있었다는 말 한마디 한마디가 마음에 돌처럼 자리잡고 앉아 떠나질 않았습니다.

출처: 《한겨레신문》(2010.10.09.), "서른둘 젊디젊은 날에 '접시꽃 당신'은 떠났습니다", 도종환의 나의 삶 나의 시 15(http://www.hani.co.kr/arti/culture/book/442944.html)

너무도 오래 저문 들판에 서 있었습니다.

차가운 얼굴을 문지르며 이제 돌아가야겠다고 생각합니다. 그동안 떨어져 있던 사랑하는 사람들을 생각해 봅니다. 이웃의 얼굴이 하나씩 둘씩 별처럼 떠오릅니다. 부끄러움을 잊으려고 시작한 일이 더욱 크게 부끄러움을 불러들인 것은 아닌가 생각합니다.

'책 뒤에' 중에서

열다섯 번째 이야기

한 평범한 여자가 꿈에서 깨어나는 이야기
혹은 아직도 꿈을 못 버린 이야기

그대 아직도 꿈꾸고 있는가

박완서 장편소설 / 삼진기획 / 1989년 11월 20일 발행

박완서
장편소설

그대 아직도 꿈꾸고 있는가

삼진기획

중산층의 소시민적 삶의 방식과 풍속에 대한 예리한 비판을 보여준 작가

박완서(朴婉緖, 1931~2011) 선생은 40세 때인 1970년에 문단에 나왔으니 인생 80년 중 딱 절반을 작가로서 살았다. '완서'라는 이름과는 달리 '순한 실마리'보다는 '얽히고설킨' 매듭을 푸느라 힘겨운 삶을 산 작가이기도 하다. 일제강점기에 태어나 해방정국의 소용돌이를 거쳐 6·25전쟁에 이르기까지 작가의 젊은 시절은 여타의 젊은이들과 마찬가지로 시련의 연속이었다. 다음과 같은 작가 소개 글을 보면 그의 신산스러웠던 시절을 짐작할 수 있다.

1931년 10월 20일 경기도 개풍군 청교면 묵송리 박적골에서 태어났다. 1934년 아버지가 돌아가신 뒤 어머니가 열 살 위인 오빠만 데리고 서울로 떠나자 조부모 밑에서 어린 시절을 보냈다. 1938년 자식 교육에 남다른 열정을 가진 어머니 덕에 서울로 이주, 같은 해 매동초등학교에 입학하였다. 1944년 숙명고등여학교에 입학하는데, 여중(숙명고등여학교가 6년제 숙명여자중학교로 개편) 5학년 때 담임교사였던 소설가 박노갑에게 영향을 받고, 같은 반 친구였던 소설가 한말숙과 친분을 나누게 되었다. 1950년 서울대학교 문리대 국어국문학과에 입학하였으나, 입학식을 치른 지 닷새 만에 한국전쟁이 발발하는 바람에 실제로 학교를 다닌 기간은 얼마 되지 않았다. 한국전쟁으로 오빠와 숙부가 죽은 뒤 가족의 생계를 책임지느라 미8군 PX의 초상화부에 근무하다가 화가 박수근과 알았다. 어린 시절 고향 박적골과 서울살이의 추억은 「엄마의 말뚝」 연작, 『그 많던 싱아는 누가 다 먹었을까』, 『그 산이 정말 거기 있었을까』에 반복적으로 서술되었으며, 한국전쟁 당시 박수근과의 만남은 등단작 「나목」을 쓰게 된 계기로 작용했다.

출처: [네이버 지식백과] 박완서[朴婉緖] (한국민족문화대백과, 한국학중앙연구원)

박완서 선생의 작가로서의 삶은 1970년 《여성동아》 장편소설 공모에 「나목(裸木)」이 당선되면서 시작된다. 작가 세계에 진입하려는 노력도, 이렇다 할 계기도 없이 그렇게 평범한 여성으로 살아갈 것만 같았던 선생은 마흔의 나이에 그야말로 늦깎이로서의 기염을 토하며 혜성처럼 문단에 등장했다. 이후 박완서 선생은 "중산층의 소시민적 삶의 방식과 풍속의 예리한 비판"을 바탕으로 한 "뛰어난 현실감각"을 보여주는 작품으로 우리 문단을 풍성하게 채워준 작가가 되었다. 동시에 펴내는 작품마다 베스트셀러의 반열에 오르며 독자들의 시선을 사로잡았다.

『나목』의 앞표지

1953년 호영진과 결혼한 뒤, 네 딸과 외아들을 키우면서 전업주부로 지내다가 40세가 되던 1970년《여성동아》장편소설 공모에「나목」이 당선되어 늦게 등단하였으나, 이후 왕성한 창작활동의 출발점이 되었다. 1976년 창작집『부끄러움을 가르칩니다』를 시작으로 하여, 중산층의 소비문화와 허위의식을 비판한 장편소설『휘청거리는 오후』(1977),『목마른 계절』(1978),『도시의 흉년』(1979)을 연이어 발표하였다. 1980년대에는『살아있는 날의 시작』(1980),『서 있는 여자』(1985),『그대 아직도 꿈꾸고 있는가』(1989)와 같은 중년 여성의 현실을 다룬 작품을 발표하였다. 1988년 남편과 아들을 잇달아 잃으면서 잠시 미망의 시간을 보내다가 작품 활동을 다시 시작하였고, 장편『그 많던 싱아는 누가 다 먹었을까』

(1992), 『그 산이 정말 거기 있었을까』(1995)를 통해 일제강점기의 사회를 서사화하였다. 「저문 날의 삽화」 연작, 「너무도 쓸쓸한 당신」 등에서 볼 수 있는 바와 같이 노년기 인물이나 주변 인물을 통해 노인 문제를 심도 있게 서사화하였다. 2000년대 들어서도 『친절한 복희씨』와 『아주 오래된 농담』에서 근대 자본주의 도시에서 인간이 어떻게 존재하고 있는지를 비판적으로 바라보면서 사회문제에 대한 지속적인 관심을 견지하였다.

출처: [네이버 지식백과] 박완서[朴婉緖] (한국민족문화대백과, 한국학중앙연구원)

이 같은 박완서 선생의 작품 활동과 작품성은 독자들뿐만 아니라 평단(評壇)으로부터도 인정을 받아 장편 「살아 있는 날의 시작」으로 한국문학작가상(1979), 「엄마의 말뚝2」로 이상문학상(1981), 「꿈꾸는 인큐베이터」로 현대문학상(1993), 「나의 가장 나종 지니인 것」으로 동인문학상(1994), 「그 산이 정말 거기 있었을까」로 대산문학상(1997), 「너무도 쓸쓸한 당신」으로 만해문학상(1999), 「그리움을 위하여」로 황순원문학상(2001)을 수상하였다. 2004년에는 예술원 회원으로 선정되기도 했다.

'82년생 김지영' 이전에 '54년생 차문경'이 있었다

박완서의 『그대 아직도 꿈꾸고 있는가』는 초판 1쇄가 1989년

11월 20일 출판사 '삼진기획'에서 발행된 장편소설로, 앞선 인용문에서 알 수 있었던 것처럼 '중년 여성의 현실을 다룬 작품'이다. 장편소설 「그대 아직도 꿈꾸고 있는가」에 이어 연작 「서울 사람들」 그리고 단편 「저문 날의 삽화(2)」가 함께 실려 있다. 작가의 서문이랄 수 있는, 작품 말미에 실려 있는 '책 뒤에'라는 글은 이렇게 시작한다.

> 이건 대단한 이야기도 아닙니다.
>
> 한 평범한 여자가 꿈에서 깨어나는 이야기이기도 하고 아직도 꿈을 못 버린 이야기이기도 합니다. 끊임없이 꿈으로부터 배반당하면서도 끊임없이 새로운 꿈을 창출해내는 게 어찌 여자들만의 일이겠습니까. 인간의 운명이지요.

위의 이 글 작은 제목에서 '82년생 김지영'에 빗대어 '54년생 차문경'이라고 표현한 것은 1988년에 《여성신문》 연재에 이어 1989년에 단행본으로 발행된 장편 「그대 아직도 꿈꾸고 있는가」의 주인공인 '차문경'이 또 다른 주인공 '김혁주'와 35세 동갑으로 표현되어 있기 때문이다. 이젠 사라지고 없지만 당시엔 확고했던 '호주제'라는 소재를 통해 우리 사회 구석구석에 뿌리 깊게 박혀 있었던 남성우월주의, 곧 남성에 종속된 여성상을 당연하게 받아들이는 사회 분위기를 비판함으로써 '남녀평등'이라는 의제를 촉발한 작품이다. 그런 점에서 요즈음 우리 사회에 경각심과 함께 큰 화제를 불러일으킨 베스트셀러 『82년생 김지영』을 보면서 자연스레 떠올리게 된 작품이 바로

「그대 아직도 꿈꾸고 있는가」였다. 실제로 박완서 작품집 『그대 아직도 꿈꾸고 있는가』는 1989년 11월 발행되자마자 반향을 몰고 와 1990년 전체 베스트셀러 2위에 오를 정도로 많이 팔리며 독자들의 사랑을 받았다.

작품 내용을 살펴보면, 결혼에 한 번 실패한 차문경, 그리고 부인과 사별한 지 얼마 되지 않은 김혁주 두 사람은 비슷한 시기에 홀로 되었다는 공통점을 안고 동창회에서 재회한 이후 곧바로 사랑에 빠진다. 문경은 부인과 사별한 지 얼마 안 된 혁주를 생각해 3년이 지난 뒤 결혼을 하기로 한다. 그러나 둘의 결혼은 혁주의 변심으로 깨지고 만다. 문경에게는 미혼모라는 굴레와 함께 아비 없는 아이를 데리고 홀로 살아가야 하는 싱글맘으로서의 가난한 삶만이 남았을 뿐이다. 그리고 7년이 흐른 어느 날, 혁주는 다시 문경의 인생에 등장한다. 막강한 경제력과 함께 다른 여자와 화목한 가정을 이루고 있었지만, 그래도 가지지 못한 아들을 빼앗기 위해서…….

차문경 여사

여사가 본인의 아이를 낳았다구요?

여사의 말귀를 못 알아듣겠음을 용서하시기 바랍니다. 또한 여사로부터 그와 같은 협박을 당한 게 이번이 처음이 아니라는 걸 본인이 기억하고 있음을 상기시켜드리고자 합니다. 앞으로 다시 이런 허무맹랑한 협박으로 본인의 신성한 가정의 평화가 위협을 받을 시는 여사의 정신상태를 의심할 것이며 본인도 응분의 조치를 취할 것임을 경고합니다.

X년 X월 X일 김혁주

다행히 그들의 차례가 되었다. 공식적인 몇 가지 질문을 하고 나서 판사가 그 편지를 읽었다. 전혀 감정이 섞이지 않은 목소리여서 문경이도 처음 듣는 것처럼 귀를 기울였다. 그런 지독한 사연을 저렇게 아무렇지도 않게 읽을 수도 있구나. 그 여자는 아득한 낭패감에 사로잡혔다.

"신청인이 X년 X월 X일 이런 편지를 피신청인에게 한 게 사실입니까?"

(중략)

보름 후 언도 공판이 있기 전에 그 여자는 혁주가 고소를 취하했다는 걸 알았다.

윗글은 작품 속에서 문경이 "몇 월 몇 일 사내아이를 낳았고, 그 아이가 당신과 나의 아이라는 사실을 당신이 인정해줘서 사실대로 기록될 수 있기를 바란다"는 편지를 보냈을 때 혁주가 책임을 피하기 위해 "육필은 단 한 자도 들어있지 않"게 "공문조로 타이핑된 사연" "끄트머리 성명 삼자까지 타이핑을 했으면서도 무슨 생각에선지 이름 다음에다 인주빛깔도 선명하게 날인을 하고 있었"던 편지다. 그리고 아랫글은 작품 마지막 부분이다. 눈 밝은 독자라면 이 작품을 읽지 않았더라도 어떻게 된 일인지 짐작하고 남음이 있으리라.

꿈속인 듯 몽환적이되 정갈한 표지디자인,
그리고 인주빛깔 선명한 인지를 붙인 책

먼저 이 소설책의 판형은 가로 152mm, 세로 225mm 크기의 A5신판형(일명 신국판)이며, 무선철 제책 형식으로 앞뒤 표지에 날개가 접혀 있다. 앞날개에는 박완서 선생이 환하게 웃고 있는 모습의 얼굴 사진과 함께 작가 소개가 담겨 있는데, 하단에 보면 '표지디자인 – 정병규디자인실'이라고 적힌 활자가 눈에 띈다. 그러니까 이 책의 표지를 디자인한 사람이 바로 정병규 선생이었던 것이다.

초판본을 모으다 보니 언제부턴가 표지에 '정병규'란 이름이 자주 보이기 시작했는데, 그가 누구이던가. 정병규(1946~) 선생은 우리나라 현대 북디자인을 개척한 1세대로서 대표적인 북디자이너다. 1975년 민음사 편집부장을 맡은 이래 홍성사 주간을 거쳐 '정병규디자인실'을 운영하면서 민음사를 비롯한 주요 출판사의 대표적인 단행본 표지와 본문 디자인마다 손길을 보탰다. 『그대 아직도 꿈꾸고 있는가』 또한 정병규 선생의 디자인 감각에 힘입어 출생신고를 했던 것이다.

다음으로 간기면을 보면, 간단한 작가 소개와 함께 책과 관련하여 일반적인 정보들이 담겨 있는데, 특별히 눈에 띄는 것은 인지(印紙)에 찍힌 도장의 인주가 앞쪽 면에 진하게 묻어날 정도로 선명하다는 점, 그리고 하단에 그 이전의 책들에서는 보기 어려웠던, 이른바 ⓒ 표시가 보인다는 점이다. 특히 ⓒ표시는 1987년 10월부터 우리나라

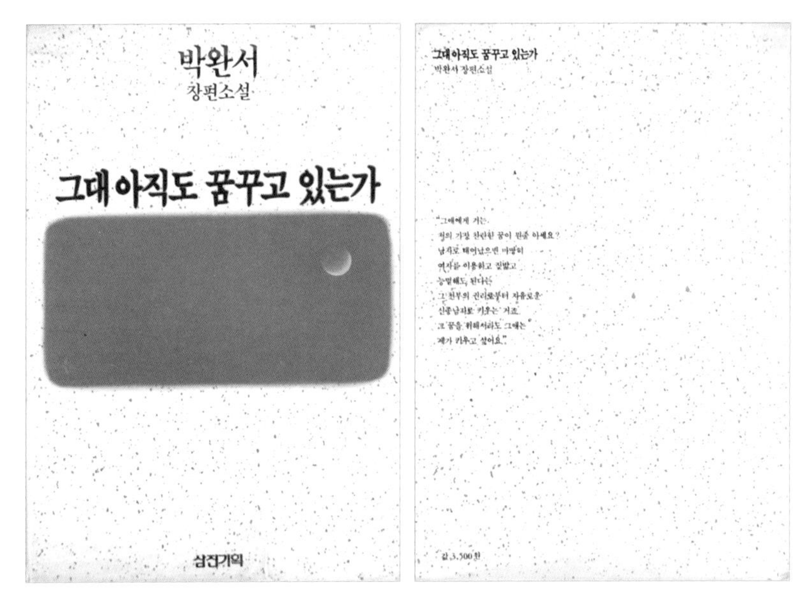

『그대 아직도 꿈꾸고 있는가』 앞표지와 뒤표지

에서 효력이 발생한 '세계저작권협약(UCC)'의 권고사항으로써 그 회원국임을 나타내는 표시라는 점에서 시선을 끈다. 여기서 ⓒ표시는 [ⓒ, 저작재산권자, 최초발행년도]로써 나타내는데, ⓒ는 당연히 'copyright' 즉, '저작권'을 뜻하는 표시다. 지금으로부터 30년이 더 지난 시기이긴 하지만 당시 책값이 3,500원에 불과했었다는 것도 이채롭다.

하나 더, 요즈음엔 보기 어려운 것이 있었으니 그건 바로 '독자용 엽서'다. 일반적으로 독자용 엽서는 본책 인쇄와 달리 별도 인쇄 후 제본 과정에서 접지뽑기(접지를 마친 대수별 본문 용지를 한 권으로 합치는 과정)를 할 때 끼워 넣는다. 이 책에서는 마지막 본문 용지와 면지(표

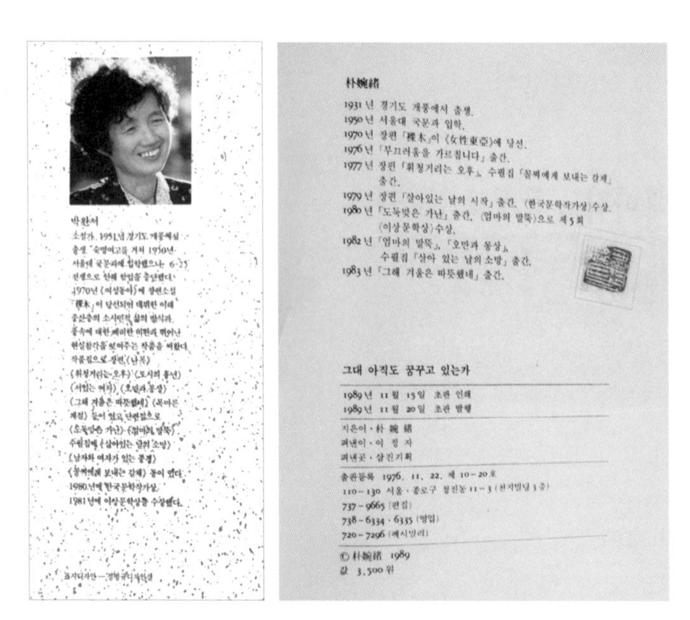

박완서
소설가. 1951년 경기도 개풍에서 출생. 숙명여고를 거쳐 1950년 서울대 국문과에 입학했으나 6·25 전쟁으로 인해 학업을 중단했다. 1970년 〈여성동아〉에 장편소설 「裸木」이 당선되어 데뷔한 이래 중산층의 소시민적 삶의 방식과 풍속에 대한 예리한 비판과 뛰어난 현실감각을 보여주는 작품을 써왔다. 작품집으로 장편 〈나목〉 〈휘청거리는 오후〉 〈도시의 흉년〉 〈서있는 여자〉 〈오만과 몽상〉 〈그해 겨울은 따뜻했네〉 〈목마른 계절〉 등이 있고, 단편집으로 〈도둑맞은 가난〉 〈엄마의 말뚝〉 수필집에 〈살아있는 날의 소망〉 〈남자와 여자가 있는 풍경〉 〈꼴찌에게 보내는 갈채〉 등이 있다. 1980년에 한국문학작가상, 1981년에 이상문학상을 수상했다.

표지디자인—정병규디자인실

朴婉緒

1931년 경기도 개풍에서 출생.
1950년 서울대 국문과 입학.
1970년 장편 「裸木」이 〈女性東亞〉에 당선.
1976년 「부끄러움을 가르칩니다」 출간.
1977년 장편 「휘청거리는 오후」, 수필집 「꼴찌에게 보내는 갈채」 출간.
1979년 장편 「살아있는 날의 시작」 출간. 〈한국문학작가상〉수상.
1980년 「도둑맞은 가난」 출간. 〈엄마의 말뚝〉으로 제5회 〈이상문학상〉수상.
1982년 「엄마의 말뚝」, 「오만과 몽상」, 수필집 「살아 있는 날의 소망」 출간.
1983년 「그해 겨울은 따뜻했네」 출간.

그대 아직도 꿈꾸고 있는가

1989년 11월 15일 초판 인쇄
1989년 11월 20일 초판 발행

지은이 · 朴 婉 緒
펴낸이 · 이 정 자
펴낸곳 · 삼진기획

출판등록 1976. 11. 22. 제 10-20호
110-130 서울 · 종로구 청진동 11-3 (천지빌딩 3층)
737-9665 (편집)
738-6334 · 6335 (영업)
720-7296 (팩시밀리)

© 朴婉緒 1989
값 3,500원

『그대 아직도 꿈꾸고 있는가』 앞날개와 간기면

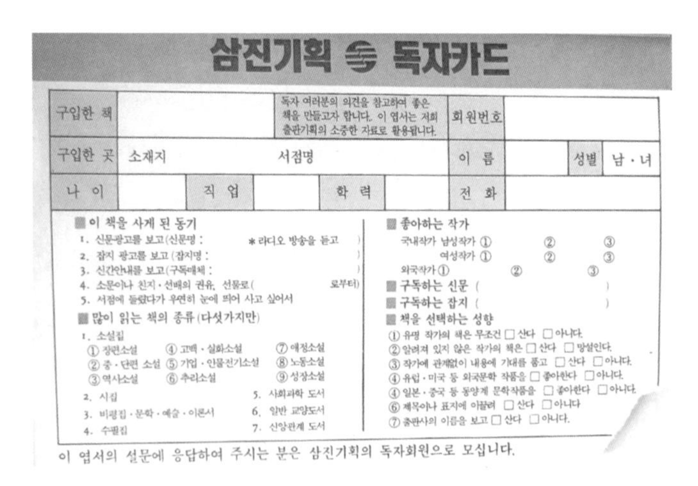

삼진기획 독자카드

구입한 책				독자 여러분의 의견을 참고하여 좋은 책을 만들고자 합니다. 이 엽서는 저희 출판기획의 소중한 자료로 활용됩니다.	회원번호			
구입한 곳	소재지			서점명	이 름		성별	남 · 녀
나 이		직 업		학 력	전 화			

■ 이 책을 사게 된 동기
1. 신문광고를 보고(신문명 : * 라디오 방송을 듣고)
2. 잡지 광고를 보고 (잡지명 :)
3. 신간안내를 보고(구독매체 :)
4. 소문이나 친지 · 선배의 권유, 선물로(로부터)
5. 서점에 들렀다가 우연히 눈에 띄어 사고 싶어서

■ 많이 읽는 책의 종류 (다섯가지만)
1. 소설집
① 장편소설 ④ 고백 · 실화소설 ⑦ 애정소설
② 중 · 단편 소설 ⑤ 기업 · 인물전기소설 ⑧ 노동소설
③ 역사소설 ⑥ 추리소설 ⑨ 성장소설
2. 시집
3. 비평집 · 문학 · 예술 · 이론서
4. 수필집
5. 사회과학 도서
6. 일반 교양도서
7. 신앙관계 도서

■ 좋아하는 작가
국내작가 남성작가 ① ② ③
여성작가 ① ② ③
외국작가 ① ② ③

■ 구독하는 신문 ( )
■ 구독하는 잡지 ( )
■ 책을 선택하는 성향
① 유명 작가의 책은 무조건 □ 산다 □ 아니다.
② 알려져 있지 않은 작가의 책은 □ 산다 □ 망설인다.
③ 작가에 관계없이 내용에 기대를 품고 □ 산다 □ 아니다.
④ 유럽 · 미국 등 외국문학 작품을 □ 좋아한다 □ 아니다.
④ 일본 · 중국 등 동양계 문학작품을 □ 좋아한다 □ 아니다.
⑥ 제목이나 표지에 이끌려 □ 산다 □ 아니다
⑦ 출판사의 이름을 보고 □ 산다 □ 아니다.

이 엽서의 설문에 응답하여 주시는 분은 삼진기획의 독자회원으로 모십니다.

독자카드

지와 본문 사이의 별도 지면) 사이에 놓여 있다. 재미있는 것은 이 엽서의 용도가 "독자 여러분의 의견을 참고하여 좋은 책을 만들고자 합니다. 이 엽서는 저희 출판기획의 소중한 자료로 활용됩니다."라고 했지만, 실상은 많이 팔리는 책을 만드는 데 필요한 정보를 얻기 위한 목적이 더 강하다는 점이다. 이는 독자에게 요구하는 정보의 내용에서 금세 확인된다. 예컨대, '이 책을 사게 된 동기', '많이 읽는 책의 종류', '좋아하는 작가', '구독하는 신문', '구독하는 잡지' 그리고 '책을 선택하는 성향'으로 이루어졌다는 점에서 그렇다. 어떤 항목은 책을 널리 알림에 있어 광고의 효력이 좋은 매체를 확인하기 위해 필요한 것들이고, 또 어떤 항목은 독자들이 좋아하는 책의 성향을 파악하기 위해 출판사에서 알고 싶은 것들이다. '책을 선택하는 성향'의 하위 항목을 보면 이 같은 의도가 좀 더 확실해진다.

드라마로도 만들어진,
꿈에서 깨어나는 이야기 혹은 꿈을 못 버린 이야기

장편 「그대 아직도 꿈꾸고 있는가」는 TV 드라마로 만들어져 시청자들의 눈과 귀를 사로잡기도 했다. 먼저 KBS 2TV에서 미니시리즈로 제작돼 1990년 10월 3일부터 1990년 10월 25일까지 매주 수요일, 목요일 밤 9시 50분에 방영되었다. 그 다음으로 MBC에서는 문학작품을 드라마화한 '소설극장'이란 타이틀을 단 아침드라마로 이 작품을 각색하여 2003년 3월 3일부터 2003년 9월 20일까지 30분짜리 168부작으로 방영한 바 있다. 또, 책으로는 처음 발행되었던 삼진기획을 떠나 1999년 6월에는 '세계사', 2007년 9월에는 '문이당', 2012년 1월에 다시 '세계사'에서 각각 새 옷을 입고 재발행되어 지금까지 독자들을 만나고 있다.

한편, 장편「그대 아직도 꿈꾸고 있는가」와 함께 실려 있는 단편 연작「서울 사람들」과「저문날의 삽화 2」도 나름대로 의미를 간직하고 있다. 먼저「서울 사람들」은 1984년 5월부터 같은 해 12월까지 당시 창간한《2000년》이라는 잡지에 8회에 걸쳐 연재되었던 작품이다. 작가 자신이 20년 동안이나 살았던 강북의 단독주택을 떠나 잠실 아파트단지로 이사한 뒤 몸소 겪은 경험을 토대로 쓴 연작 소설이다. 내용을 보면, 생활미술과를 졸업한 성북동의 부잣집 딸 '혜진'이 연애결혼을 통해 남편을 만나 12년 동안 살았던 서울 변두리의 단독주택을 떠나 아파트로 이사한 뒤 펼쳐지는 주변 이야기를 소소하게 그린 작품으로, 1960년대부터 1980년대에 이르는 대도시의 주거환경 변화와 그 이면에 도사린 세속적 탐욕을 매우 사실적으로 그리고 있다. 이 작품들은 1984년 출판사 '글수레'에서『서울 사람들』이란 제목의 단행본으로 발행되기도 했다.

또한 작가가 1987년부터 1988년까지 발표한 단편「저문 날의 삽화」시리즈 중 두 번째 이야기가 실려 있는데, 그 대략의 주제는 다음과 같다. 먼저「저문 날의 삽화 1」은 60대에 접어든 어머니와 입양해서 기른 아들의 관계를 다루고 있다면,「저문날의 삽화 2」는 정신병원에 입원한 아들을 둔 어머니와 옛날의 제자로서 운동권 남편을 둔 '가연'과의 관계를, 「저문날의 삽화 3」은 60대에 접어든 여자와 어렸을 때부터 가정부였던 '만수네'의 관계를, 「저문날의 삽화 4」는 퇴직한 은행원과 그 조카들의 관계를, 「저문날의 삽화 5」는 은퇴한 공직자와 그 아들과의 관계를 각각 다룬다. 특히 이 책에 실린 「저문날의 삽화 2」는 권위주의 시대에 대항해서 민주화 운동을 벌이는 사람이 가정 안에서는 남성우월주의에 빠져 여성에 대한 억압과 폭력을 일삼음으로써 또 다른 권위주의를 행사하는 모순적 상황을 담고 있다는 점에서 의미가 있다.

글을 마무리하면서 사족 하나를 덧붙이자면, 이 책이 나오고 10년이 다 되어갈 무렵, 당시 박사과정을 마치고 이후의 길을 모색하던 중 우연한 계기로 나는 출판사 '삼진기획'의 기획편집 책임자로 입사하게 된다. 2001년 3월 대학 전임교수로 가기 전의 마지막 직장이었던 셈이다. 그때 만든 책이 2000년도 베스트셀러 1위를 기록했던 이철환 작가의 『연탄길』이었다. 10년이란 세월을 사이에 두고 같은 출판사에서 태어난 책들이 지금은 서로 다른 출판사에서 새 옷으로 갈아입고 독자들을 만나고 있다. 하지만 책 속에 담긴 작가의 숨결만큼은 그대로일 것이다.

| 참고 문헌 및 자료 |

1차 자료

- 김소월 시집 / 진달래꽃 / 숭문사 / 1951년 11월 21일 발행
- 김윤식 시집 / 영랑시선(永郎詩選) / 정음사 / 1956년 5월 28일 발행
- 노천명 시집 / 사슴의 노래 / 한림사 / 1958년 6월 15일 발행
- 최인훈 장편소설 / 광장(廣場) / 정향사 / 1961년 2월 5일 발행
- 김승옥 소설집 / 서울 1964년 겨울 / 창우사 / 1966년 2월 5일 발행
- 김병익 문화론집 / 지성과 반지성 / 민음사 / 1974년 9월 20일 발행
- 법정(法頂) 수상집(隨想集) / 서 있는 사람들 / 샘터사 / 1978년 5월 1일 발행
- 김성동 장편소설 / 만다라(曼陀羅) / 한국문학사 / 1979년 11월 10일 발행
- 피천득 시집 / 금아시선(琴兒詩選) / 일조각 / 1980년 4월 10일 발행
- 이동철 장편소설 / 꼬방동네 사람들 / 현암사 / 1981년 6월 30일 발행
- 김지하 시선집 / 타는 목마름으로 / 창작과비평사 / 1982년 6월 5일 발행
- 최인호 장편소설 / 고래사냥 / 동화출판공사 / 1983년 7월 25일 발행
- 김대중 지음 / 김대중 옥중서신_민족의 한을 안고 / 청사 / 1984년 8월 15일 발행
- 도종환 시집 / 접시꽃 당신 / 실천문학사 / 1986년 12월 10일 발행
- 박완서 장편소설 / 그대 아직도 꿈꾸고 있는가 / 삼진기획 / 1989년 11월 20일 발행

참고 문헌

- 강숙영(2018),「최인호 원작 영화에 나타난 고래의 의미와 검열 양상」,《비평문학》 제70호, 한국비평문학회
- 김기태(2014),『동양 저작권 사상의 문화사적 배경 비교 연구: 한국·중국·일본의 근대 출판문화를 중심으로』, 도서출판 이채
- 김기태(2018),「1990년대 한국 단행본의 간기면 연구」,《한국출판학연구》 통권 83호
- 김윤식·김현(1984),『한국문학사』, 민음사
- 김지하 전집(2002), 3권『미학사상』, 실천문학사
- 김진섭·김현우(2008),『북바인딩—책 잘 만드는 제책』, 두성북스
- 민병덕(1985),『出版學槪論』, 지식산업사
- 서수옥(1983),『編輯·印刷 用語와 解說』, 범우사
- 신경림(1998),『신경림의 시인을 찾아서』, 우리교육
- 안춘근·오경호(1990),『출판비평론』, 보성사
- 염철(2010),「해방 이전 간행 시집 序跋 현황 개관」, 근대서지학회 편,《근대서지》 제1호, 소명출판
- 정지용(2006),『지용詩選』, 을유문화사
- 조규익(1988),『朝鮮朝 詩文集 序·跋의 硏究』, 숭실대 출판부

기타 자료

- 김명곤(2019.11.13.), '독을 차고' 김영랑 시인의 항일과 아들이 밝힌 비화 [독립운동가와 해외 후손을 찾아서③] 김영랑과 그의 셋째 아들 김현철(http://www.ohmynews.com/NWS_Web/View/at_ pg.aspx?CNTN_CD=A0002586163)
- 나무위키 '김승옥'(https://namu.wiki/w/%EA%B9%80%EC%8A%B9%EC%98%A5)
- [네이버 지식백과] 김영랑[金永郞]
- [네이버 지식백과] 박완서[朴婉緖]
- 대통령기록관 홈페이지(https://www.pa.go.kr/index.jsp)
- 《매일경제》, 2017.12.23., [Weekend Interview] 빈민운동가·베스트셀러 작가·국

회의원·역술인·유랑가수…이철용의 '이것이 人生이다'(김동은 기자)
- 문학과지성사 홈페이지(http://moonji.com/bookauth/379/)
- 《문화일보》, 2020.01.08., 김병익 "과거 지우는 건 歷史 혐오 …'관용' 없는 적폐청산 지혜롭지 못해"(최현미 기자)
- 이철용, [내 인생의 한 컷] '꼬방동네 사람들', 정책주간지 《공감》(2018.07.09.)
- 《중앙선데이》 2009.10.25., "김광섭과 이헌구"(https://news.joins.com/ article/3841588)
- 청주고인쇄박물관 홈페이지 〈현대의 인쇄방법〉(https://cheongju.go.kr/ jikjiworld/contents.do?key=17575)
- 《한겨레신문》, 2010.10.09., "서른둘 젊디젊은 날에 '접시꽃 당신'은 떠났습니다", 도종환의 나의 삶 나의 시 15(http://www.hani.co.kr/arti/culture/book/442944.html)
- 《한겨레신문》, 2013,09.26., "대중과 문학을 넘나든 '영원한 청년 작가'"(최재봉 기자)
- 한국민족문화대백과사전(타는 목마름으로), 집필 이영미(2013).
- 한국민족문화대백과사전(http://encykorea.aks.ac.kr)
- 《한국일보》 2010.02.07. 인터넷판 "최인훈 소설 '광장' 10번째 개작한다"(이훈성 기자)